恋人よ(上)

野沢 尚

幻冬舎文庫

恋人よ

(上)

目次

第一章　for ウェディング

1

フェルメールはこの部屋にふさわしい、と愛永《まなえ》はふと思った。

手紙を書く婦人。もちろん複製画だ。

この絵を知っていたのは、半年前、銀座のデパートで開かれたオランダ絵画展で本物を観《み》ていたからだ。

レンブラントに影響されたオランダ写実主義の代表的作家であるヤン・フェルメールは、午後の薄日が差し込む室内で息を殺しながら手紙をしたためたり、胸の高鳴りを抑えて召使いから手紙を受け取る女性の姿を、いくつかのモチーフで描いてきた。

きっと、それは恋文なのだろう。

半年前に初めて見た時も、結婚式を三時間後に控えた今も、この絵に漂う静謐《せいひつ》は、水の中のナイフを握るようなヒヤリとした感覚で愛永の心を捉《とら》えていた。

テンの毛皮で縁取りされたレモン・イエローの部屋着を着た優雅な女性が、右手に鵞《が》ペンを持っている。彼女は手紙を書こうとしているのだが、その仕事から目を上げ、かすかに笑みを含んだ表情をして、絵を観る者の方を見ている。

微笑は自嘲《じちょう》ではないのか。恋文に連ねようとしている愛の言葉の空《むな》しさを彼女は書く前から分かっていて、絵を観る者に対して「そうよね、所詮言葉なんて」と同意を求めているように見えて仕方ない。

だから自分を軟禁しているかのようなこの部屋にはふさわしい、と感じたのだ。

ならば自分は、鴻野《こうの》遼太郎《りょうたろう》との結婚に、どんな微笑を浮かべたらよいのか。

ここは、椿山荘の広大な庭園を見下ろすことのできるホテルのスイート・ルーム。十畳ほどの広間は北西向きながら、照らすものの全てを透明にしてしまいそうな澄み切った四月の陽光に満ちている。彼方《かなた》の建物のガラス面に反射して差し込んでいるのだ。窓にパノラマのように広がる庭園は桜を散らした後の芽ぶいた緑で、季節が夏を渇望しているような色で覆われている。

人工の滝からは、鯉の泳ぐ幽翠《ゆうすい》の池へと奔流が降り注いでいる。ホテルと対面している椿山荘の本館には、何組かの婚礼を待つ人間たちが豆粒のように見えた。すぐ真下に十字架を輝かせたチャペル。今日一番の式を挙げたカップルと親族が、チャペル屋上の石畳で記念写真を撮っている。ブレザー姿の子供に介添えされたウェディングドレスが風になびき、純白の輝きで愛永の目を打った。

じゃ基地を攻撃してやる。遼太郎が初めてキスをした時の言葉だった。数年前のトレンディ・ドラマで聞いたような台詞《せりふ》だったけど、愛永は遼太郎のトランペット吹きのような肉厚の唇を素直に受け入れた。意外にも遼太郎のそれは、恐々と、少し震えた少年のような唇だった。

愛永は、だから、恋におちた。

仕掛けたのは遼太郎が先だったけれど、遊びどころじゃない真剣な恋に変えたのは愛永自身だった。

初めて抱かれた翌朝、愛永は遼太郎の独身マンションで先に起き、着替え、コーヒーを沸かして用意万端の後、遼太郎を指先で突ついて起こし、こう言った。

——私をもっと抱きたいと思う?

——?　今から?

——今の話じゃなくて、これからの未来。

——ああ。抱きたい。今からでもいい。

——駄目。

——どうして。

——抱きたかったら、言って。

――何て。

――結婚してくれって。

要するに女からのプロポーズだった。

中継基地を素通りしてこぼれ落ちた「結婚」という言葉は、生半可な返答は許さない切っ先の鋭さで寝起きの悪い男に決断を求めた。

――いいよ、それで。

――それって？

――だから結婚だろ。俺と一緒になってくれ。

――いいのね？

――いいよ。約束しよう。何なら契約書にしたっていい。

東京に初雪が降った日の、恋人たちの朝の会話だった。

それから四カ月後の今。四月大安吉日の結婚式。

招待客は百三十人。破竹の勢いのディスカウント店の部長クラスとはいえ、遼太郎は一流企業のサラリーマンとは言えない。椿山荘でこの規模なら盛大である。親族が少ないのは遼太郎も愛永も同じなので、招待客の多くは遼太郎の仕事関係だった。価格破壊の前線兵士が、敵か味方か定かでない同業者や取引先の男たちに、兵士の妻たる女をお披露目《ひろめ》しようという訳だ。

共に銃を持てと言うのなら持ちましょう。夫唱婦随で戦えと言うのなら、いいわよ、一緒に戦ってあげる。今のあたしの、このモヤモヤした不安をあなたの力強い言葉で取り除いてくれたら。

独身最後の夜を一人にされた、ダブルベッドの片側で眠れぬ夜を過ごした、電話は昨夜の一度きり……そんな事で怒ってる訳じゃないの。

あなたにとって結婚って何？

あたしはあなたに残りの人生を預けようとしている。女が妻になるということは「預ける」ことなのよ。預けられる荷物を持て余しているの？

神戸の父にあの言葉を言ってくれないのは何故《なぜ》。

「娘さんを下さい、幸せにします」

顔を強《こわ》ばらせて一途《いちず》な気持ちの先走りでそう言ってくれないのは何故なの。あたしの人生に責任を持ちたくないから？

考え出すと止まらなくなる。愛永は、次々と思いが噴き出す風穴のような心の空白に蓋《ふた》をしようと懸命だった。

あたしらしくない。結婚衣裳を身にまとおうとしている女が土壇場になって考えつく限りのワガママを口にして足踏みする。そんな真似は結城《ゆうき》愛永には似つかわしくない。だけど不思議だ。人と人とは言葉で繋《つな》がるもんじゃないと思うのに、やはり言葉にしないと何一つ繋がることができないなんて。

君を一生守ってみせる。

熱い眼差《まなざ》しで男がそう言ってくれるのを夢見た婚約時代だったが、どうやら夢はかなえられそうになく、小さな口喧嘩《げんか》とささやかな幸福感でおそらくプラマイゼロになる結婚時代が、もうすぐ始まる。

なしくずし的に行われようとしている結婚式に、愛永は諦《あきら》めかけていた。

恋が幻想だったと思い知ったのは、何も今が初めてじゃない。

二十一歳の時、愛永は血の滲《にじ》むような失恋を経験した。

故郷神戸の女子高を卒業後、看護婦の資格を取った愛永は上京し、大学病院の救命救急センターで働いた。

月に三人の死を看取《みと》り、患者のあらゆる体液にまみれ、人間の生と死の境目でアタフタする不眠不休の職場にいた頃の愛永は、急にスピードが上がったベルトコンベアに遅れをとりながらも、必死に部品を組み立てようとしている作業員に似ていた。

恋の相手は、それまでの人生のほとんどを慶應ブランドの下で送ってきた青年医師だった。

「鴻野部長の下で働いている者です。短大を出て『グッド・プライス』に勤めて五年になります。部長の入社の方が後だったから、最初の頃は私、いろいろと仕事を教えて差し上げました。今ではディスカウントの仕事を全て呑み込まれて、部長は私にとって厳しい上司で、いつも叱られてばかりいます。でも叱った後にはお酒を御馳走してくれます。あなたのお店に一度連れてってくれたことも……」

「覚えてます。確かオールドパーの水割りを二杯と、ソルティドッグでしたよね」

「お店では無理してイイ女ぶってたけど、帰り道であたし、変な風に酔っ払っちゃって！」

季里子は引き攣《つ》ったように笑い、愛永が勧める前に応接ソファにすとんと座った。

「お水一杯、いただいていいですか……」

今でもその夜の酔いが残っているかのように、気弱な声で求めた。

愛永は冷蔵庫からミネラルウォーターのミニボトルを取り出し、コップと一緒に渡した。

季里子は受け取るや、戦闘開始の合図のように栓をギリッと開き、コップに注《つ》ぐのももどかしそうにグイッと一気にあおった。

「御用件は何でしょうか。そろそろ私も支度がありますから」と、愛永は丁重にお引き取り願おうとした。

「……支度までまだ時間あるでしょう。どういうドレスを着るんですか？　おキレイでしょうね。私も拝見したかったけど、披露宴に招待されてませんから、残念です」

しかし、招待されなかった恨みでここに押しかけてきた訳ではなさそうだ。

季里子はうつろなのか据わっているのか分からない半眼《はんがん》めいた眼差しで愛永を凝視した。うす笑いもあった。

「何故、私が招待されなかったのか、お分かりになりますか?」

「さあ」

「ちょっと考えれば分かるでしょう?」

「分かりません」

「さすがの部長も、捨てた恋人を結婚式には呼んだりしなかったってことです」

この女が遼太郎の恋人だった? 信じられない。

「おかしいですか?」

季里子は、愛永の口許《くちもと》に浮かんだものを自分に対する嘲笑《ちようしよう》と受け取ったようだ。「おかしいですかッ」

追い詰められた獣が袋小路から飛びかかってくるような目をした。愛永は正直、恐《こわ》いと思った。

「……いえ。おかしくありません」

「部長はあなたのことなんて愛してないですよ。断言できます私。部長が愛しているのはたった一人。いまだに正体は分からないけど、少なくともあなたじゃない。部長の心には他に誰かがいるんです。その証拠に、あなたに幸せにするって言いましたか？」

愛永は痛い所を突かれた。

「あなたの一生に責任を持ちたくないから、幸せにするなんて言質《げんち》取られるようなことは口が裂けても言わないんです。そういう点じゃ誠実だと言えるかもしれない。私にだってそうだった。あなたも私も愛されていないのに、どうしてあなたは結婚できて、私はできないんですか……。結婚式の前の晩からホテルに泊まって、あなたと独身最後の甘い夜を過ごすんだって、部長が誰かに話しているの聞きました。でも埼玉の輸入業者が倒産したっていう報告が入って、部長はあなたを放って仕事に出かけて行きました。私、最後のチャンスだと思いました。あなたが一人で待っているホテルに押しかけて、私の立場を主張して、結婚式をやめていただこうと思いました……ですから、返して下さい部長を。今からでも遅くないです。私に遼太郎さんを返して」

言葉を連ねるほどオクターブ高くなり、最後は涙声になった。精神状態のせいで化粧のノリの悪い頬は、流れるマスカラで縦縞模様になっている。

遼太郎はこの女を過去に、残酷な形で捨てたのかもしれない。一度くらい肉体関係があったのかもしれない。遼太郎の不実が、この女を錯乱に追い込んだのかもしれない。

「大丈夫……？」

愛永は教え子を心配する小学校教師のように訊《き》いてみた。

「返して、部長を……返してよ」

刃物を振りかぶっていたようなさっきまでの勢いはない。季里子はうなだれ、大粒の涙を床にこぼしていた。

愛永は哀れに思えてきた。何年か前の自分に似ていなくもなかった。薄いコーヒーをがぶ飲みしてから別れを口にした医師に、嘘《うそ》だと言って、冗談だと言って、とすがった二十一歳の自分。

「遼太郎さん、もうすぐここに来るから。そしたら三人で話し合いましょう」と、愛永は少し近づき、なだめるように言った。「彼から何度か聞いたことがあります。自分の手足になってよく働いてくれる有能な女房役がいるって自慢してました。それ、あなたのことでしょう？」

季里子はコックリ頷《うなず》いた。

「これからも彼の下で働いてもらえるんでしょう？」

季里子は顔を伏せたまま従順に頷いた。

「なら、職場に男と女のわだかまりを残しちゃ駄目よね。彼に謝るべき点があるんなら、謝ってもらいましょうよ。変にシラを切るようだったら、最低限の誠意は見せなさいって私の方から言ってあげるから」

季里子は愛永を見上げた。愛永の優しさに面食らっていた。

「私だって、何のわだかまりもなく結婚したいもの。いろんな過去はあったけど、お前のために全部清算してきた……彼にそう言ってもらいたいもの」

季里子を慰める言葉は、自分への慰めだった。「揃って出迎えて、彼をびっくりさせてやろう！」

と言葉尻に活力がみなぎる愛永に、季里子は戸惑いながらも縦縞になった化粧の異変に気づき、「直していいですか、顔を……」と立ち上がろうとした。足下がふらついたので愛永が支えた。「あっちよ……」と洗面室に案内した。

季里子が敗者の退場のようにドアの向こうに消えると、愛永はほっと息を吐き出した。振り返ると、壁の絵とまた目が合った。手紙を書く婦人は、ほら愛なんてやっぱり空しかったでしょう？　と皮肉っぽく問いかけるような目をしていた。

しかし愛永には、愛について結婚について、不思議と先程までの迷いはなかった。一枝季里子の出現には驚いたけど、これで何もかもハッキリするような気がした。

彼女と二人で遼太郎を待とう。遼太郎を土壇場に追い込んで、季里子に対して謝罪をさせ、あたしと結婚する決意がどれほどのものなのか、預けたあたしの人生をどう扱うつもりなのか膝《ひざ》詰め談判で訊いてやろう。

幸せにする。一生守ってみせる。どんなに青くさい言葉であろうと、遼太郎の口から引きずり出すのだ。

よしっ。

愛永は夏を夢見る庭園の緑へ気合いの一声を発し、季里子が残した水のボトルをぐいっと一飲みした。

そこでフッと振り返った。季里子が消えた洗面室。静かだ。さっきから物音一つしない。テーブルには季里子のハンドバッグがある。化粧道具はそこだ。持たずに季里子は洗面室に消えた。何故取りに戻らないのか。さっきから洗面室に閉じこもって何をしているのか。

もっと悪いことがすでに起こっている、そんな予感が背筋のあたりを駆け上がってきた。

愛永は洗面室に駆け寄り、ドアノブをひねって内側へ開けようとした。開かない。何かがつかえている。

「いるんでしょう中に!」

中でつかえているのは季里子の体だ。細く開いたドアの隙間《すきま》から、大理石の床にだらんと伸びた足が見えた。

「ちょっと、何をしてるの！」

力まかせに押したら開いた。同時に、ドアに寄り掛かっていた季里子の体が向こうへグラリと倒れた。

まず目に飛び込んできたのは、大理石に飛び散った赤。静脈から放たれたとすぐ分かる黒っぽい血。

季里子の左手首が二センチほどパックリ切れていた。右手に持っているのはどこで用意したのか、美容院で使うような剃刀《かみそり》だ。

愛永の体は忘れかけていた職業本能で動いた。壁に掛かっているホテルのタオルを引っ摑《つか》むと、傷ついた季里子の手首を心臓より上に上げ、固く縛った。血は瞬く間にタオルを染みつかせてしまうが、この量なら致命的ではない。救命救急センターで駆けずり回っていた頃の判断力だった。

「しっかりして、気分はどう。気持ち悪い？」

季里子に意識はあった。マスカラは脂汗でもっとひどい有り様になっているが、うつろな目に光はあった。唇がわななくように動いた。

「……何か武器でも持たなきゃ、ここに乗り込めない気がして、美容院のマスターからこれ借りて……でも、一緒に部長をとっちめてやろうなんて言われちゃ、かなわないです……自分がすごく惨めになって、こうでもしなきゃあなたに勝てない気がして……」

「喋《しゃべ》らないで。すぐ救急車呼ぶから」

「駄目ですよ、迷惑かけちゃう……」

もうとっくに迷惑してる。ここで死なれでもしたら大迷惑だ。

「ここ自分で押さえてて。電話するから」と、洗面室の電話に愛永が手を伸ばしたら、季里子は食ってかかるようにその手を制止した。

「ほんとにやめて下さい。結婚式でしょうこれから。台無しになってしまう」

「何言ってんの、いい加減にして、離して！」愛永も忍耐が爆発して金切り声になった。

「お願いです。タクシーに乗せてくれるだけでいいです。自分で病院行きますから。騒ぎにしないで下さい。もうこれ以上、ご迷惑かけませんから」

一滴二滴と血の気がなくなってゆく顔で、季里子は懇願していた。

確かに言う通り、119番を呼び出して騒動になるのはこっちも困る。だけど……

迷っている愛永に、「立たせて下さい。手首、カーディガンでこうやって隠せば……」と、季里子はアンサンブルの上着でタオルをぶ厚く巻きつけた手首を隠した。

愛永は立たせた。季里子は思ったよりしっかりと両足で立った。これなら病院まで自力で行けるかもしれない。

それでも斜めに傾いた季里子を横で支え、ハンドバッグを持たせ、愛永は廊下に出た。まるで二人三脚のように歩き、エレベーターに辿《たど》りついた。

季里子は「ふっ、ふっ……」と唇の先っぽで息をしている。生気が洩《も》れ出てゆくのを懸命に食い止めているかのように。

「大丈夫ね、本当に……」

念を押しながら、愛永はハンカチでマスカラを拭《ぬぐ》い取ってやる。季里子は化粧のはがれた顔に微かな笑顔を作った。

エレベーターが到着した。青年実業家風の男がモデルのような女を連れて乗っていた。甘い夜を過ごして、けだるくチェックアウトするカップルだろうか。

寄り添って乗ってきた愛永と季里子を、やや怪訝《けげん》そうに見た。愛永と季里子は揃って愛想を浮かべて、心配ありませんから前を向いてて下さい、という顔をした。

ロビー階に到着した。

カップルの二人をやりすごすと、木目調の壁に囲まれた重厚な造りのロビーを突っ切り、二人一緒に回転扉をくぐった。ベルボーイが目の前にそびえて「何か御用は？」という顔をしたので、愛永が「タクシー一台」と素速く言った。

紺色の制服に金ボタンのベルボーイは軽い身のこなしで動き、乗り場の向こうに待機しているタクシーを呼んでくれた。

開いた自動ドア。後ろの席に季里子を乗せると、愛永は運転手に、椿山荘に最も近い大学病院を言った。そこなら外科の救急対応をしてくれるはず。

「ありがとう。ごめんなさい」

季里子は涙声で言った。タオルと上着でくるんだ左手首を腹で抱えるようにして、とんでもないことをしでかした自責の念で顔は歪《ゆが》んでいた。愛永は閉まろうとするドアの所から離れられなかった。このまま一人で行かせていいのか。

「部長と、お幸せに……」

季里子がそう呟きかけ、精一杯の笑顔を見せた時、愛永はバネで弾《はじ》かれたように季里子の隣に滑り込んだ。

ドアを閉めさせ、「行って下さい」と運転手に言った。

「大丈夫ですから、私一人で」

「そういう訳にはいかない。お医者さんから大丈夫って言葉を聞くまで、一緒にいるから」

「急病ですか?」と運転手が二人の会話に割って入ってきた。

「心配ありません。私看護婦です。早く行って下さい」とミラーに向かって答えると、ぽかんと見返している季里子に言った。「看護婦だったの。もう六年も前だけど」

「……ごめんなさい。何から何まで」

季里子は、あたしなんか生きてる価値なんかない、というような顔で暗い穴に落ち込んでいく。

窓の外を見ると、街は春の終わりの日差しを浴びて、のどかながら、ぽかんと大きく穴のあいたような季節にくるまれている。

愛永はさっきのように寄り添いはしないが、うなだれた季里子の隣で、窓に流れる平穏な街を別世界のように見ていた。

何という一日だ。

治療は終わった。

思った通り動脈は無事だったが、傷痕《きずあと》は少し残るかもしれないと当番の医師は愛永に言った。

愛永は季里子の姉のような顔をして、警察には知らせないでほしいと医師に頼んだ。手首を自分で切ったのは事実ですが、失恋のショックがあったりして、ちょっと精神が不安定になっていただけです、何とか穏便にお願いします……と。

医師は理解してくれた。鎮静剤が効いているので夕方まで寝ているだろうが、今日中には退院できるだろう、と言った。

手首に包帯を巻かれ、処置室のベッドに横たわっている季里子を覗いた。

季里子は薬が効き始めたようなトロンとした目で愛永を見て、ごめんなさい、とまた謝った。

「ごめんなさい、許して下さい……私のことは部長に言わないで下さい。部長の、新しい門出の日ですから」

随分と勝手なことを言っているが、愛永はもう怒る元気も慰める元気もなく、お大事に、そう言葉をかけて処置室を出た。

靴底が地面に貼り付くような疲れ切った足取りで、愛永は病院のロビーを抜け、正面玄関でタクシーに乗った。

「椿山荘……」

行く先はとりあえずそこだった。

目白通りに入ると、椿山荘の送迎バスが前を走っていた。気の早い招待客なら、そろそろ乗ってくる頃かもしれない。

結婚式三時間前に起こった出来事を、愛永はもう一度思い返してみた。

遼太郎のいない淋《さび》しさと、このままウェディングベルを聞いていいのだろうかという迷いの真っ只中に、あの女が突如現われた。遼太郎に婚約破棄をされたと言い、今なら遅くないから遼太郎を返してくれと口走り、何とかなだめたと思ったら洗面室で手首を切った。勝手に押しかけてきて錯乱し、挙句の果てに狂言自殺をした女に、自分は御丁寧にもかつての職業本能を発揮し、付き添い看護婦のように病院まで運んでやったのだ。人が良いのも程がある。

ふっ。失笑した。運転手が、何がおかしいんだろう、という目でミラーでこちらを見ていた。

そこで愛永は気づいた。自分の肩口。うすいピンクのプルオーバーに、点々と赤い模様が付いていた。季里子の血だ。

女の血で、遼太郎が犠牲にした女の絞り出された悲しみのような色で、どうしてあたしの服が汚されなければならないのだろう。

むしょうに腹が立ってきた。遼太郎と、遼太郎に振り回されてばかりいながらなしくずし的に結婚式を迎えようとしている自分に。

この結婚は間違っている。

愛永は今はっきりと、そう言えた。

その頃、鴻野遼太郎は川越新座線を所沢から志木方面へ、時速八十キロで走っていた。あと三時間以内に行かなくてはならない椿山荘から、みるみる離れるばかりである。時間に焦っているものの、結婚式のことは頭になかった。昨日二度目の不渡りを出して倒産した『クイーンズ商会』には、現在、債権者が押しかけている。しかし松崎社長は行方《ゆくえ》不明だった。所沢の倉庫はもぬけの殻。二億円相当の商品が残っていたはずだが、社長はトラックに詰め込んで逃走したようだ。

一週間以内にバッタ屋に叩き売られてしまうバレンチノのスーツやシャネルの革製品を、債権者に差し押さえられる前に直接交渉をし、現金取り引きをしたかった。今、4WDの助手席には一千万の札束が入ったアタッシェケースがある。松崎の携帯電話の番号は知っているが、何度かけても、向こうでスイッチを切っていて繋がらない。

応援部隊を呼ぼうと会社に電話してみたが、電話番の女の子が出るだけで全員出払っていた。時計を見て分かった。社長も同僚も、俺の結婚式に出かけたのだ。

儀式が三時間後に迫っている。間に合わないかもしれない。新郎不在の披露宴で連中が呑《のん》気《き》な顔してフィレ肉のステーキを食っている姿を想像すると、笑える。

「新郎は現在出張中ですが、間もなく駆けつけると思いますので……」という司会者の苦し紛《まぎ》れのフォローを聞きながら、雛壇《ひなだん》で一人ぼっちの愛永はどんな顔をするだろうか。

そういう局面では頼りになるであろう媒酌人はいない。二人の希望で立会人だけの結婚式だった。

あいつのことだから、一人でも披露宴をやり遂げてみせるという堂々とした顔で、出された食事を残さず平らげ、注がれる酒も足下の壺に捨てもせずグイグイ飲むに違いない。むしろそんな愛永を、新郎の席に座らず披露宴会場の陰から見てみたいと思う。

笑ってる場合じゃない。『クイーンズ商会』が捕まらないと、二億の商売もパーだし、椿山荘の輝かしい歴史に「最後まで新郎不在の結婚式」という汚点を残してしまう。

応援部隊に使えそうな奴が一人いた。

と遼太郎は思い当たり、携帯電話を取り上げると三番目に登録してある短縮ダイヤルを押した。会社、愛永のマンション、その次に登録したのは忠実な部下の自宅番号である。

相手が出たがテープの声だった。「はい一枚です。只今留守にしておりますので……」

遼太郎は舌打ちして切る。一枚季里子は俺の結婚式を恨んで、どこかで昼間からやけ酒でも飲んでるのだろうか。泣き上戸《じょうご》から怒り上戸へと一転する酒癖の悪さに、誰か付き合ってくれる男でもいるのだろうか。

一度だけシティホテルで肉体関係を持った女のことなどすぐに忘れ、遼太郎はもう一度日指す獲物の番号を押した。

すると呼び出し音が鳴った。『クイーンズ商会』の松崎社長は、やっと携帯電話の電源を入れたのだ。

出てくれ、何してる、どこよりも高値であんたの商品を引き取ってやろうとしてるんだ。

右手にハンドル。左手に電話。遼太郎は油断大敵を座右の銘にしているような前線兵士の顔だった。大ぶりの唇は、知り合った女性と初めてのキスをする時以外は、恐れを知らない。生まれてこのかたスポーツジムに通ったことがないのに贅肉のたるみは微塵《みじん》もない体軀《たいく》。百八十センチに少し足らないが、対する相手がどんなに大柄であろうと、そびえ立ち威圧する術《すべ》は心得ている。

遼太郎は北東へひた走り、婚約者のいる場所から遠ざかるばかりであったが、一つのことを信じて疑わなかった。

愛永は俺を待っている。式に間に合わなくても、たとえ牧師の前で誓いの言葉をたった一人で唱えようとも、愛永は俺を愛し続ける。

鴻野遼太郎は女の心に疎《うと》いという点で、救いがたい子供であった。

2

思いがけない闖入者《ちんにゅうしゃ》によって洗面室の大理石を血で汚された愛永が、季里子の手首にタオルを巻きつけていた頃、ホテルの同じフロアの同じタイプのスイート・ルームには、やはり結婚式三時間前のカップルがいた。

明日入籍すれば「宇崎《うざき》」と苗字が変わる小野《おの》粧子《しょうこ》は、トイレの大理石に跪《ひざまず》いて体を苦しげに折り、今朝少しだけ口にしたコンチネンタル・ブレックファストを残らず吐き出していた。

同じように床に跪いて背中をさすってやっているのは、彼女の夫になろうとしている男、宇崎航平《こうへい》だった。

「大丈夫か、口ゆすぐか?」

航平がついでくれたコップの水でうがいをした。「ありがと、おさまった……」

妊娠三カ月の悪阻《つわり》だった。結婚式の最終準備に明け暮れたこの一カ月、粧子はまるで髭《ひげ》を切り取られて方向感覚を失った猫のようだった。いつも目の前がグラグラして、満足に立てない体だった。

三日ほど入院して、点滴を受けたりした。何しろ食事が喉《のど》を通らないのだ。これほどひどい悪阻が世の中に存在するとは思いもしなかった。

結婚指輪を買わなければならないが、デザインを選ぶセンスに欠けている航平に全てをまかせる訳にはいかず、粧子は寝たきり状態から無理して起き上がった。しかし渋谷の街に着くなり眩暈《めまい》がして、結局、航平におんぶされて宝石店にやっと辿りつく、という有り様だった。

いっそのこと子供なんか堕《お》ろしてしまいたい。何度そう考えただろう。

この体調では結婚式も無理かもしれないと思うと、前髪のあたりに直径一センチの円形脱毛ができた。悪阻による本来の精神不安定状態に加えて、結婚式当日の心配も加わって、二十代で東京近郊の住宅地に一軒の店を持つ女性経営者になったとは思えないほど、粧子はこの一カ月、四歳児のようなワガママを言いまくって航平を困らせてきた。

そんな塩辛いお粥《かゆ》なんか食べれない。何よこのリンゴの剝《む》き方は。皮は消化に悪いんだから。だから何も食べたくないの、放っておいてよ。いっそのこと披露宴なんかキャンセルすればいいじゃない。

そうはいかないだろう、となだめる航平に、あなたはそんなに世間体が気になるの？　と当たり散らした。招待客百名のうち六割が粧子の仕事関係者で、這《は》ってでも結婚式を挙げたいのは粧子の方だった。

しかし航平は決して笑顔を失わなかった。頑張ろうぜ、あと二カ月もすれば悪阻もおさまるって医者も言ってたろ。堕ろすなんて悲しいこと言うなよ。俺たちの子供だろう。神主の前まで歩けなかったら、俺がおんぶしてやるよ。

呆気《あっけ》に取られるほど航平は献身的だった。それがかえって粧子を苦しませることになっていたとは、航平は知らない。航平の優しさにいつも粧子は切りつけられていた。

募るばかりの罪悪感。その裏返しの八つ当たり。悪循環だった。

吐くものがなくなった粧子は、航平の手でトイレの床から起こされた。

「時間ぎりぎりまで寝てろよ。大丈夫、俺がついてるから大丈夫」

ベッドまで抱きかかえるようにして連れてってくれた。

粧子の体調を考えて、式の当日にバタバタするより前の晩からホテルに入っていようと航平が言い出し、ここには昨夜からチェックインしていた。

ダブルベッドにそっと寝かせてくれた航平は、椅子を引き寄せ、枕元に座った。

ヘインズのTシャツに綿のベスト、下はブルージーンズ。生まれてから今まで、ずっと夏の日差しを浴びていたのではないかと思えるほど健康的に焼けた肌。切れ長の目。鋭角的な顎《あご》。体育会系の歌舞伎役者のよう、というのが粧子の初対面の印象だった。付き合い始めて、鼻の穴から毛が見えていると、粧子がハサミで切ってやった。見栄えなんか気にしない。それでいて男は中身だなどと声高《こわだか》に言うこともなく、いつも自然体で飄々《ひょうひょう》と、体育短大の講師はダテじゃないという身のこなしで、粧子に爽《さわ》やかな風をもたらしてくれる男。

そういう男が甲斐甲斐《かいがい》しく世話を焼けば焼くほど、粧子はますます落ち込んでいった。

何てわたしは悪い女なんだろう……

胸の奥底に封じ込めた秘密を、結局告げることができずこの日を迎えてしまった。

初夏まであと一息という日差しが部屋に差し込み、枕元にいる航平の瞳を輝く鏡にしている。鏡に映っているのはわたしだ。航平はわたししか見ていないのだ。

あと二カ月もすれば粧子は二十九歳になる。自己主張がすぎる大きな目は、会社にいた頃はいろいろと誤解を招いた。組織の中では、使い方を誤ると多くの敵を作ってしまう顔立ちだった。組織を離れると眉間《みけん》の皺《しわ》が減り、今の表情になった。笑うと顔が口いっぱいになるところが、俺好きなんだよな、と航平はよく言う。

顔が口いっぱいになるなんて、褒め言葉のつもりで言っているのだろうか、と少しムッとしたけど、航平の無邪気な顔を見ていると、やっぱり粧子は顔を口いっぱいにして笑った。

笑うことを忘れて一カ月……と改めて思い返しながら、粧子は航平の瞳に映る自分を見つめ直す。

白い半袖のカットソーにロングたけのカーディガンを羽織っている。下はベージュのストライプの入ったパンツルック。普段着とはいえ、シャープな感じのするホームウェアだ。長い髪は後ろで束ねてある。ベッドに横たわると邪魔なので、バレッタは外した。

航平の鏡から目をそらした。正視できなくなったのだ。

「思い出してくれよ……」

航平が視界の外から、童話を読むような優しい声で語りかけた。「俺たち、どんなに苦労してここまで辿りついたか」

苦労？　粧子はそう訊き返したかった。

確かにこの一カ月は航平にとって苦労以外の何物でもなかったろう。

しかし恋愛時代の苦労のことを言っているのなら、航平が幼く思えてしまう。この半年間には、波乱も、迷いも、危機も、何もなかったはずだ。少なくとも航平の方には……

「初めて粧子を見た時、俺、電流が走ったんだ」

本当に出逢いの時から思い返すつもりなのだ。やめてお願いだから。もうわたしを苦しませないでほしい……

「いらっしゃいませ、って振り返って、髪がサッと揺れて、口いっぱいの笑顔だったんだ。俺、ちょっと茫然《ぼうぜん》としちゃってさ。何をお求めですかって言われても、入れ歯の抜けた爺《じい》さんみたいにアワワってな感じでさ」

去年の初秋だった。殺人的な暑さがやっと和らいだ頃だった。

短大のゼミ講師をしている航平は、優秀な成績で卒業してゆく女子学生のために、毎年『宇崎賞』と称し、自費でネーム入りのタオルをプレゼントしていた。教え子たちは卒業証書より航平の賞品欲しさに、ゼミを頑張って受けていた。

それまでは短大に出入りしているスポーツ品店でタオルを注文していたのだが、いつも学生たちのマラソンコースになる並木通りに洒落《しゃれ》たタオル店が開店したと聞いて、試しに覗いてみた。

タオルやバス用品を専門とする『コットン・サーカス』は、粧子が念願の独立を果たした店だった。

新築マンションの一階テナントに、開店祝いの花がズラリと並んでいた。煉瓦《れんが》の壁を効果的に使った店構えは高級感に溢《あふ》れているので、恐る恐るドアをくぐった。客足の少ない時間帯だったのか、店には若い女主人が一人でいた。

接客マナー通りの笑顔だったのだが、それが航平を虜《とりこ》にした。一目惚れだった。

アワワという唇のもたつきをちゃんと言葉にして、航平は教え子のネーム入りのスポーツタオルを注文した。粧子が自ら名前のロゴをデザインしてくれると言う。

一目惚れをした男の常で、航平は一日おきに店に現われては、教え子の名前を紙に記して注文した。前に頼んだタオルがまだ出来てこないというのに。

誤解を招いてはいけないとある日思い、航平はまた一人分『宇崎賞』を注文しつつ、粧子に言った。「いつも違う女の子の名前をお願いしてますが、違うんですコレ、次々に女の子へのプレゼントとかそんなんじゃないんです、誤解しないで下さい、俺、いや僕はすぐそこの首都体育短大の講師をしてまして、教え子たちへの努力賞なんです、これみんな」

粧子は何も疑ってはいないのに汗だくで弁明する航平がおかしくて、航平が店からいなくなっても、しばらく思い出し笑いをしていた。

やがて可哀そうなぐらいつっかえつっかえの言葉でデートに誘われた。粧子はその日、店の女の子に戸締りを頼んで、夕方、電車を乗り継いで神宮球場に向かった。

航平がアルバイトでトレーナーをしているヤクルト・スワローズのルーキーが一軍デビューする試合だった。その頃、セ・リーグは終盤で足踏みをしたジャイアンツがカープとドラゴンズの追い上げを食らっていたが、スワローズは気楽な消化試合に入っていた。

航平が春季キャンプのトレーナーを担当したドラフト三位のピッチャーは、味方が大量点を挙げた次の回、中継ぎでマウンドに登場した。航平は自慢げにその選手のことを粧子に話した。

短大のゼミの合間に独学したスポーツ科学をトレーニングに応用して、航平は独自のマッスルケア・コンディショニング・トレーニングをその十八歳のルーキーに課した。最初は反発していた青年も、やがてずっしりと重い速球を投げられるようになってから、航平のトレーニング方法を認めるようになった。

航平の自慢通り、マウンドに上がった青年は一人目を三振に打ち取った。航平の練習メニューで鍛えられた下半身の筋肉が、ボールに143キロのスピードを与えていた。野村監督の満足気な頷《うなず》きが見えるようだった。

ところが不幸は突然襲いかかった。次の打者が外角に外れるスローカーブをピッチャー返しで打ち返したため、投球後の姿勢を崩していたルーキーは、捕球しようと無理に体をひねった。

バックネット裏で見ていた粧子は、その瞬間、隣の航平が「アッ」と声を上げるのを聞いた。

ボールを後ろにそらしたルーキーがマウンドにうずくまって動かなくなり、やがて担架でベンチ裏に運ばれてゆくと、航平も血相変えて球場裏に走った。何が起こったのか分からぬまま粧子も航平について走った。

ルーキーは内転筋の肉離れを起こしていた。前例のない筋肉トレーニングを課したことが故障に繋がったと航平は思った。苦痛に顔を歪めて病院に運ばれるルーキーに付き添い、その間、「ゴメン、俺が悪かった、俺のせいだ、すまない」と謝り続けていた。

選手生命を棒に振る故障ではなかった。焦らず治療すれば復帰できたはずが、そのルーキーは後に盛り場で喧嘩騒ぎを起こして新聞沙汰《ざた》になり、ほとんど球界を追われる形で引退した。青年が将来を棒に振ったのは自己管理の甘さに他ならなかったが、航平という男は「俺があいつの人生を狂わせてしまった……」と自責の念に苦しむという損な性格をしていた。

笑顔を失ってゆく航平を見ているうち、粧子は衝動に駆られた。元気づけの意味で言った言葉は、元気づけ以上の熱を帯びてしまった。

「あなたはいくらだって人を幸せにできる。それを信じて。それをもっと証明して。だからわたしを……わたしを幸せにして」

これでは女からのプロポーズではないかと自分でも驚いた。

「わたしを……幸せに、できる?」

航平にとっては驚天動地の出来事だった。まだ手さえも触れていない女性から愛を告白されたのだから。

航平が発散する清涼感にいつもくるまれていたい。この男性が一緒にいてくれたらわたしは幸せになれる。粧子がそう思ったのは事実だった。たとえ、胸に痼《しこ》っている昔の恋人の面影を、きれいさっぱりと振り払いたいというのが本心だったとしても……

幸せにしてほしいという粧子の言葉は、航平にとって何よりの特効薬だった。

それからというもの、航平は粧子という輝かしい宝物を得て無我夢中だった。

「笑ってくれよ、これから俺たち結婚するんだろ」

粧子はまだ枕元の航平から顔をそむけ、天井を見上げたまま塞《ふさ》ぎこんでいる。目を閉じた。目尻から涙がこぼれてしまった。駄目だ。この善良な人をこれ以上騙《だま》してはならない……

土気《つちけ》色《いろ》の唇が開いた。

「話が、あるの」

ああ、これからわたしは告白するのだ。いくらだって先延ばしにできるのに、黙っていればひょっとしたら幸運の女神が微笑《ほほえ》んで、平穏無事な家庭がもたらされるかもしれないというのに。

「何だよ、話って」

言いかけたまま何も語ろうとしない粧子に、航平は辛抱強く問いかけた。

「…………」

「何だよ」

粧子は決して楽しいことを語ろうとしている訳ではない。それだけは察しがついた。

粧子が言うほど航平は鈍感ではない。この一カ月、たとえ悪阻の苦しみはあるにせよ別人のように眉《まゆ》を吊り上げ、些細《ささい》なことで常に苛立《いらだ》っていた粧子を見ていると、いつかもっと悪いことが起こりそうな気がしていた。

「言ってくれよ、俺、何聞いても驚かないから」

結婚への迷いなら、今のうちに曝《さら》け出してほしい。迷いの原因を突き詰めるのは恐くもあったが、航平は覚悟を腹に据えた。

斜め後ろにそむけていた粧子の顔がこちらを振り返った拍子に、瞳を薄膜のように覆っていた涙がこぼれた。こぼれた後は震えながらも決意の眼差しになっていた。

「あなたみたいなイイ人を、もう騙せないから」

「粧子が俺を、どう騙してるっていうんだよ」

航平は微笑みで身構えた。

粧子は起き上がった。深呼吸で吐き気を閉じ込め、ベッドに座り込み、航平と向かい合った。

「お腹の……赤ちゃんのことなの」

「この子が、どうしたんだよ」

航平は、まだ膨らむ気配のない粧子の腹に手を伸ばし、触れた。

「……この子が、何なんだよ」

撫《な》でながら問いかける。やめてくれ、やっぱり俺は聞きたくない、何を言い出そうとしているのか分からないけど、聞かせないでくれ。航平は不意にそう思った。

「この子……あなたの子じゃ、ないかもしれないの」

粧子の腹の上を彷徨《さまよ》うように撫でていた航平の手が、一瞬のうちに血の気をなくしたように止まった。

「あなたの子かもしれないけど、そうじゃないかもしれない」

「……どういう意味だよ、それ」

手は、もう離れていた。

「ごめんなさい……」

「何がごめんなさいなんだ」

「それは、あなたの知らない男の人……今年の二月だった。街でバッタリ再会したの。銀座和光のあっち側から曲がってきたあの人と、こっち側から曲がってきたわたしが……出逢い頭《がしら》ってああいうことを言うのね、本当にぶつかったの」

ポロポロと言葉がこぼれ落ちていくのを止められない。「やあ久しぶり、本当に久しぶりね……そんな風に挨拶して、でもわたしは心臓が飛び出すんじゃないかと思うほどドキドキしてた。そしてわたしたちは……わたしたちは……」

「寝たのか」

たわんだ航平の一言だった。更に責めたてるように言う。「それから粧子はずっと、そいつと……」

「一度きり」と遮《さえぎ》った。「その時だけよ。もう終わったことなの……でも妊娠したって分かった時、もしかしたらあの時の子供かもしれないって」

航平の目は、もう粧子の顔にはなかった。突然迷子になったように、光が満ちている部屋をウロウロと視線が彷徨った。

腹の子供が、俺の子供じゃないかもしれないだと？　妊娠したと分かった時、あれほど有頂天になった挙句、実は他人の子供かもしれないだと？

「誰なんだ、そいつは」

「だから、あなたの知らない人」

「どこのどいつだ」

「許して、それだけは」

名前は言いたくない。彼を巻き込みたくない。

「いつ、分かるんだ……つまり、この子の父親が、どちらなのか」

「産まれてみなければ……」

航平はこらえきれずに立ち上がった。殴られると思った粧子は咄嗟《とっさ》に身をすくめた。

やり場のない怒りで航平は立ち尽くす。いや、やり場はここにある。ベッドの上で土下座するように座っている粧子を、この手で打てばよい。

「どうして今日になって、そんなことを……」

結婚式の三時間前だぞ。聞かなければよかった。聞きたくなかった。何を聞いても驚かないなどと強がりを言うべきではなかった。

「この一カ月、わたし苦しかった。だからあなたの優しさがかえって辛《つら》かったの。辛かったから尚更、些細なことであなたに当たって……本当に何て悪い女なんだろうって思った。いつ言おう。いつかは言わなきゃいけないと思ったけど……このまま黙ったまま出産の日を迎えて、もしわたしとあなたの血液型で生まれてきた子供だったら、一生そのまま口をつぐんでいればいいんじゃないかって、そんな狡《ずる》いことも考えた。でも子供の血液型が違ってたら、わたしはその時ちゃんと説明しなきゃいけない……それを考えると恐くて恐くて……ならいっそのこと堕ろしてしまおう。最初から何もなかったことにしようって……でも、やっぱりできなかった」

「好きな男の子供だもんな」

「そうよ、好きな男の子供、あなたの子供だもの！」

「その男のことだろ」

「違う！　あなたとわたしの子供かもしれないんだもの、堕ろすことなんて絶対できなかった！」

航平は混乱の極みにいた。こめかみを脈打っている血管が破裂しそうに痛んだ。両手で顔を覆った航平に、粧子は半歩近づき語りかけた。

「……あなたにも、自分の人生を選ぶ権利はあると思ったの。わたし一人で決めちゃいけないことだと思ったの。だから今、こうやって話しているの。今ならまだ間に合うでしょ」

「何が」

「わたしとの結婚よ。今ならまだやめることはできる。それでも仕方ないと思ってるの。婚約している間に女がそんな過ちしでかしたんだもの……あなたが式の直前でいなくなって、どんな騒ぎになったとしても、わたしのことなら心配しないで。何とかするから。わたしがちゃんと後始末をするから」

「…………」

「でも、これだけは分かってほしいの。わたしが今愛しているのは、あなただけなの」

「見えすいたことを……」

「本当よ!」叫んで遮った。「ごめんなさい、ごめんなさい……」粧子はベッドから床に降り、航平の前でこうべを垂れた。鼻を床にこすりつけるように土下座をした。

「ごめんなさい、わたし、あなたを愛してます、愛しています」

謝りながら愛を口にする女から航平は後ずさった。粧子の目からこぼれ落ちるものが、ぽたぽたと床に染みを作っている。

涙で、その程度の涙で、許せることなのか。

「俺にどうしろって、言うんだ」

「決めてほしいの。結婚をどうするか。あと三時間の間に……」

航平は後ずさる。逃げたい。あらゆるものから逃げたい。

「このままいなくなるのか……それとも戻ってきてくれるのか」

と、こうべを垂れたまま選択を投げかけた粧子の耳に、ドア音が聞こえた。航平は部屋を出て行った。廊下を遠ざかる航平の足音を聞いた。

彼は行ってしまった。

わたしは待っていますから、という肝心の言葉を告げられなかった。

今のが航平との最後の別れなのかもしれない。二度と戻ってこないかもしれない。それは報いだと思った。しかし粧子は、航平に戻ってきてほしいと願った。

もし再びそのドアが開いて、いつもの笑顔でなくても、全てを許すと言ってくれなくても、航平が戻ってきてくれさえしたら、わたしはあなたに一生尽くす。いい妻になる。

粧子は心に誓っていた。

3

宇崎航平が粧子の腹にオズオズと触れながら、その過ちの告白を恐れながらも聞こうとしていた頃、結城愛永のタクシーは椿山荘の正面玄関に辿りついていた。

隣接するホテルに行ってもらうはずが、ボンヤリしているうちにタクシーは式場前に横付けしていた。

間違った結婚が行われようとしているここに、舞い戻ってしまった。ホテルの部屋には戻れない。修羅場の痕跡《こんせき》を残した洗面室には入れない。

恐怖ではない。現実に立ち向かう心構えが、今の愛永にはできていなかった。

しかしここで見回してみても、結婚式が刻々と迫っているという現実しか目に入ってこない。

行き交う婚礼の服装。黒服に白ネクタイの男性連中。留め袖の女性たち。一張羅の子供たちがロビーを駆けずり回っている。

儀式は虎視《こし》眈々《たんたん》と愛永を待ち構えている。

「まなえ」

　声がして振り返った。黒のダブルのスーツに、銀色に見えるストライプ模様の白ネクタイ……男は、もうすぐ愛永と腕を組み、赤い絨毯《じゅうたん》のバージン・ロードを歩く予定の人物だった。結城宗市《そういち》は、普段着のままロビーに突っ立っている娘を遠くからポカンと眺めていた。

「お父さん……」

「何やってんだ、こんな所で」

　お父さんこそ、と言い返そうとしたが、いるのは当たり前なのだと気づいた。花嫁の父なのだから。

「早く着きすぎた。控え室にまだ誰もいないし、どう時間を潰《つぶ》したらいいのか……」

　苦笑いする父。何本か白髪《しらが》の見えるぼさぼさの髪を、使い慣れない整髪剤で整えている。神戸の酒場で、紫煙とアルコールの匂いを体に染みつかせている父は、間違って昼間に棺《ひつぎ》から出てしまったドラキュラのように、眩《まぶ》しそうに目をしょぼつかせている。濁った眼差しは、酒場の暗がりでなければ輝かない仕組みになっている。

　愛永の不満げな唇は父似だ。煙草を跡切《とぎ》れることなくくわえている唇の上には、やはり白髪交じりの髭が枯れ木の賑《にぎ》わいのように生えている。初対面の人間が見れば、ただの五十七歳の偏屈な親父。優しい気持ちで観察すれば、まだ男盛りの可能性は残していると思える長身瘦軀《そうく》。

「どうした……」

蒼《あお》ざめて黙りこくったままの娘に近寄った。

「来てくれたのね」

と愛永は笑ってみせた。

「そりゃ来るさ。お前の結婚式だ。すっぽかしたら、死んだ母さんにどやされる」

「スーツ、借りたの？」

「馬鹿にするな。作ったんだ」

「いいじゃない。似合うよ」

襟元《えりもと》に触れてみた。なめらかな生地。シャツの方には汗ばんだ体温があった。一人娘を嫁に出す父の心に、触れた思いだった。

「こんな所でのんびりしてていいのか？」

「まだ大丈夫」

父としばらくいたいと思った。昔は嫌った父だった。人嫌いなのか、浮世離れしているのか、父は現実世界に根を生やした男ではなかった。だから何より現実を嫌う今の愛永にとって、場違いのように堅苦しくスーツを着ている父は砂漠のオアシスのように思えてしまう。

「広い庭があるんだってな。歩くか」

「うん」

ロビーを抜けて、外階段を下り、芝生の庭に出た。

いつもゆっくりと歩く父だった。なめくじのように歩を進める父にイライラして、小学生の愛永はいつだって父の前を飛びはねるように歩いていた。後ろ姿を見るのは久しぶりのような気がした。

お父さんの背中って、こんなに小さかったっけ。

その背中に刻まれた父の青春を、愛永はあまり知らない。

東大の学生だった。六〇年安保の熱狂にどっぷり浸かり、大学を卒業しても社会と折り合いのつけられない若者だった。結局、東京で就職することのできなかった父は、負け犬のように故郷の神戸に帰った。東京という残酷な土地で根無し草になる勇気はなかったのかもしれない。青春時代の父にはどんな屈折があったのだろう。

神戸には幼なじみの娘がいた。メンチカツが自慢料理の洋食屋の娘だった。両親を早く亡くしていた父にとって、この娘と娘の母が故郷の名残だった。

娘は永子という。後に愛永の母となる女だ。

永子の母は克子という。愛永の祖母に当たるが、愛永が誕生するのと入れ替わりにこの世を去っている。

父は小さな頃から、悪さすれば「こら、宗市ッ」と克子に殴られていた。それが克子の愛情表現だった。他人の子供であっても手を上げることのできたいい時代。克子はよせばいいのに、代々続いていた店を娘の結婚相手に譲った。そのかわりに、娘の人生を宗市に預けたのだった。

社会からドロップアウトした父を、故郷の女二人が救った形となった。父は永子と結婚すると、後に洋食屋をイングランド・スタイルの酒場に変えた。道楽以外の何物でもなかった。接客業などできない人間だ。いつも好きな酒を飲んでいられると思って酒場を開いたのだが、バーテンがいつも酔っ払っている訳にはいかない、とすぐに思い知らされた。

宗市は、世の中をハスに見て、コルトレーンに針を落とすことを日課とする無口な酒場の親父になった。客扱いはもっぱら永子が受け持った。シェーカーを振るのも永子の役割。カウンターの中でシャカシャカと音をたてて酒を作る母の姿を、愛永は幼い目蓋に焼きつけた。女の雄姿。母はかっこよかった。歴史は女の中で繰り返される。だから愛永は銀座のバーテンダーになったのかもしれない。

「遼太郎君のお陰で、店がやっと軌道に乗ったよ」

芝生の眩《まぶ》しさに目をこすりながら、振り返りもせず父は言った。

神戸の大震災で崩れ落ちた故郷の酒場にやっと復旧のメドが立ったのは、遼太郎が四百万ほど都合してくれたからだ。しかもディスカウントのルートで仕入れた洋酒類を、ほとんどタダ同然で調達してくれた。つまり、父は娘婿に大きな借りがあるのだ。あれほど他人の批判が好きな父が、遼太郎のことだけは決して悪く言わない。

たった一度、神戸に挨拶に訪れただけの遼太郎。それも、ただ男二人でシーバスを一本あけた夜。「幸せにします。愛永さんを僕に下さい」と、結局言ってくれなかった遼太郎のことを、父は本当はどう思っているのだろう。

「礼を言いそこねた。お前の方から言っといてくれ」

と父は頭を掻《か》いている。礼儀を欠いているのはお父さんも遼太郎もお互い様だから気にしないで、と愛永は言いたかった。

その時振り返った宗市が、娘の服に目を止めた。薄いピンク地に点々と血の跡。見られたと思った愛永は、腕を上げ、隠すようにした。

娘の身に何か起きた。それだけは分かった。

「遼太郎君は、今どうしてる」

「仕事……ギリギリに飛び込んでくるんじゃないかな」

「相変わらずだな」

「相変わらずよ」

「……座らないか」

父は芝生の上にそのままあぐらをかく。愛永は一メートルほど離れて、立て膝で座った。

遠い昔、父とこんな風に並んで座ったことがある。どこだっけ。沖縄の家族旅行だ。あの頃はまだお母さんも生きていた……

「長い間、世話になったな」

「え……？」

「こういう時の挨拶だろ」

「それは娘の台詞でしょ」

「俺が言う方が、ふさわしい」

「……そうね。道楽親父を持った娘は、苦労させられたから」

父の店は、神戸在住の貿易商人やベストセラー作家が隠れ家にしているような酒場だった。愛永は少女時代、このお客さんたちは父のような無愛想なマスターに酒を注がれて何が楽しいんだろうとよく思ったものだ。

無愛想なだけじゃなくて、父はよくキレた。世間を知った風に上司の悪口で憂さを晴らしている若いサラリーマンがいたら、いきなりカウンターの中から拳骨《げんこつ》を見舞うような暴力的な一面もあった。愛永が知っているだけでも店では大きな乱闘が三度ほどあり、飛び散ったグラスで愛永も怪我をしたことがある。頰骨あたりに残っている二針の傷痕がそれだ。

アイゼンハワー訪日反対のデモで活躍し、生傷に慣れている父は、娘の顔についた傷など『女の勲章』ぐらいにしか思わない。

「傷物にもされちゃったしね」

「どれ……」と愛永の頰のあたりを見る父に、愛永は傷痕を誇示するように突き出した。

「長い間、お世話になりました」

と、照れ隠しで三つ指をつく真似をしてみた。すると沈黙になった。もうすぐ押し寄せてくる現実を、父にそんな挨拶をしてしまったことで思い出してしまった。

太陽は高い。四月の太陽であろうと侮れない光の刃《やいば》だった。

「どうする」

不意に父が問いかけた。

「……何が？」

「やめるか」

「何を」

「やめろやめろ」

「何をよ」

「やめちまえ」

父は冗談のような笑いにまぶして言った。

何か見抜いているんだな、と愛永は思った。恐ろしいな肉親って。

「いいぞそれでも。構うもんか。今から逃げ出せ」

「何言ってんの」

「あとの事なら、俺にまかせろ」

「袋叩きよ」

「いいね。やってもらおうじゃないか」

「大丈夫よあたしなら！」

元気そうな声を張り上げたら、父はいつの間にやら真顔で見つめていた。

「俺が……お父さんが、お前を守ってやる」

こんな真剣な父は、初めてだった。愛永は初めて肉眼で父を見たような気がした。

「親父らしいことを、これまでしてやれなかった」

「結婚式から逃げ出せなんてけしかけるのが、親父らしいことなの？」

軽い調子でそう言いながらも唇が震えてきた。熱いものが喉にこみあげてきた。このままでは涙になってしまうではないか。

「悔いの残る人生に、するな」

「………」

「神戸に、帰ってこないか」

故郷の名前を聞くなり、愛永の目から涙が噴き出した。何があったのか訊きもせず、ただ故郷に帰ってこいと言う父がそこにいた。父の胸に飛び込んで思う存分泣きたいと思った。

「やめてよ、お父さん……」

愛永は顔をそむけて目尻を拭《ふ》いた。立ち上がった。刃のような太陽へと顔を向けた。涙なんて早く乾いてしまえ。

父はまだ芝生に座り込んだままだ。

「……ここで、式場で待ってて。あたし必ず戻ってくるから。約束するから」

「戻ってこなくていい。約束なんかしなくていい」

「ううん約束する。お父さんに絶対、花嫁姿を見せてあげる」

「そんなもん、見たくないよ」

あたしは見せてあげたい。ウェディングドレスから始まる悔いのない人生、父の前では嘘でもいいからそう誇りたいのだ。

「だから……だから、少しだけ、時間をちょうだい」

あとは振り返りもせず、庭園内の池に通じる道を下りていた。

今度はお父さんがあたしの背中を見る番ね。大きくなったでしょ、あたしの背中。もう子供じゃないのよ。

ピンと張った娘の背中が植込みの彼方へ遠ざかるのを、宗市は芝生に座り込んだまま見送っていた。

娘をそこまで強くさせたのは何なのか、宗市は知っていた。愛永の肉体に脈々と流れる昏《くら》い『宿命』のせいだとしたら、やりきれない……父は天から降り注ぐ刃で瞳を焼きながら、そう思った。

4

人工の滝から橋の下へと水が流れ込み、濃緑色の水面下を赤と黒の鯉が優雅に泳いでいる幽翠《ゆうすい》の池。

煉瓦のチャペルに背を向けて、金属製の手すりに両肘《ひじ》をつき、九十度に体を折った航平が佇《たたず》んでいた。

都心にありながら、都会の喧噪《けんそう》から忘れ去られたような平穏な水辺で、航平の心は今、血を流していた。

小野粧子という宝物を、彼女からのプロポーズという思ってもみなかった形で手にしたのが半年前。宝物を慈しむような二人だけの夜が何度かあって、粧子の体内に命が宿ったと分かったのが今から一カ月前。悪阻《つわり》で苦しむ粧子に苛立ちをぶつけられても、航平はいつも笑顔でいられた。秋深まる頃には二世の顔を見ることができる、父親になる、家庭ができる……希望があったからだ。

威風堂々とした父がいて、心優しい母がいて、といった家庭を持つことができなかった少年時代を思い返すと、自分にとって子供の存在は、新潟で小さな裁縫店を切り盛りしていた母を愛人として囲い、産ませた子供を『庶子』とし、毎月の養育費だけで父親らしさを演じていたあの男への復讐《ふくしゅう》なのかもしれない。

あいつに抱かれなかった分まで、俺は我が子を抱きしめてやる。家庭に恵まれなかった男でも、立派な家庭を作ることを証明してやる。

いや、そんな過去の怨念《おんねん》ではなかった。航平は粧子を愛し、愛を注ぐ相手がもう一人増えるという単純な喜びに震えていたのだ。

それが結婚式直前に、言わばゴール直前で見事に足をすくわれた。

思い当たるフシがあった。「デキていたの」と報告した時の粧子は動揺を隠そうと懸命だったのか、航平の視線をことごとく避けていた。どちらの男の子供か分からない粧子は、妊娠から逆算された日の前後の記憶を、体を探るようにして辿ったのだろう。

航平とのセックス、そして再会した男とのセックスを思い起こし、どちらが受精の可能性が高いのか、肉体の記憶を総動員して思い悩んだに違いない。

街でバッタリ再会した元恋人と一夜を共にしたと粧子は言った。どの夜だろうか。招待客のテーブル割りについて相談しようと電話しても捕まらず、翌日、「女友達と飲み明かしていたの」と粧子が弁解したあの夜だったのか。そうだ。そうに違いない。

　その一夜以来、男とは会っていないと言う。過去との訣別、清算の夜だったと粧子は言った。まるでテレビドラマの恋多きヒロインの台詞だ。

　粧子は俺を裏切った。婚約破棄しても文句のない女の過ちだ。しかし結婚式が目前に迫っている今、どう全てを御破算にできると言うのか。俺の性格からしたら後戻りなどできないだろうと計算して、式の三時間前を狙って告白したとは言えないか？

　仮にだ、この過ちを許せたとしよう。俺がそこまで寛容な男だとしよう。問題は生まれてくる子供だ。生まれてみて血液型を見なければ、どちらの子供か分からない。こんなギャンブルがあるか。賽《さい》の目が出るまでのあと八カ月間、どんな顔して夫婦生活を送ればいいのか。

　仮に、俺がそんな苦行に耐えられる強靭《きょうじん》な男だとしよう。

　出産の日を迎え、医師から告げられる子供の血液型を聞き、ギャンブルに勝ったとする。だからといって粧子の裏切りを許せるだろうか。許せるかもしれない。八カ月の夫婦生活を乗り越えていたら、目の前の子供の可愛らしさにも目を奪われ、粧子の結婚前の過ちなど取るに足らない傷になっているかもしれない。

　ギャンブルに負けた時はどうだろう。子供の父親は他にいると分かった時、俺はそれでも逞《たく》ましく振る舞えるだろうか。想像つかない。

　結婚式目前の今、そこから始まる八カ月の結婚生活、やがて来る審判の日……常に俺は試される。いい加減にしてくれ。試練に苦しむために結婚をしたかった訳じゃない。

「やめだ。やめやめ……」

航平は声にしてみた。結婚式はやめだ。ならばすぐ立ち去ればよい。粧子は言ったではないか。後のことは自分一人で何とかする。後始末は粧子にまかせてさっさとここから逃亡すればいい。

が、航平の足は動かなかった。手すりに体を預けたまま航平は動けなかった。

何が捨てられないんだ。

ここまで痛めつけられながら、何にすがっているんだ、俺って男は。

粧子への愛だ。クソッ。俺は性懲《しょうこ》りもなく粧子を……

頭を掻きむしりたい思いで、一向に決断に辿りつかない航平が女に気づいたのは、まさにその時だった。

三メートルほど離れ、同じように両肘を手すりにあてがい、池の鯉を光のない眼差しで見つめている女。池の水面が映している女の顔は、さざ波に青白く揺れている。

友人の結婚式に呼ばれたものの、その幸せを素直に喜べない未婚女性の憂鬱《ゆううつ》、といったところか。

今の航平にとっては、目障《めざわ》りだった。

目障りなのは愛永も同じだった。

何なんだろうこの男は。学生時代の恋人を親友に寝取られた上に結婚式に呼ばれた男の鬱屈、といったところか。

航平と愛永は目が合い、どちらからともなくそらし、やはり気になってもう一度見ると、相手もこちらを邪魔そうに一瞥《いちべつ》している……といった繰り返しが三度ほどあった。

「……何してるんですか、そこで」

先に声をかけたのは愛永だった。

「お宅こそ、何してんの」

航平は憮然《ぶぜん》とした。

「考え事です」

「考え事だよ、俺だって」

「考えるだけなら他でもできませんか？」

「他でもできるんなら、他行ってくんないかな」

「どこで考えようとあたしの勝手じゃないですか」

キャベツ畑を荒らす野ウサギのように生意気な女だ。早く披露宴の一張羅に着替えて、親友の幸せを祝福しに行けばいいだろ。

「もう少し離れて下さい」

「そっちが離れろよ」

「男はグズグズ考えてないで、行動すればいいのよ……」

「お宅に説教される覚えはないな」

「何やめにするの」

「え？」

「やめやめってさっき言ってたから」

「盗み聞きするなよ」

「聞こえるんだもん」

「関係ないよお宅には」

「関係したくないわよ別に」

「じゃ話しかけるなよ」

「どいてって言ってるだけでしょ」

「そっちこそどけよ」

「イヤです」

「俺だってヤだよ。絶対どかないぞ」

陣地を取りっこする子供のような意地の張り合いになった。お互い黙りこくって、その場で考え事を続行しようとした。

「……やっぱり気になるのよッ」

「分かったよ、どきゃいいんだろ」

と航平が折れて二歩離れた。愛永が「もっと」という顔をするので、航平はあと二歩離れた。金属製の手すりが跡切《とぎ》れ、植込みに沿って竹の欄干《らんかん》が始まる場所だった。

「ここなら文句ないだろ！」

と嫌味たっぷりに力をこめて両手をついた時に事故が起こった。竹の造りが無残に折れる音がして航平の体が前のめりにバランスを失った。

「あっ！」

愛永は素《す》っ頓狂《とんきょう》な声を上げた。航平が竹の欄干を壊して二メートルほどの斜面を転がり落ち、池に頭から飛び込む姿を見ている一瞬の間、ついさっき、父と別れて池にやってくる時に見た光景を思い出していた。

どこかの披露宴に呼ばれたスーツ姿の子供二人が、キャッキャ言いながら『修理中、要注意』の立て札を持って走り去っていった。おそらくそこに立てかけてあった物だ。

航平は斜面の植木を突っ切るようにして転落、それでも体育会系の本能なのか受け身の姿勢になった。ただし下にはマットも畳もない。水しぶきを上げて池に落ちた。

「だ、大丈夫ですか！」

愛永が駆けつけた。自分にもいくらか責任があると思って、斜面の木を支えに手を差し伸べようとする。

「うわっ、深いぞこれ……！」ブクブクと沈んだり浮かんだりの航平は、愛永の手を取ろうとした。

「早く摑《つか》まって」

航平の手が握った。ところが愛永の方も足下が頼りなかった。航平が引っ張り上げてもらおうとした時、

「あーっ」

愛永は引きずりこまれた。池にまた水しぶき。頭から池に落ちてしまった。赤と黒の鯉が驚いて泳ぎ去った。

溺《おぼ》れちゃう！　とパニックに陥ったが、愛永は難なく水の底に立つことができた。航平も立った。水は腰の高さだった。

「……何するんですか」と、全身濡れそぼった愛永が航平を睨《にら》む。

「ごめん」

「深くないじゃないの、全然」

「ほんとだ」と初めて気づいたような航平だった。

このスラップスティック。池にズブ濡れの二人。あまりに滑稽《こっけい》なので愛永は咳込《せきこ》むように笑えてきた。

つられて航平も笑う。滑稽な上にみじめ。次第に泣き笑いになる。引き攣《つ》るように笑っていた二人だったが、しばらくして「……ハッハ」と空しい溜め息になった。

建物の窓には式服の人間たちがうごめいている。誰も池に落ちた二人には気づいていない。大安吉日の平和な昼下がり。ズブ濡れの女と男。

「……上がろう」

航平が我に返ったように言った。

「うん」

「手、貸して」

航平が先に斜面を上り、愛永を引き上げた。

二人は水をしたたらせながら、庭園からホテルに続く砂利の小径《こみち》を行く。普段はあまり人気《ひとけ》のないホテルの入口。入ればすぐ近くにエレベーターがある。

並んで乗り込んだ。

「何階?」と航平が訊く。

「七階」と愛永が答えた。同じ階だった。

ボタボタとエレベーターの床を濡らしながら、突っ立ってランプを見上げている二人。運よく七階に到着するまで誰も乗ってこなかった。

ドアが開く。エレベーターを出る。廊下が二つに分かれる。愛永は711号、航平は704号、反対方向だ。

分かれる時、再び顔が合った。

「じゃ……」

「そんじゃ……」

どんな別れの挨拶をしていいか分からず宙ぶらりんの表情で愛永と航平はそれぞれの道を選んだ。

航平の足が止まる。振り返ると、711号室にカードキーで入って行く愛永が見えた。

自分の部屋に向き直る航平は、現実に立ち返った。ドア一つ隔てた向こうに粧子が待っているのだ。

粧子は廊下の足音を聞いた。航平か。そうに違いない。部屋の前で止まった。ドアチャイムを鳴らしてくれたらすぐドアを開けに走る体勢で、粧子は中腰になった。

しかし何も動かない。

航平がドアの前に突っ立って、粧子を本当に許せるのかと自問自答している姿が見えるようだった。

やがて。

足音が遠ざかった。航平は部屋に入ってくれなかった。まだ迷いがあるのか。あるいはこれが結論なのか。

粧子は再び腰をソファに沈める。過去も過ちも全て引き受けてくれて、自分を抱きしめるために戻ってきてくれる……そんな男のロマンを信じていた自分を嗤《わら》った。

現実の男については、幼い頃からイヤというほど知っていたはずではないか。

札幌の名画座の映画館の館主であった父親は、独特のセンスで二本立ての番組を組んだりして、粧子も小さな頃からチラシ作りを手伝っていた。

『ライアンの娘』と『草原の輝き』のエリア・カザン週間。『男の出発』と『ラストショー』の青春映画特集……

映画にまつわるウンチクを父が原稿にし、小学生の粧子がガリ版刷りにした。仕事へのロマンには満ち溢れているが、実生活のロマンには疎い父だった。夫の生き方に置いてけぼりを食ったような母は、やがて外に男を作って出奔した。

「お母さんは、なくした宝物を探しに行ったんだ」と、父は寂しげな笑顔を浮かべて、ある朝いなくなった母のことを粧子に説明した。

何が宝物だ。ロマンシング・ストーンなんてありゃしないんだ。たとえそれが見つかったって母が二度と家に帰ってこないことは九歳の頭でも分かった。

母がいなくなってしばらくして、父は映画館をスーパーマーケット用地のために売っ払ってしまった。最後まで映画の斜陽に抵抗しなかった父を、「どうして最後までアラモ砦《とりで》で戦ってくれなかったの」と粧子は少しなじったりした。しかし粧子も、ロマンを切り売りした恩恵に浴したのだ。後に、学費のかかる東京の有名私立大学に入ることができたのは、映画館を売ってくれたお陰だった。

学生時代からキャラクター・デザイン会社で営業のアルバイトをした粧子は、勉強そっちのけで、タオル・メーカーや装身具メーカーと手を組んで大きな仕事を取ってきて、若い頃から頭角を現わしていた。商社の総合職を目指す友人の中で、粧子は街を駆け、まるで一頃のダイアン・キートンのような溌剌《はつらつ》さでスニーカーを履き潰していた。

恋をして体を許しても、魂だけは売り渡さなかった。男の犠牲になんか決してなったりしない。「仕事相手とランチを食ってる暇があったら、どうして電話の一本もできないんだよ」と束縛しようとする男には愛想尽かした。男がカッコよく口にするロマンというものの浅はかさは父を見てよく知っていたから。

世はトレンディ真っ盛り。粧子も遊んだ。その頃、友人の結婚式で出会ったあの男は、恋のゲームとしては申し分なかった。しかしバブルが弾けると、あの男は勝手にゲームを下りてしまった。落ち武者のような姿を粧子に見せたくないという男の見栄に他ならなかった。リストラの波で会社を追われ、マンションも変え、男が忽然《こつぜん》と姿を消した時に初めて、自分は彼を心底愛していたのだ、彼としたかったのはゲームなどではなく生涯を共に生きることだったと思い知らされた。どうして涙の一つも見せて、ゲームに負けてしまわなかったのかと後悔した。

粧子は会社をやめて二十八歳で独立した。東京近郊の閑静な住宅街にオープンしたタオルの店。これまで手玉にとってきたメーカーのオジサン連中とのコネをフルに活用して、何とか店を軌道に乗せた。

女経営者としての野心はあったが、三十歳が近づくにつれて息切れしてきた。遊びにも興味をなくし、休日はマンションに閉じこもって日が暮れるまで疲れた体をフローリングに投げ出していた。あの男と撮った写真はまだ捨てていなかった。

そんな時、航平に出会った。不器用な体育会系。気持ちのキレイな男だと思った。この清涼感の傍《そば》にずっといたい、と思える瞬間が何度もあった。何よりも粧子はあの男のことを早くふっ切らなくてはならなかった。仕事の人脈からあの男の行方を突き止めようとしている自分、あの男の写真を休日に見つめる自分がイヤでたまらなかった。

神宮球場のデートで、航平がトレーナーを担当したルーキーが倒れ、航平の心がえぐられるように傷ついたのを見た後、粧子の方からプロポーズした。

粧子は男のロマンを少し信じたフリをして、航平と幸せな家庭を作ってみようと思ったのだ。

底冷えのする真冬の夕闇、あの男と突然再会するまでは……

ドアから宇崎航平の遠ざかる足音を聞きながら、粧子は、現実の男が映画のヒーローのように逞しく振る舞えなくても仕方がないと思った。

父親は分からなくても、わたしが母親であることだけはハッキリしている。この子と二人きりで生きて行こう。そう決心を固めつつあった。

粧子の待つ部屋には戻れなかった航平は、廊下を戻り、エレベーターホールを通り過ぎた。

とりあえずこのビショ濡れ状態を何とかしなくてはならない。

非常識なことはわかっているが、さっきの女に助けを求めなくてはならない。

愛永の消えた７１１号に向かった。

エレベーターが上品なチャイムを鳴らして、その時、七階に到着した。

一人の若い女が降り立ち、エレベーターホールを通り過ぎる航平を見た。咄嗟《とっさ》に声をかけられなかった渡辺美緒《わたなべみお》は、他でもない航平の教え子だった。

サテン地の紺色のワンピース、ウェスト部分は自然にくびれたようなカーブで、スカート部分は中にふっくらしたペチコートがはいったフレアっぽいミニ。輝くばかりの若さを強調したファッションで、航平の結婚披露宴に出席しようとしていた美緒は、航平に「イイ亭主になれよ」と皮肉の一つでも言いたくて、前夜から泊まると聞いていた七階の部屋を訪ねようとしていた。

大づくりな二重の目を化粧でキツく際立たせたのは、航平への思いだった。少し上を向いた鼻が、高慢すれすれの勝気さを表現している。いつもデキの悪い学生としてゼミ講師の航平を困らせながら、航平を密《ひそ》かに想って学園生活を過ごしていた地方出身の十九歳だった。

美緒は航平に声をかけるタイミングを失ったまま、反対方向の廊下を、何やら水をしたたらせながら歩き去る恩師の姿を目で追った。

どこへ行くのだろう。部屋はあっちの廊下ではないのか。どうして全身濡れそぼっているのか。

航平はある部屋のドアチャイムを押した。横顔に気弱な逡巡《しゅんじゅん》が漂っている。

ドアが開いた。航平は一歩後ろに下がって、どう弁解していいか分からない顔で部屋の主に何か言った。

部屋の女が少し見えた。慌ててバスローブを羽織ってきたような女。髪が濡れている。それは美緒が知っている航平の結婚相手ではなかった。


「いや、あの、すいません、迷惑かとは思ったんだけど……」

「どうしたんですか？」

「ちょっと事情があって、自分の部屋に戻れなくて」

「鍵、なくしたの？」

「そうじゃないんだけど……戻れなくて。非常識なのは重々分かっているんだけど、ちょっとお宅の部屋で、体を拭かせてもらえないかな」

「…………」

愛永の躊躇《ためら》いを見て、航平は我に返ったように萎縮《いしゅく》した。「ごめん。見ず知らずの男を入れるなんて、やっぱりできないよな。すまなかった。じゃ……」

と踵《きびす》を返しかけた時、愛永は「どうぞ」と言った。航平の俯《うつむ》いた顔に何やらせっぱ詰まったものを感じていた。少なくとも男に危険はないと思った。

「いいの？」

「風邪ひいちゃうでしょ」

「すまない、じゃ……」

美緒のいる場所から会話は聞こえなかった。しかし航平は女の招きによってスルスルと部屋に消えた。

女は誰なのか。

結婚式二時間前に、同じように全身を濡らした女と、まるで秘めたる逢いびきのように一つの部屋に入った航平。

美緒は、もう二つの人影はなくなったものの、摩訶不思議な残り香が漂っているような廊下の一隅に、目が吸い寄せられたままだった。

愛永が名前も知らない男を部屋に引き入れていた頃、鴻野遼太郎は川越新座線の先でトラックをやっと発見した。

北西へひた走るトラックの運転席横に、遼太郎は車を並べた。

無精髭で目だけがランランとした松崎が見えた。遼太郎は片手で再び携帯電話の番号を押した。松崎は助手席を一瞥《いちべつ》した。鳴った携帯電話を無視しようとしている。

遼太郎はクラクションを鳴らした。松崎が振り返った。携帯電話を持っている遼太郎に気づき、何度か惚《ほう》けたような表情で見返した後、横の電話を取った。

「やっと見つけたよ」と遼太郎。

「何の用だ」

と倒産した会社の社長は、空元気《から》の威厳で言った。代々地道に続いた家具問屋だったが、高級品の輸入業に手を染めたために借金の山を築いてしまった。悪人ではない。人が良いだけだ。先祖にも家族にも顔向けできない松崎は、破滅への急坂を転げ落ちていた。

「町金融の連中が一足遅かったたって、倉庫の前で地団太踏んでたよ」と、遼太郎は今朝目にした光景を話してやった。

「奴等に商品を渡す訳にはいかないんだよ」

「まかせてくれよ親父さん。俺がイイ値で引き取るよ」

「信用できないんだよ、あんたらは」

「鎌田屋なら信用できるって言うのか?」それは遼太郎の会社とはライバルの、埼玉を拠点とするディスカウント・チェーンだった。

「総額の八パーセントで引き取るよ。額については社長から一任されてんだ」

「鎌田屋なら一〇パーセントだ」

「そんな話信じるのか？　倒産品の相場は定価の五パーセントだぞ、債権者が鎌田屋と結託してるに決まってる。甘い蜜で親父さんをおびき寄せてんだよ」

松崎の表情が弱々しくなった。言われてみればその通りだと思ったのだろう。

「第一、何のために金を作ろうとしてるんだ。どうせ債権者に吸い上げられる金だろう」

「…………」

「何とか言ってくれよ。何に使うんだ。力になろうって言ってんだよ俺が。すぐに札束と変えてやるからさ」

「…………」

「時間がないんだよ俺にも。これから結婚式なんだ……ッ」

と遼太郎は苛立った。松崎がやっと振り向いた。結婚式という言葉に効果があった。遼太郎の真剣な表情を見て、嘘ではないと思ったようだ。

「結婚式の当日もこうやって扱《こ》き使われてんだ。今取り引きをすればギリギリ式に間に合う。俺を助けると思って、止めてくれよ車を」

「…………」

「頼むよ！」

トラックのスピードが落ちた。やっと止まってくれた。遼太郎は片手で軽いガッツポーズをして、トラックの前に4WDを止めた。

道に降り立ち、トラックの運転席を覗き込んだ。松崎は力尽きたようにハンドルに突っ伏していた。

「八パーセントで引き取る、いいよねそれで」

松崎は頷いて、気落ちした目で遼太郎を見た。妙に優しげな目でもあった。

「……そうか、あんた結婚するのか」

「年貢の納め時ってヤツだ」

「俺の娘も、先月、結婚したんだ」

「へえ、いたの、親父さんにも娘が」

「別れたんだ。女房が引き取って育てた。もう五年も会っていない」

「………」

遼太郎は家庭喪失者の悲しみに触れた。

「親らしいことは何一つしてやれなかった。挙句の果てにこの有り様だ。尾羽打ち枯らした親父だけど、持参金ぐらい渡してやりたくてな……生みの父親の、精一杯の見栄だ」

「だから最後の商品を抱えてトンズラしたのか」

「早く金をくれ。引き換えにこのトラックを渡す」

　その娘が喜んで金を受け取ってくれることを遼太郎は祈った。

「……親父さん、一つ頼みを聞いてくれるかな」

　遼太郎は何か一計を案じたような柔らかい微笑を投げかけた。「金は今すぐ渡す。問題はこの商品の山だ。ウチの会社まで運んでほしいんだ。運送料としてあと二十万上乗せするから」

　松崎の顔がポカンとした。

「時間がないんだ。すぐ式場に行かなきゃいけないし、ここにトラックは置いてゆけないし、会社の連中は捕まらないし、頼れるのは親父さんだけなんだ」

「俺が持ち逃げしたらどうする」

「信用してる」

「甘いな、あんた」

「親父さんに裏切られた時は、埋め合わせをするさ、女房の持参金で」

　遼太郎は人を食ったような笑顔で答えた。それは嘘だった。愛永は持参金付きの御令嬢なんかではない。

　松崎は、生き馬の目を抜くこの世界で珍しいものを見たように遼太郎を凝視している。

「式まで時間は」

「あと二時間」

「急いだ方がいい。この時間じゃ渋滞だ」

契約成立だった。

あとは愛永の待つホテルへひた走るだけだった。

5

「どうぞ」

と、愛永と揃いのガウンを着た航平にコーヒーを渡した。

愛永が先にシャワーを使い、航平と交代した。洗面室で脱いだ航平の服は、ボーイに渡してランドリーを頼んだ。

「いただきます」

応接間のソファにちんまり座って、航平はコーヒーの湯気を吹いた。

こうやって白いガウン姿で向かい合うと、まるで真っ昼間から愛を交わした新婚カップルだ。

「服が乾いて戻ってきたら、すぐ出て行きますから」と航平。

「災難よね、お互いに」

「お宅にとっちゃ人災だよね……すいません」と謝罪した。愛永を池に引きずり込んだ責任者として。

「子供のせい。修理中の立て札を外した子供がいるの」

「どうりで、頼りない欄干だった」

しばらくお互い無言でコーヒーを啜《すす》った。

「……余計なお世話かもしれないけど」

航平がどうしても見過ごすことのできない律儀さで問いかける。「つい目に入ってさ……風呂場で」

血の跡のことだ。拭き忘れたところに目を止めたようだ。

「誰か怪我でも……？」

「手首切ったの」

愛永はついポロッと答えてしまった。

航平が心配そうにこちらの手元を見たので、愛永は無傷の両手を見せてやった。

「……じゃ、誰が」

「これから結婚する彼の、昔の恋人」

愛永は笑い話のように喋った。見ず知らずの男性に話せば、気持ちが少しでも救われるような気がしたのだ。航平は話の先を求めていた。好奇心でランランとした目ではない。

「彼を返してくれって、突然飛び込んできて、あそこで手首切って」

「ひどい話だな」

「でも何だか可哀そうになって、病院まで連れてってあげた。人がイイにも程があるでしょ……」

それだけの説明ながら、池のほとりで愛永が抱えていた苦悩が分かった気がした。

「じゃ……結婚するの？　これから」

と、航平はそろっと訊いてみた。

「そうね。あと二時間もしたら」

と時計を見て、愛永は他人事《ひとごと》のように答えた。

航平は奇遇に苦笑した。

「俺も、あと二時間だ」

「へえ……じゃ神前の方？」

「そっちは教会？」

「そう」と愛永も笑った。同じ時間に結婚式を挙げる同士か。やや心が接近した。

「結婚式の前に、彼氏の昔の恋人が……そりゃたまらないよな」

「でしょ」

「彼氏は、今どこ」

「仕事。式に間に合わないかもしれない」

「それもひどい話だな」

「でしょ」

「……大丈夫？」

笑顔でまぶすことで現実を耐えているような愛永に、航平は心配そうに問いかけた。好奇心でなく心の闇を見つめてくれるような航平の眼差しに、愛永はちょっとドギマギした。

「そういうあなたは、何を考えていたの、池のほとりで」

「………」

今度は俺が話す番か？

「部屋で待っているのは、結婚相手の彼女でしょ？」

ならどうして部屋に戻れず、このドアを叩いたのか、と静かに問いかける愛永の眼差しだった。

航平は微苦笑し、俯《うつむ》く。

「ごめんなさい。詮索するつもりはないの」

「彼女、妊娠してたんだ」

「へえ……」

「できちゃ、、、った結婚とか、そういうんじゃないんだ。誤解がないように言っとくけど」

「おめでとう」

「一カ月前に分かって、大騒ぎでね」

「お腹の赤ちゃんも結婚式に参加できるなんて、最高ね」

航平はそんな風に考えたことはなかった。なるほど。まだ親指大の子供だろうが、腹の中で一緒にウェディングマーチを聞くのか。想像すると微笑ましくなった。

「でもね……」と、航平の微笑みは自嘲にすり替わった。「子供の父親は、俺じゃないかもしれないんだ」

ぽろりと言ったら、愛永は絶句した。

「さっき言われてね。参ったよ。結婚式目前になって、そんな告白しやがるからさ」

「それは……」こんな時は何と言ったらいいのだろう。「……大変ね」

「やめだ。やめやめ……さっき聞こえたろ？　でもね、そうは呟いてみたものの、行動にはなかなか移せないよ」

「………」

「心の広い男になって、部屋に戻って……気にしないよ俺、結婚しようぜ、イイ父親になるからさ俺……とか何とか、彼女に向かって言えたとしても、全部嘘になるような気がした」

「……彼女は、部屋でひたすら待ってるんでしょ？」

「それも、あいつの計算のように思えるんだ」

「気持ちは分かるけど……」

「やめようこんな話」と航平は遮った。「今会ったばかりの人にこんな悩みを打ち明けたって……」

「そうね。解決するわけじゃなし」

「…………」

「…………」

言葉が跡切《とぎ》れた。他に話すことがなかった。元々何一つ接点のない二人なのだから。航平の服が乾いて戻ってくるまで、どう時間と空間を埋めればよいのか。

「これって……」

愛永が微《かす》かに噴き出すように笑った。「まるで行きずりの男と女の風景よね」

「…………？」

「シャワーを浴びてお揃いのガウンを着て、自分の結婚式の前に、まるで行きずりの相手と間違いをしでかしたみたいな……」

「ほんとだ。あいつに見せてやりたいな」

「裏切りには裏切りを、てなモンね」

「そんな風に裏切れば、彼氏の罪とフィフティ・フィフティになって、笑顔で結婚式に臨める?」

「かもね」

「恐いな、女って」

「腹いせで、このガウンをバッと脱ぎ捨てて、せえので抱きついて」

「それじゃ傷の舐《な》め合いだ」

言葉遊びだった。気晴らしだった。航平は改めて愛永の顔を観察した。凜《りん》としているが、たった一本残っているつっかえ棒でようやく立っている、といった印象だ。

「そんな告白をした彼女、殴ってやればよかったのよ」

「殴りたかった。でもお腹の子供にさわるだろ」

「優しいのね」

この優しさが、女にとっては罪作りだったのだろう。常に男がそんな風に優しくいたわってくれたから、女は過ちを告白できずに結婚式当日まで来てしまったに違いない。告白した時ぐらい、むしろ激情をぶつけられ殴ってくれた方が女は救われる。

「彼氏の元恋人に手首を切られた女と、彼女の過ちを知らされた男か……」

愛永はポツポツと、今の二人の有り様を呟いてみた。

「あんな風に池に落ちなかったら、俺たち、結婚式なんかやめにして、今頃同じバスに乗っていたのかな」

「どうかな」

「ずぶ濡れになって慌《あわ》てているうちに、ついついホテルに舞い戻っちまった……」

神が与えた酔狂な運命のように、航平は言った。

目が合った。男は潤んでいた。女も潤んでいた。お互い同じ分量の涙を秘めた目が、慈愛のように相手を見つめた。

「辛かったろうな」

「さっきはね」

「まだ辛い？」確かめるように航平が訊いた。

「あなたは？」

「辛いけど……俺が歩かなきゃいけない道のように、思えてきた」

「幸せになれる？」

「幸せになるよう努力、できるかもしれない……君は？」

「そんな努力、できないかもしれない」

不意に航平は、目の前の彼女を抱きしめてやりたいと思った。まだ名前すら聞いていない女を抱きたいと思う自分に驚いていた。

「もういくよ」

衝動と動揺に蓋をするように航平は立ち上がった。

「でも服がまだ……」

「いや、いいよこのままで」

と踵《きびす》を返した航平に、愛永は思わず震えた声を上げた。

「お願い、もう少し一緒に……一緒にいてくれない？」

航平は振り返った。崩れ落ちそうな最後のつっかえ棒を愛永に見たような気がした。

「もう少しだけ……ボーイさんが服を届けてくれるまで」

航平が再びソファに腰を下ろした時、電話が鳴った。乾いた電気音が部屋を鋭く切り裂いた。愛永はどう扱っていいか分からない顔で、しばし電話機を見つめたままだった。

航平は彼女が取るのを待った。結婚相手の男だと察しがついた。

愛永はようやく取った。「もしもし？」

『俺だ。ごめん、今向かってる最中なんだ』

聞こえた遼太郎の声。愛永の息は喉元で止まったままだった。

『もしもし?』

「……仕事、終わったの?」

航平は音をたてまいと注意した。

『ごめん。電話する暇もなかった。寂しかったか?』

「寂しくて、池に飛び込んじゃった」

と航平を見つめて答えた。航平が音をたてずにふっと笑った。

『池に……? 何だそりゃ』

「間に合いそう?」

『渋滞なんだ。ちょっと式の方、遅らせてもらえるかな』

「駄目よ。後ろが詰まってるもの。大安吉日よ」

『よし、何とか間に合ってやる』

「間に合ったとしても、あたしが待ってるとは限らないわよ」

『どういう意味だよ』

「やめだ、結婚式なんかやめやめ……さっきそう呟いたの」

『ほんとかよ。結構真剣に怒ってんだな。勘弁してくれよ』

遼太郎がじゃれつく時の声だった。

「じゃ答えて。あなたにとって結婚って何？」

遼太郎だけではない、航平にも問いかけるような眼差しだった。電話の向こうで遼太郎がウーンと唸《うな》っていた。

『男にとっちゃ……人生最大の買物かな』

「あなたらしい……」と愛永は笑ってしまった。遼太郎はあたしをディスカウントして買うのだろうか。

「じゃ、女にとっては何だと思う？」

答えを聞いてから全てを決めようと愛永は思った。遼太郎を試していた。

『女にとっちゃ……』と言葉を選んだ遼太郎が、やがて軽やかに答えた。『そりゃアレだろ。一生に一度の、主役になる時』

答えを間違えている。それは結婚式のことであって、結婚の意味ではない。ドレスに身を包む夢だけが結婚式直前の女性を支えているのだと、遼太郎はタカをくっていた。

『早く見たいよ、愛永のドレス姿……じゃ急ぐから。絶対間に合ってやるから』

と都市ゲリラのバイタリティをみなぎらせた声で、遼太郎は電話を切った。

愛永は静かに受話器を戻した。大学受験の女子学生が、分かりきっていた不合格通知を確かめた後のような表情だった。

「……一生を預けようと思ったの」

愛永は吐息めいた声で航平に語りかけた。

「預けて……この人の傍で、自分の一生を輝かせることができたらどんなに素敵だろうって思ったの」

「一生か。何だか重いな。そんなこと言われたら、男は責任重大だ」

「そうよ。大事なの。だって、あたしを真剣に愛してくれた人の、義務だと思うもの」

「彼は、義務を果たしてくれそうにない？」

愛永は瞳をぐるりと回した。自分の馬鹿さ加減を嗤《わら》う時の表情だった。

「自分がこんな弱い女だとは思わなかった……きっと寂しいだけなのね」

義務という言葉を強がりで言ってみたものの、心を空洞にしている原因を愛永は正直に口にしてみた。

愛永には結婚への夢があった。大それた夢ではない。偽りのない言葉とぬくもりで愛されたかっただけだ。小さな砂糖菓子のような夢は踏み潰されていた。

寂しいという言葉をこれほど寂しそうに言う女を、航平は初めて見た。

涙が愛永の目の中で、球体のように膨れ上がるのを見た。航平は手を伸ばして愛永の肩に触れた。慰めの言葉が思いつかなかったのだ。

すると愛永が体を翻《ひるがえ》して、航平のガウンにぶつけてきた。

抱き止めた。愛永を抱いた。

「ごめんなさい……すぐ離れるから」

ガウンのタオル地に、悲しみに高ぶった熱があった。愛永の体温は切なかった。

「慌てなくていいよ。まだ時間はあるよ」

「すぐ泣きやむから」

「いいよ。ずぶ濡れになったついでだ、どんどん泣けばいい」

男の優しい声を聞くなり、愛永は涙をふり絞った。ならば甘えさせてほしい。

そんなにも何を怖がっているのかと航平は思った。この女の現在だけでなく、過去や未来にも触れてみたいと思った。せめて髪に触れた。父親のように撫でた。

「聞いてくれるかな……」

航平は髪に語りかけた。「きっと結婚なんて、家庭なんて、結婚前に思うほど大層なもんじゃなくて、くだらなくて、いつか幻滅してしまうもので……夫婦の愛なんてものも、いつか跡形もなく消えてしまうんだ。最初からなくなる物だと思ってりゃいいんだ。だからやっちまえばいいんだ結婚式なんて。何てことないさ。気持ちなんか平気で誤魔化して、何が永遠の愛だよって思いながら、牧師の言葉に神妙な顔して……誓います、そう答えてりゃいいんだ」

愛永の嗚咽《おえつ》がやんだ。

「嘘をつこうぜ」

愛永の緊張が溶けるのを感じた。

「だってさ……俺、粧子を捨てられないから」

それが航平の本心だった。「捨てられないんだ。可哀そうなのは、俺よりもあいつの方かもしれない」

自分に捨てられたら粧子はどう生きてゆくのだろうと思うと、たまらなかった。誰が父親か分からない子供を腹にかかえて、粧子はたった一人で育てようとするだろう。

「あたしも……捨てられない」

愛永が体を離した。涙目を拭き、航平を毅然《きぜん》と見上げて言った。

「何一つ努力しないですごすご諦めるのは、あたしの性分じゃないから」

「強いな。強いよ。案外勝てるかもしれない」

結婚式という現在を偽ることで、結婚生活という未来に勝てるような気がした。

「ねえ、あたしたち、もう一度会わない?」

愛永は声に本来の張りを戻した。

「……？」

「何カ月かして、どこかの町で！」

トム・ソーヤーの冒険心のように、愛永の瞳が輝いていた。

「そうだな、会おう……」航平の瞳にも同じ輝きがともった。「もう一度会って、幸せになれたかどうか、報告し合って……」

二人は再会の時を夢見ることで、自分たちに待ち構えている試練を乗り越えられそうな気がした。

「いつにする？」と愛永。

「そうだな……半年ぐらい後かな」

「十月。秋ね」

「……十月二十日っていうのはどうだろう」

「どうして二十日なの？」

「俺の誕生日なんだ……」と航平は照れた。

「よし、じゃ、あなたの誕生日に……約束よ」

愛永は童心に帰ったように、自分の小指を航平の小指に絡めた。細いが芯の強そうな指だった。指切りゲンマン。二度ほど宙に振った。

「時間と場所は、あたしの方から連絡する」

「電話が鳴るの、待ってるよ」

「教えて、番号」

航平はホテルに備え付けのメモ帳に書き記した。市外局番は東京近郊のものだった。

そして再び、お互いの眼差しが相手の顔を捉えた。微熱めいた奇妙な感情が、発作のように二人の間に通い合った。

「約束の十月二十日に再会した時……二人とも幸せじゃなかったら、あたしたちは……」と、愛永は口ごもりながらある可能性を口にしようとした。

幸せじゃなかったら、新しく何かが始まる男と女に、なれるのではないか。未来に勝とう、そんな不退転の決意に溢れていたはずの眼差しが、揺らいだ。

近づいた。

女と男が唇を重ねた。二秒のキスだった。

男と女が離れた。火照《ほて》ったような感覚が、二人それぞれの唇に残っていた。

「今のは、何のキス？」と愛永が見上げて訊いた。

「分からない……」

航平は本当に分からなかった。ただ説明し難い情熱の余韻に、身の置き所なく浸っていた。

ドアチャイムが鳴った。

ボーイがきっかり一時間後、ランドリーを終えた航平の服を持ってきた。

きれいにたたまれたジーンズとTシャツに着替え、宇崎航平は一時間を共にした名も知らぬ女の部屋から去って行った。

名前を聞かなかったと気づいた時には、背後のドアは閉まっていた。


廊下に再び足音が聞こえ、粧子は固唾《かたず》を呑んでドアを凝視した。

チャイムが鳴り響くと、つんのめりながら駆け寄ってドアを開けた。航平が、迷いのかけらもない妙に穏やかな表情で立っていた。

戻ってきてくれた！　という喜びの中で、粧子は一つの匂いに気づいていた。石鹼の匂い。この部屋にあるホテルの石鹼と同じ匂いなのは何故か。どこかでシャワーを浴びたのか……が、それはほんの一瞬の疑問だった。航平は粧子にこう告げたのだ。

「さあ……一時間後だ。支度しなきゃ」

粧子は食い入るように航平を見つめた。

「いいの……？」

航平はぎこちない笑顔だったが、偽りではない力強さを一語一句にこめ、答えを差し出した。

「結婚、しよう」

粧子の目からどっと涙が溢れ出た。

「ありがとう、ありがとう……」

航平の胸に、何故か洗いたてのようなシャツの胸に、粧子は顔を埋《うず》めた。

航平の両手が、言葉ほど力強さはなかったが、精一杯の優しさで粧子の背中をくるんだ。

一カ月、悪阻《つわり》に苦しんだ体は痩《や》せていた。背骨の固さが航平には切なく思えた。

花嫁の衣裳室に、宗市が案内されて入ってきた。

人の形をした純白の輝きが椅子に座って、宗市を迎えた。ウェディングドレスを身にまとった愛永は、ふっ切れたような笑顔を父に投げかけた。

タフタ地のドレスには、前面と胸と袖にパールの刺しゅう。胸元にもパールのネックレス。手にはブーケとして生花の胡蝶蘭。ベールにも同じく白い蘭がティアラ風にアレンジされている。

「どう、お父さん」

「綺麗だ……」と宗市は思わず感嘆した後、「……大丈夫なのか？」と案じた。

「大丈夫」

ドレスの胸を膨らませて娘は答えた。誰かの血痕で服を汚していた二時間前の苦悩に満ちた表情を、どこでどう洗い清めてきたのかと思うほどだった。

廊下にバタバタと足音が聞こえた。

父と娘が同時に振り返った時、ドアが勢いよく開け放たれ、息せき切った遼太郎が飛び込んできた。

「間に合った！」と歓喜の声を上げた後、愛永の輝きに目を奪われた。

「綺麗だ……驚いたな」

介添人の中年女が「本当にお綺麗……」と溜め息のように言い、「ほら、旦那様の方も早く」と遼太郎を急《せ》かせた。

遼太郎はそこで初めて宗市の存在にも気づき、天啓を受けたような面持《おもも》ちになった。長く言い忘れてきた言葉があったことに、今ハタと思い当たった。

この純白の女。こんな宝物を自分のものにするならば、言わなくてはならない言葉があったはずだ。

「お父さん……すいませんでした。忘れていました」

宗市は答えを知っているかのような思慮深い面持ちで、何をだ？　と眼差しだけで問いかけた。

「愛永さんを、俺に下さい。幸せにします」

愛永が身を焦がすほど待ち望んでいた言葉が、やっと聞こえた。宗市は少しじらしてやってから、答えた。

「いいよ。君に預ける。大切にしてくれよ」

愛永は複雑な感動に揺れていた。遼太郎のその言葉をもっと早く聞きたかった。もっと早く聞いていたら、あの男に出会うこともなかったのかもしれない。あの男……名前を聞き忘れていた。でも電話番号はバッグに大切にしまった。

結婚式の一時間前に、出逢ったばかりの男性と新しい恋に落ちた。さっきはそう思えた。男と過ごした真昼の密室が、自分を、それまでとは違う生き物に変えてくれたのだと信じることができた。

遼太郎は介添人に急かされ、花婿の衣裳室へと走って行く。

これは偽りの結婚式だと、今、愛永は言い切ることができなかった。

二組の結婚式が終わった。

午後の太陽は柔らかく人々を包み込んでいたが、風は強く、愛永のドレスをバレエの衣裳のように踊らせていた。

石畳が敷き詰められたチャペルの屋上では、愛永と遼太郎が、式に列席した親族たちと記念写真を撮っていた。愛永のドレスの端を持った少年と少女は、遼太郎の親戚だった。柔和《にゅうわ》な笑みを浮かべた牧師も、二人に並んで写真に収まっていた。

もう一組の結婚したてのカップルがやってきた。愛永の目線はその方に釘付けになった。羽織袴《はかま》の航平が神妙な顔つきで歩いてきた。隣にいる高島田の女が、婚約中の過ちを告白した妻か。

航平も愛永に気づいた。眩《まぶ》しい白。眩しい頬。控え目な色の口紅。航平はその唇を知っていた。隣のタキシードの男が愛永を苦しませた夫か。

一行もここで記念写真を撮る。愛永と遼太郎たちは場所を譲った。すれ違う時、風のせいでなびいた愛永のドレスの先が、微かに航平の肩を撫でた。

椿山荘の名所である三重の塔をバックに、和装の航平と粧子が並んだ。

愛永は去りつつ、振り返っていた。

偽りの結婚式をあなたはやり遂げましたか？　そう問いかけたい衝動に駆られた。

「何を見てるんだ？」と遼太郎が訊いた。

「花嫁の人、綺麗だなあって」

「愛永の方が、綺麗だよ」

遼太郎が強《こわ》ばったような無表情に笑みを浮かべて、妙に力のこもった言い方をした。

愛永は心で航平に問いかける。あなたはもう忘れてしまいましたか、あたしたちの再会の約束を……

カメラの注文で笑顔を向ける航平は、お互いの苦悩を曝《さら》け出し、救済で締めくくった一時間の密室のドラマなど幻ではなかったかと思えるほど、嘘偽りのない幸福感を発散させていた。

愛永がじっと見つめていたせいか、航平の隣にいる妻がこちらを見た気がした。自分の美しさを誇示しているように見えたのは、気のせいか。

愛永は遼太郎の手に引かれた。離れ離れになってゆく愛永と航平の間に、風が、四月にしては肌寒い風が、ひゅんと音をたてて吹き抜けた。

神が頬を撫でたような風は、二組の夫婦に儀式の終わりを告げ、生活の始まりを予言していた。

第二章　私書箱恋愛

1

聖蹟桜ケ丘の駅からバスで三つ目の停留所、そこから徒歩五分に、財閥系の大手不動産会社が開発した新興住宅地がある。

幅六メートルの公道には、秋が待ち遠しい銀杏《いちょう》並木が植えられ、造りのよく似た木造二階建ての家が五棟、並んでいる。

ささやかな庭と一台分の車庫が付き、3ＬＤＫの賃貸一戸建て物件は新婚者向けとして設計されている。外観はエンジ色のタイル張りだが、表から見えない部分は吹きつけの壁のままである。余分なところには金をかけない主義だ。子供が生まれたらボール遊びくらいはできる芝生の庭がある。一階は八畳ほどのフローリングのリビングと六畳のダイニングキッチン。障子窓のある四畳半の和室がリビングと隣接している。二階の八畳の寝室は二つベッドを置いても余裕があり、化粧台や小机が置ける。四畳半の隣室は日当たりは悪いが書斎として使える。三畳の納戸は粧子の衣裳簞笥《だんす》でほとんど潰れてしまった。

月二十五万の家賃である。共働き夫婦が頑張ってやっと払える額だろう。

航平と粧子は、結婚式の二週間前に引っ越しを済ませていた。粧子の体調も考えて、新婚旅行は近場の香港で四泊五日。しかし粧子はそれまでの悪阻《つわり》が嘘のように、元気に女人街を歩き、ペニンシュラのショッピング・アーケードでエルメスのスカーフを値切り、旺盛な食欲で北京ダックを腹に詰め込んでいた。

新緑の季節、結婚生活が本格的に始まった。

粧子の腹の子供。その父親については、暗黙の了解のもと、タブーになっていた。膨らみが目立ち始める前から、航平はよく粧子の腹に触れて、その胎動を夢見心地の顔で聞いた。確率半々のギャンブルであっても、自分の子として夢を見ることはできた。そんな時粧子は、腹に耳を当てている航平を包み込むようにして抱きながら、自分の罪深さを呪《のろ》っていた。

胎盤が出来るまでは、胎児は母親と同じ血液型だが、妊娠二十週を過ぎると胎児の血液型も決定し、精密検査で分かるようになる。しかし粧子も航平も検査をするつもりはなかった。審判を受けるのは出産まで待つことにした。

予定日は十一月半ば。季節を一つ一つ越え、審判の日が近づくにつれて夫婦の緊張感は目に見えない形で高まってゆく。と同時に、緊張感に慣れた生活のサイクルを、二人は獲得していた。

葉の緑を淡く落とし、朝日に照り映えた道が初夏の色をたたえた頃、粧子は初めてマタニティを着て、重い買物袋を航平にまかせた。

「隣の家、引っ越してくる気配がないわね」

と、庭が雑草だらけになりつつある隣家を見て、粧子は言った。

二人がここに住むようになった時、家の造りがほとんど同じ隣家には、奇妙キテレツな服装のデザイナー夫婦が住んでいた。一度だけホームパーティをしたことがあるが、やがて夫婦は実入りがよくなったのか、都心にマンションを買って引っ越した。

以来、不動産屋が物件説明で三組ほどの若夫婦を連れてきたが、駅まで遠いことがネックなのか、客たちの反応は芳《かんば》しくなかった。

やがて空に、たっぷりと水分を溜めた灰色の雲がたれこめた。

長い梅雨時は、二人で狭い縁側に並び、塀をのろのろと進むカタツムリをぼんやり眺めていた。

六月三十日は粧子の誕生日だった。それはビートルズが来日して東京が熱狂に包まれた日なの、と粧子は自慢げに言った。

ちょうど粧子の体も安定期に入っていた。粧子はバースディ・プレゼントの他に、もう一つ夫にねだった。

「わたしを、抱いてくれない……?」

粧子は恐る恐る言った。ホテルで過ちを告げた時のように、今にも泣きそうな顔で航平を見つめて……。

航平は「いいよ」と呟《つぶや》くように答え、本当に久しぶりに粧子を抱いた。カタツムリの歩みのように、航平は粧子の膨らみの増した体を気遣い、耳元で「愛」を口にした。その時、粧子は「ごめんね、ごめんね……」と言いながら、航平の愛撫を受け入れていた。

太陽が我が物顔で空の特等席に居座り始めた盛夏、ぷっくり膨れた粧子の腹を見て、航平は男の子ではないかと思った。せり出す腹の形で性別が分かると、同僚の短大講師に教えてもらったのだ。

自重しながらタオルの店で働く粧子を、夕方になると航平は迎えに行った。粧子は腹が大きくなるにつれ、カッコなんか気にせず足を開く歩き方で、ノシノシと重心を支えるような足取りで航平の隣を歩いた。坂道では航平のベルトに摑《つか》まって、「えっちら、えっちら」と声に出して上った。

粧子の過ちを許した顔で偽りの結婚式を挙げた。ならばその後に待ち構えている生活も偽りに他ならないと思っていた。夫婦関係なんていつか幻滅するもの。夫婦の愛なんていつか跡形もなく消え去ってしまうもの。それなら最初から存在しないものとして考えればいいのだ……航平はあの密室でそう言った。

しかし、と今は思う。この穏やかな日々は何なのだろうか、と考える。

心から粧子をいたわることができた。家中を子供が走り回る未来を夢見ることができた。粧子には引け目があるせいなのかもしれないが、航平に尽くし、今日もあの元気な「おはよう！」という声で寝惚《ねぼ》けた航平を揺り動かし、朝のキスを頬に降らせる。

何の不純物も見当たらない新婚生活だった。

生活という雑事が意外なほどの強さで、人間の感傷を呑み込んでしまうのかもしれない。

711号室で航平を救い、指切りの約束をした女は、時間と場所について電話すると言った。

うす暗い秋雨の季節になった頃、航平は約束の日が近づく実感に、肌があわ立つような期待感を覚えた。

そろそろ鳴ってもおかしくない。いや、そんなに焦ることはないのかも。約束の日まで一カ月以上もあるのだから。

心待ちにしながらも、航平は、あれは幻だったのではなかったのかと記憶の一つ一つを辿り始めていた。会話を全て思い出すことはできなかったが、ただ一つ確かなのは、女に触れ、心臓の鼓動が聞こえたようなあの二秒間だった。彼女の唇の熱を思い出しながら、妻の唇と比べてみた。

違う。こういう熱ではなかった。涙の後の火照《ほて》りのような熱で、あの女の唇は俺を捉えた。

道の銀杏《いちょう》が色づく準備を始める。九月のカレンダーは破かれ、粧子はマジックで十月二十日に印をつけた。

「あなたの誕生日は、日本でどういう事があったか、知ってる？」

「さあ」

「日生劇場ができて、こけら落としでオペラを上演した日なの」

「詳しいな」と航平は感心する。昭和の時代を一日一日詳しく記録した事典があるらしい。胎教の本を買うついでに三省堂で立ち読みしてきた知識だった。

「何のオペラか知ってる？」

航平に分かるはずはなかった。

「ベートーベン作曲の『フィデリオ』ってオペラなの。牢獄に閉じこめられた夫を救い出すために、男に変装して刑務所に侵入する勇敢な妻の物語……夫婦の愛がテーマになってるオペラよ」

妻が夫を救う物語、説得力のある物語ならば、航平は見てみたい気がした。

「そうだ。レーザーディスクの機械を誕生日のプレゼントにする。『フィデリオ』のソフトと一緒に！」

亭主のプレゼントにかこつけ、実は自分が買いたかった物なのだ。早速カタログを取り寄せて、「へえ、サンキュッパで買えるのねえ」と言いながら性能を比べていた。

女からの電話はなかった。

庭に咲く薄紫のコスモスが夕陽に映え、金木犀《きんもくせい》の匂いがダイニングにも漂い始めた頃、彼女はきっと幸せなのだ、という結論に航平は辿りついた。

幸せだから約束など忘れた。そうに違いない。結婚相手は人生を預けるにふさわしくない男ではないか、自分の胸に寂しさを抱えるだけの結婚生活ではないのか、と涙した彼女は、航平が今そうであるように、予想外の幸福を手に入れたのではないか。

連絡はきっとない。いいではないかそれで。結婚式一時間前の、未来に恐れた者同士の限りなく恋に似た感情の交流だったとしても、押し花のように本に挟んで、時々取り出しては その色褪《あ》せた花に昔を思う……そういう類《たぐい》の思い出として記憶の奥底にしまっておこう。

十月二十日は、空気が引き締まったような秋の晴天だった。

「いってらっしゃい」

産み月を目前にして体が重そうな粒子だが、玄関まで見送りに出てくれる。

「バースディ・ディナー、期待してて」

ハロウィンを意識したかぼちゃ料理だと予告した。凝るのもほどほどにしてくれないだろうかと夫は内心で思う。食事にありつくまで一晩かかってしまいそうだが、「楽しみにしてる」と航平は答えた。

「あっ」

粧子が腹を押さえた。激しく蹴《け》られたらしい。「ガンガンってコイツ!」と粧子が笑った。

それが予兆だったのかもしれない。

夫婦の朝に異変が襲いかかった。

最初は光だった。青空から降り注ぐ陽光をフロントガラスに反射させ、三台の車が向こうの道を曲がり、隣家の前で止まった。

長く空家だった隣の家に、引っ越しの四トントラック二台と自家用車がやってきたのだ。

揃いの制服を着た引っ越し会社の若者六人と、自家用車から降り立った家の借主だった。

若い夫婦だった。

航平はフロントガラスの反射光に瞳を焼かれながら、一人の人物がたっぷりと思わせぶりな物腰で視界に登場したのを見た。

航平の時間が、その時確かに、止まった。

ガラスの乱反射だけではない。空気の微粒子が秋の日差しに叛乱《はんらん》を企てたように視界をハイキーに染め、人間の登場を紗幕《しゃまく》のように飾った。

711号室の女がそこにいた。秋涼の空気を胸いっぱいに吸い込んで、航平の視線にとうに気づいていながら、第一幕における最初の芝居のように新居を見上げた。

自家用車の運転席から降り立った亭主が、玄関が狭いから家具の運搬は注意してほしい、と引っ越し会社の頼りない若者たちに念を押していた。

女がこちらを振り返った。

鴻野愛永は、初対面の挨拶にしてはいくらか親密すぎる笑みを、航平と、隣の粧子にも投げかけた。

粧子は愛永の笑みに応《こた》えようとはしなかった。別の何かを凝視していた。

愛永は航平の妻に気づかれない程度にやがて航平一人だけを見つめ、ふっくらした笑顔になった。約束を果たしたわよ、そう誇るような、あるいは悪戯《いたずら》をしでかした子供のような笑みをたたえた。

これが彼女の流儀だったのか。再会の約束を、こんな形で果たしたのか。

同じように笑えるまで、航平にはもうしばらく時間が必要だった。

心底ただ茫然として、朝の真っ只中で時間を止めたままだった。

2

愛永は航平の名前を知っていた。名前だけでなく勤務先も。

一カ月前、不動産会社の営業マンに連れられて家を見にきた時、「隣はどういう方が住んでらっしゃるんですか？」と訊いたら、「新婚半年の御夫婦です。お腹の大きな奥さんと、首都体育短大の講師をされてる御亭主と……」と教えてくれたのだ。

「しかし……驚いたな。隣にまさか、引っ越してくるなんて」

航平は席につくなり開口一番、愛永に言った。

短大の午前のゼミが終わった時、愛永から電話があり、学校近くの名曲喫茶でこっそり会うことにしたのだ。

一日中モーツァルトしかかけない偏屈マスターの喫茶店に着くと、すでに愛永はシナモン・ティーを啜《すす》っていた。

朝はただ驚くばかりで、航平はギクシャクした足取りで愛永や遼太郎の横を通り過ぎ、逃げるように出勤した。「よろしくお願いします、鴻野です」と追いかけてくるような声で遼太郎に挨拶された時、「あ、こちらこそ」と頬の引き攣《つ》った変な愛想笑いになってしまった。

「航平さん、今ビクビクしてるでしょ」

愛永は航平の心を覗くように言う。「あの時の女が家庭を壊しにきたんじゃないか、『危険な情事』みたいなアブない女なんじゃないかって」

「そんなこと……」思わないよ、と心外の顔つきで答えたが、正直言うと午前中、短大の職員室のデスクに張りついたまま、その恐怖の可能性について考えていたのだ。

「でも、どうして約束した通りに、事前に電話を……」

「したわよ」

「いつ」

「九月の中頃。奥さんが出た」

「えっ」

「心配しないで。奥さんが出たから、あたし咄嗟《とっさ》に、ラマーズ法の講習会のパンフレットをお送りしたいのですが御住所を教えて下さいって、その手の事務員みたいに……」とペロッと舌を出した。「住所を聞きたかったの。奥さん、講習会のパンフレットがどうして送られてこないんだろうって言ってなかった?」

「そう言えば……」

「住所を突き止めて、昼間こっそり覗きに行ったら、奥さん、ベランダで洗濯物を干していた。あなたのワイシャツを隅々までピンと伸ばして干していた。幸せなんだろうなってすぐ分かった。その時、お隣が空家になってるのを知って……」

不幸せだったら、男と女として何か始まるかもしれないと、あの時話し合った。だが航平の生活は幸福だと分かった。愛永自身も望外の幸福を手に入れていた。だから街でただ再会しただけでは、それっきりの関係になってしまう。平凡な再会にはしたくなかったのだ。

「航平さんの家庭を見たかった。あたしの家庭も見てもらいたかった……あなたの幸せがすぐ間近に見える場所であたしも幸せになれたら、どんなに素敵だろうって思ったの」

大胆な再会シーンを企てたにしては、邪気のない、夢見の面持ちで愛永は言う。「あたしたちはそれぞれの結婚式二時間前に出会って、お互いに傷ついていたことが分かって、でも傷の舐め合いじゃなくて、勇気づけて、未来を歩くことができるようになった。たった一時間の付き合いだったけど、これから最高の友人になれるかもしれないような一時間だった……それに」

と区切って、「キスもしたし」と、てらいもなく言った。

頬が赤くなりそうだったのは航平の方だった。

「航平さんの隣に引っ越してきたのは、そういう理由。それにいい家だったし。駅からちょっと遠かったけど……ウチの旦那に勧めて、強引に荷造りしちゃった。引っ越しは十月二十日って決めて。あっ言い忘れてた。お誕生日おめでとう！」

「あ、どうも……」

愛永の覇気いっぱいの言葉に、航平は気圧《けお》されっぱなしだった。

「あたしは航平さんの名前知ってるけど、航平さんはあたしの名前、まだ知らないのよね」

「電話がかかってきたら、ちゃんと訊こうと思ってた」

「旧姓結城、今は鴻野愛永……愛は永遠にって書いて」

名前の字を訊かれる度《たび》にそう答えていたのだろう、愛は永遠などという仰々しい謂《いわ》れをスラスラと言ってのけた。

「専業主婦？」

「一応そうだけど……ちょっと働いてる」

「どういう仕事？」

航平の詮索にイヤな顔ひとつしなかったが、

「あたしのいろんなことは、手紙に書くから」と愛永は言った。お楽しみはこれからよ、と言いたげな含み笑いがあった。「航平さんも書いてくれるわね？」

「……手紙？」

そんなの送られたら困るな、と思った。隣の人妻からの手紙がポストに入っていたら、粧子にどう弁解したらいいのか。

「手紙は、ちょっとまずいんじゃないかな」

「普通の手紙じゃやね」

「じゃ、どういう……」

「……ねえ、まだ時間ある？」と、今の航平の質問に答えるかわりに訊き返した。

「午後のゼミまで、あと一時間ぐらいは」

「充分。一緒についてきて。いい物見せてあげる」

と愛永は立ち上がり、伝票を持って出口へと歩き出した。航平は注文した自家製葡萄《ぶどう》ジュースを慌てて飲み干し、あとをついて行った。

疾風《はやて》のような女だ、と思った。

愛永が連れてきた場所は、聖蹟桜ケ丘一帯を受け持つ郵便局の本局だった。

四階建ての煉瓦色の建物に入るなり、愛永は係の人間に言った。

「今日の午前中に私書箱のことで問い合わせをした結城ですが、用紙をいただけますか……それと、中をちょっと見せて下さい」

どうぞ、と係の人間に奥を示され、愛永は「こっちよ」と航平を連れて行く。

そこは広さ十畳ほどの部屋だった。貸し金庫のように鍵付きのボックスが整然と並んでいる。数は五十ぐらいだろうか。背広姿の中年男性が郵便物を引き取ろうとしていたので、私書箱の仕組みはすぐ分かった。

鍵でドアを開けると、向こう側は空洞になっている。届いた私書箱宛の郵便物を、局員が向こう側から放り込むようになっているのだ。

「今朝問い合わせたら空きが一つあるって言うの。無料で借りられるんだけど、なかなか空きが見つからないものなの。ラッキーよあたしたち」

係員に用紙を貰《もら》い、受付のカウンターで愛永は書き込む。

『郵便私書箱使用承認申請書』とあるB5サイズの紙である。使用者の住所・氏名・電話番号を書く欄の下に、『郵便規則第79条第1項の規定により郵便私書箱の使用の承認を受けたいので、申請します』と雛形《ひながた》の文章があり、使用開始年月日と使用期間を書けばよい。

「こういうもん、タダで借りられるとは思わなかったな」と航平。

「仕事でよく使うの。雑誌の編集をちょっとやってて、いろんな食べ物屋さんからアンケートを送り返してもらうの。仕事上の郵便だし、自宅の住所を教えるのはちょっと抵抗あったから私書箱を借りるようになって……鍵が付いてるし、ウチの旦那がこれに気づいたとしても開けることはできないし……ねっ」

その「ねっ」で意味が分かった。

「つまり、秘密の文通……てこと？」

「お隣同士で、話したいと思えばいつだって声の届く距離だけど、そうはいかないでしょ。いくら半年前に知り合った友達でも」

結婚に絶望していた時に慰め合った同士、なんて粧子に言える訳がない。

「何だかすごく遠回りなことかもしれないけど……想像してみて。今日はきっと手紙が入ってるなあって思って、仕事が終わると、こっそりここに受け取りにくる。ちょっとワクワクしない？」

郵便局は短大と自宅を結ぶ線上にある。帰り道に寄ればいいだけだ。

愛永はもう一枚、『郵便私書箱かぎ借用書』というのにも記入して、航平が持つ鍵も含めて申請を終えた。郵便物が多いので、事務所の人間が分担して受け取ることもある……というのを理由にして、二個の鍵を借り受けたのだ。

まだ時間があったので、文房具店に航平を連れ込んだ。

これからの文通に備えて、封筒と便箋を買い込むためだ。

愛永は棚からいろいろ引っ張り出しながら、「これも可愛いなあ……でも、小学生みたいかな。大人の女はこういう落ち着いた色でキメるか」とか何とか呟きながら、封筒選びをしている。やたら楽しそうだ。

航平は愛永に主導権を握られ、全てにおいて引きずられた格好だが、愛永の童女のような姿を見ているうちに遊び心が伝染してしまった。自分に似合った封筒を物色した。

「えー、そんな白封筒なんてダサイよ」

と愛永に馬鹿にされた。航平が手に取ったのは、青い中紙の入った最もポピュラーな形の封筒だ。親戚の叔母さんなんかがよく使う。

「いいだろ。こういうシンプルなのが俺好きなんだから」

愛永は「らしいねー」と笑っている。

「でも、俺、手紙なんてあまり書いたことないしなあ……」

年賀状一枚書くだけで字引きを何度めくるか分からない。

「あたしだって」

「何度も書き直したりしそうで、大変だな」

「じゃあ、ルールを作らない？」

「ルール？」

「お互い仕事や家事がある訳だし、できるだけ負担を軽くしなきゃ。まず手紙の下書きはしないこと。心に思った言葉をどんどん書けばいいの。次に字を間違えても便箋を破ったりしないこと。間違えた所をそのまま黒く塗り潰して、どんなに便箋が汚くなっても、先へ先へと文章を進めること。書き終わっても絶対に読み返さないでポストに出すこと……体裁なんかどうだっていいじゃない。心のままに書けばいいのよ」

それなら案外簡単かもしれない。手紙はえてして読み返すと赤面するものだが、相手も同じルールで、同じ恥ずかしさで書いているのだと思えば、野放図に書けそうだ。

文通なんて中学生の男女交際のようで気恥ずかしいが、確かに愛永が言うように、ワクワクと胸はずむものがある。

でも、何なんだろうこの関係は。

半年前のホテルで予感したような、新しい恋の始まりなのか。それともお互いに相手の結婚生活を見守る友人関係なのか……

難しいことを考えるのはよそう。しばらく愛永が提案したルールで、粧子に悟られることなく、密かに付き合えばよい。

愛永は秋色の封筒と便箋を選んだ。写実画のように描かれた黄色い銀杏《いちょう》の図柄が、封筒と便箋の右隅に落ちている。宇崎家と鴻野家の前でも、あと一カ月もすればそんな落葉を見ることができるだろう……

3

渋谷宮益坂の『グッド・プライス』は、本館を中心に三つのビルが周辺に点在している。本館の表玄関は常に家電とスポーツ用品の特価品が山積みされて、ハッピを着た店員が声を張り上げている。

七階建ての店内は、フロアごとに、ブランドの衣料品や革製品、時計、宝石、家具といった具合に、生鮮食料品を除けばほとんど全ての商品が揃っている。いずれも三割から四割引きは普通で、あとは客と店員の丁々発止のやり取りで更なる価格破壊が行われる。

社長の倉重貢次は激安商法を日本で初めて手掛けた業界の先駆者と言われている。首都圏に六店舗持ち、社長室にいなければ現金入りのアタッシェケース片手にベンツで移動中か、隣のビルの『市場部』で現金問屋やメーカー、バッタ屋との商談に自ら当たっている。

薄利多売に徹するために現金仕入れをし、在庫は少なくし、チラシなどの宣伝はせず口コミ勝負、この三本柱が安さの秘密だった。従業員を前にして倉重は、「必要以上に儲《もう》けんでもええ。税金が増えるだけや。利益は社員に還元する」と繰り返し言ってきた。

六十四歳ながら火の玉小僧のような存在感の倉重だが、こうした言葉が社員に「社長に一生ついて行きます」と言わしめる所以《ゆえん》である。

今日も最前線の『市場部』フロアにデンと居座り、前線指揮官を演じている。

「そっちはどこや、日本橋？　物はなに。マウンテンバイク。なんぼや。アカンアカン、そんなんじゃ買えん。三十か。五十は集まらんか。五十やったらその値の八〇パーセント。それ以上はアカン」

と電卓をしきりに叩いて大声を上げながら、電話の相手はどんな人物か、信用できるか、製品は保証書付きで間違いないか、といったことを読み取っている。

朝一番、市場部で自ら商談に当たるのは、倉重にとっては朝の体操も同然なのだ。あとはメモを一枚季里子に渡し、最終的な詰めの作業をまかせる。

市場部とは早い話、商品調達のバッタ屋である。体育会系出身の五人の血気盛んな部下を従え、部長席で倉重と同じような電話交渉をしている遼太郎がいた。不動産会社のリストラに引っ掛かって退職した後、学生時代に『グッド・プライス』の倉庫でアルバイトしていた縁で、倉重に拾われた。

仕事の中心は午前中で、ひっきりなしに電話が鳴り、同業のバッタ屋や、店を持たずに商品の売買情報を動かすブローカーからの売り込みを受ける。商品の待ち受けをするだけでなく、自ら都内を走り回って、半年前の松崎のような倒産品についての情報を摑んでくる。不動産業界で培《つちか》った遼太郎の行動範囲の広さが、価格破壊のテロリストとまで同業者に言わしめている。

倉重は遼太郎に全幅の信頼を置いていた。倒産品を追って車を飛ばし、債権者より早く商品を摑んだ遼太郎の腕前に倉重は大層感服して、オーストラリア十日の新婚旅行に旅立つ遼太郎とその妻に特別ボーナスまで出してやった。結婚式当日まで扱《こ》き使ってしまった罪滅ぼしという意味合いもあったようだ。

「ニコンのカメラを千台？　昨日は五百台っていう話だったでしょ。一日で二倍に増えたって言うんですか。いい加減にしろよ。本当にそれだけの商品があるのか信用できないな」と、遼太郎は電話の向こうのブローカーに声を張り上げ、叩き切った。

倉重がニヤニヤしながら、「ま、今日一日気張ってや」と市場部を去って行く。遼太郎は社長の退場を見送ると、仕事の片腕というより、愚痴の聞き役でもある一枝季里子を相手に溜め息をつく。

「どうも昨日から危ない話だと思ってたんだ。大きな話を持ちかけといていくらか手付けを打ってほしいと言ってくる。百万なり二百万なり支払ったところでドロンだ」

「五百台が一日で千台じゃ、意図がミエミエですよね、あたしも昨日そう思ったんです」

「昨日そう思ったんなら、昨日言えよ」

「だって、部長があまりに張り切ってたから、水を差したくなくて」

「張り切るかよこんな話で」

「……すいません」

何かにつけて叱られ、最後は季里子が謝る、という職場での会話パターンである。季里子はあとは無駄口叩かず、「社長からです」と後処理を命じられたメモを遼太郎に渡した。

その手首に密かに刻まれた傷痕を、遼太郎は知らない。

遼太郎の結婚式三時間前に愛永のいる部屋へ押しかけ、部長を返してくれと口走り、挙句の果てに浴室で手首を切り、愛永に抱えられるようにして病院で手当てを受けたことは、あれから半年たっても、季里子と愛永の間だけの秘密である。

あの時、愛永に迷惑をかけたこと、結婚式直前の愛永を血で汚したことについて、季里子はすまないと思い続けていた。一度だけ抱いてくれたことのある遼太郎が、他の女性ともうすぐ結婚の誓いを交わすと考えれば考えるほど居ても立ってもいられなくなり、発作的にホテルに押しかけた。自分は一種のトランス状態に陥っていたと思う。

愛永は新婚の妻らしく、遼太郎によく電話をかけてくる。「今夜は一緒に食事できる？」という他愛もない用件だろう。

電話の取り次ぎ役である季里子は、あの一件以来初めて愛永の声を電話線の向こうに聞いた時、「いつもお世話になっております、一枝です」と深々と一礼しながら挨拶をした。遼太郎の手前、言葉にこそできなかったが、「あの時は本当にご迷惑をおかけしました」という詫《わ》びの気持ちを込めていた。

「もう大丈夫ですか?」と愛永のいたわりの声を聞いた時には、季里子は遼太郎が近くにいながら涙ぐみそうになった。

あの一件の直後、病院を退院した季里子は、溜まっていた有給休暇を取って静養した。手首よりも心のリハビリだった。十日後、新婚旅行を終えて、部下への土産《みやげ》のマカデミア・ナッツを持って遼太郎が出社した日に、季里子も職場に復帰した。

季里子は我ながら不思議だったが、愛永が幸せになってくれることを心から祈ることができた。だから、遼太郎の日常にちらつく女性の影には敏感になった。愛永のために監視しているようなところがあった。

時折、クラブ関係の女性が「今夜どう?」という誘いの電話をかけてくることがある。それが遼太郎の浮気相手かどうか、季里子はチェックを怠らない。

今朝の遼太郎は苛立っている、と季里子は思った。

出勤した朝、どんな体の重みで椅子に腰掛けるのか、それを見るだけで遼太郎の精神状態を窺《うかが》い知ることができる。鋭い観察眼は、今でも遼太郎を愛している女としての特技、と言えるかもしれない。

溜め息があるか。眉間の皺《しわ》は深いか。いつもは緑茶を欲しがるのに今朝に限ってコーヒーなのは何故か。

倉重メモについてすぐに行動に移そうとせず、電話機をぼんやり見つめる遼太郎は、何か別の遠いものを見ているかのようだった。

図星であった。

遼太郎は会社に来ても動揺を引きずっていた。

今朝、引っ越しトラックと共に聖蹟桜ケ丘の新居に寄ってから、出社した。家の前で目にした光景が、今でも目蓋の裏でチリチリと焼きついている。

そもそも妻の愛永が見つけてきた家だった。家の見取図を見ただけで、間違いのない物件であることは元不動産開発部員として分かった。妻と一緒に聖蹟桜ケ丘へ下見に行った時、隣にどんな夫婦が住んでいるのか分かっていたら……

その時、季里子の前の電話が鳴った。

「……はい市場部です」

『あの……部長の鴻野さん、いらっしゃいますか』と、かすれ、恐る恐るのような女の声だった。

「どちら様でしょうか」

『……山田といいます』と間があって女は答えた。偽名だとすぐ分かった。監視の網に引っ掛かってきた女の影。季里子の内部で警告マークが点滅した。

「部長、山田様とおっしゃる方が三番に」

「はいよ」と電話を取った遼太郎は、相手の声を聞くなり、急に瞳孔《どうこう》が広がったような顔になった。季里子と目が合うと、斜めを向いて受話器を隠すようにした。

「……ああ……ああ……じゃ三十分後にそこで……」

切るなり、遼太郎は「昼には戻る」と大儀そうに言って立ち上がった。

尾行して確かめたい、と衝動に駆られたが、季里子のデスクには仕事が山積みだった。これまで見たことのない猫背っぽい後ろ姿で出て行く遼太郎を、警告マークを点滅させたまま、ただ見送るしかなかった。

「どうして隣に引っ越してきたの？」

と、待ち合わせのルノアールに遼太郎が到着するなり、粧子はとがった声で問い詰めた。

「偶然だ。女房が選んできた家なんだ」

ウェイトレスが注文を取りに来て、ジンジャエールを頼んだ。喉に冷たい風を通したかった。この女と向かい合った途端、喉の渇きを感じた。

「……驚いた。本当に驚いた」と、粧子はまだ胸が高鳴っているように言う。

今朝、車から降り立つ遼太郎を見た時、粧子は懸命に驚愕《きょうがく》を呑み込んだ。隣には航平がいた。悟られてはならなかった。

遼太郎の方も同様だった。妻の愛永はこれから隣人となる夫婦にしきりに愛想笑いを投げかけていたようだが、遼太郎は粧子の姿に衝撃を受け、面《つら》の皮が頬骨に張りついた。出勤する粧子の亭主に「よろしくお願いします」と挨拶したのがやっとだった。

「……じゃ、半年前のあの時も偶然だったって言うのか」

逆襲に転じるような口調で、粧子を醒《さ》めた目で正視した。

「半年前……？」

「結婚式だよ。同じ時間の同じ式場、そっちは神前、こっちは教会……式の後、チャペルの屋上で記念写真を撮ったろ」

もちろん粧子もタキシードの遼太郎に気づいていた。高島田の粧子は白塗りの化粧の下に、遼太郎と会えたという奮い立つような感動を閉じ込めていたのだ。

「あの時も、電流が走ったように驚いた」と、遼太郎は半年前を思い返す。

「驚いただけ？」

言ってほしかった、お前は綺麗だったと粧子は言ってほしかった。

「似合うよな粧子は、ああいう衣裳が……」

それが今の遼太郎にとって精一杯の賛辞だった。お前は美しかったと本音を言えば、相手に先取点を取られるようなものだ。

遼太郎と粧子は常にゲームだった。灼熱《しゃくねつ》のアスファルトを火傷しながら裸足《はだし》で駆けていたようなかつての恋だった。

「久しぶりだな」

気分が落ち着くと、挨拶のやり直しのように遼太郎は言った。

「幸せそうね。奥さん、とっても美人」

粧子の突き出た腹を見やり、遼太郎は訊いた。「子供、いつ生まれるんだ？」

「来月」

「……母親にもなれる女、だったんだな」

焼けつくような恋しかできない女だと、あの頃は思っていた。

「そうよ。わたしだってこういう女になれるんだから……」

「なあ、俺はどうしても信じられないんだ。こんな偶然が一度ならまだしも、二度も重なるなんて」

と、遼太郎はどうしても本来の謎《なぞ》に立ち返ってしまう。

「………」

粧子は黙ってコーヒーを啜《すす》った。今朝、遼太郎が現われる直前、腹の子が激しく蹴ったことは、今思えば一種の予兆だった……そう打ち明ける時が近いうちに訪れるような気がした。

「どんな顔して、お隣さんと付き合っていけばいいのかな」と、遼太郎は皮肉っぽく相好《そうごう》を崩す。

「大人の顔よ」

器用に過去を閉じ込め、別々の道を歩み始めた大人として振る舞わなくては、と粧子は思う。

「あなたならできる。わたしだって……できる」

「やれやれ」

前途多難だが、遼太郎の口調にはどこか楽しんでいるところがあった。自分に不利な状況でさえ、劇的であればあるほど面白がってしまうところが昔からあった。すなわち鴻野遼太郎は、何よりゲームの緊張感がこたえられないといった類の男である。

「やれやれ」

もう一度遼太郎は言い、マタニティに覆われた粧子の肉体を見つめた。

母親になる準備をしてきたのか、この半年、一杯一杯、脂肪を身につけてきた体に見えた。

鎖骨を舌でなぞると敏感に反応した遠い昔の夜が不意に脳裏に甦《よみがえ》ったが、今の粧子の方が美しいと思えた。

過ぎ去った青春時代のように粧子を見つめている遼太郎の目だった。粧子は俯《うつむ》きながらもその眼差しをたっぷりと感じて、少し楽しんでさえいた。

4

親愛なる君へ。

書き出しで困ってしまいました。『拝啓』とするのか、『前略』と書けばよいのか。手紙を書くなんて、高校一年の時、隣町の女子高生に通学の朝、赤面しながら差し出した以来だから。

この『親愛なる君へ』というのも照れ臭くて仕方がないんだけど、君と俺、いや君と僕……やっぱり俺かな、俺のことは俺と書きます……君と俺の出逢いを考えると、親愛なる、という呼びかけが最もふさわしいように思ったんです。

今、午後のゼミを終えたところです。いつものように女房を迎えに行くまで時間があるので、職員室の机で最初の手紙を書きます。『児童体育』という実技のゼミは終わったんだけど、デキの悪い生徒がいて、補習の講義をしてやらなくてはいけないんです。

信じられますか、体育短大の学生だというのに、逆上がりもできない運動オンチがいるんです。渡辺美緒という名前の、福島出身の三人姉妹の末っ子。こまっしゃくれた十九歳です。

十九歳というのは少女のように振る舞えばドキッとするような大人を感じさせ、大人ぶると少女の幼さが目立ってしまうという扱いにくい年頃だけど、こいつは特に厄介です。

将来は幼稚園の保母を目指すなら逆上がりも満足にできなきゃ馬鹿にされる。そういう親心で特別に居残り特訓をやってやってるというのに、「おら、この腰をもっと上げて」と押し上げると、「触んないでよセクハラ教師」なんて言いやがる。

「俺はね、ウチに帰れば魅力的な奥さんがいる新婚サンなの。お前みたいなガキに触ったって、なあんにも感じないの」と言ったら、

「妻が妊娠中の時、夫は浮気に走るというデータがあるんだから。こーんな大きなお腹してセックスどころじゃないもんね」と言い返してくる。

女房の妊婦姿についてやたら詳しく知っているのでおかしいと思い、問い詰めたら、女房のタオルの店を、学校帰り、時々外から覗いているらしい。何だか教え子に新婚生活を監視されているようで、

「お前な、そういうお目付役みたいな真似するなよな。ウチは幸せなんだから」

と言ったんだけど、渡辺美緒ときたら不信感いっぱいの顔なんだ。何か嗅《か》ぎつけているような感じがして、この頃ちょっと不気味に思えて補習講義も億劫《おっくう》になっています。

ゼミの休み時間では書き切れません。この続きは家に帰って書きます。

さて、今日は俺の誕生日です。女房がプレゼントとして取り寄せていたレーザーディスクが届いたんだけど、一緒に見ようと言っていたベートーベンの夫婦愛をテーマにしたオペラのソフトはなくて、かわりに『熱き愛に時は流れて』という二枚組みのソフトを買ってきた。実家が昔、名画座を経営していたので、粧子は知る人ぞ知るという隠れた名画に詳しいんだ。やっぱり俺の誕生日にかこつけて、前から自分が欲しかった物を買ったらしい。でも、大学のアメフト選手とその妻を主人公にした夫婦の変遷のドラマはそれなりに面白くて、涙もろい俺はラストで鼻を啜《すす》ってしまった。

女房は今、風呂に入っている。長風呂なので、これを書き上げる時間はたっぷりありそうだ。そっちの家に面した二階に、書斎というほど偉そうじゃないけど、俺と女房が共同で使う勉強部屋がある。納戸用の小部屋が隣にあるんだけど、そこは粧子の衣裳部屋になってしまい、ウチの書斎部屋は雑多な物置きにもなっていて、狭苦しいんだ。本棚にはスポーツ科学の参考書とか、あいつが好きな宮本輝の小説なんかがゴチャゴチャと並んでいるんだけど、小さな出窓から、君の家の明かりが見えるんだ。

まだカーテンは届いていないんだね。覗くつもりじゃなかったけど、窓から見下ろしたら、一階のリビングでダンボールから取り出したガラス製品をあっちへこっちへ運んでいる君が見えた。忙しそうだね。御亭主の帰りは遅いのかな。荷ほどきを全部押しつけられて大変そうだ。

チラチラと狭い視界を横切って行く君を見つめているうち、改めて考えてみたんだ。俺にとって、君と過ごした半年前のあの一時間は、一体何だったのかって。

俺たちは、結婚式も、その後に続く結婚生活も偽りに違いない、と話し合った。でも、君と会える日を夢見ることができるなら、偽りの結婚式だろうがやり遂げることはできる、未来に希望が持てる……少なくとも俺はそう考えた。それは、愛人が欲しいとか、ダブル不倫をしたいとかっていう下品な欲求じゃない。絶対そうじゃない。君と十月二十日にもう一度会えるという希望が、せっぱ詰まったあの時の俺にとって唯一の救いだったんだ。

あの時君と出会ってあんな約束をしていなかったら、俺はどんどん駄目になっていたような気がする。子供の父親が分からない。生まれてみて血液型を見てはじめて分かる。そんなギャンブルに挑めない俺に、君は勇気を与えてくれたような気がする。

今ならハッキリ言える。「これはギャンブルなんかじゃない。血液型がどうあれ、この子の父親は俺だ」と自信を持って言うことができるのは、同じように結婚生活に不安を抱《いだ》いていた君との一時間があったからなんだ。

君の弱さが俺を救い、俺の弱さが君を助けた……そんな風に感じている。

あ、風呂場のドアが開く音がした。この部屋の真下にあるから響いてくる。女房はそろそろ二階に上がってくる。もっと書きたいことがあったけど、今夜はこれくらいにしておく。

溜まったダンボールは日曜まで捨てないでおく方がいいよ。トイレットペーパーと換えてくれる業者のトラックが、いつも日曜の昼ごろ、騒々しく家の前を通るから。

じゃ、おやすみ……草々（こういう締めくくりでいいんだよね？　明日、『手紙の書き方教室』でも買ってこようかと思っている）

親愛なるあなたへ。

手紙を私書箱で受け取りました。あなたが昨日の夜、片付けをしていた私を見ていたなんて。

気づいていたら、あなたの部屋を振り仰いでピースサインでもしていたでしょう。

そうなの。遼太郎は（夫のことです。手紙の中では呼び捨てにしちゃいますね）昨夜帰りが遅くて、片付けは全部あたしまかせでした。新婚家庭にしては荷物が多すぎるって引っ越し屋さんも驚いたぐらいです。物を捨てられない性格って、こういう時損よね。

神戸の弁論大会の奨励賞でもらった万年筆とか出てくると、ただお喋りだけが取柄だった女子高時代を思い出したりなんかして、荷ほどきがはかどりません。

さて、私とあなたの私書箱文通についてです。

私からそれを持ちかけられて、さぞあなたは面食らっただろうと後で思ったけど、あなたからの一通目の手紙を読む限り、あなたって順応性があると言うか、体育会系にしては（ごめんね！）遊び心に溢れた人なんだなあって思えて、ますます好きになりそうです。

そう、私はあなたが好きです。

私たちそれぞれの傷が、相手にとって慰めと勇気になったとあなたは書いてくれましたね。その通りだと思いました。

人間は誰だって、現実や自分自身が心細いから、いっそう誰か弱い者同士で手を繋ぎたくなるんです。

では、あの一時間をただの思い出にするだけじゃなく、こういう付き合い方を選んだのは何故でしょう。

浮気性の夫に対する腹いせとか、有閑夫人のよろめきとか、そんなんじゃありません。夫を持つ女性は、他の男性を生涯の友人としたいという感情すらも押さえつけなければならないんでしょうか。

こういう言葉があります。「私の人生は私の物なのに、どうして私自身のためには使えないのか」

こういうエゴイズムを貫き通すのが恋愛時代だとしても、結婚生活という場を得てしまった男と女には許されるはずのない考え方でしょう。それに半年前のあの時、あなたに話したように、私は人生を夫に預けようとしています。預けていながら「それはあなたの物ではなく、私の物」と所有権を主張して不倫に走るのだとしたら、身勝手すぎるでしょう。

だから私書箱なのです。だから手紙なのです。

プラトニックと呼べば薄っぺらに聞こえますか？　モラルの回復と言うほど堅苦しい教条主義でもなく、セックスレスという流行への迎合でもありません。

私は私自身のために人生を使います。でも決して夫を裏切ったりはしません。だから文通という『薄い関係』を、あなたとの付き合い方として選んだのだ、と今は自分を納得させています。

でも油断はできません。

対話や電話と違って、手紙においては言葉は選ばれます。口から出てくる言葉ならば風に吹き飛んでくれるでしょう、だけど文章は紙の上で消えることなく、時間を超えて残り、思わぬ時に顔を出して、手紙を与えられた者の人生を左右するかもしれないのです。肉体関係以上に重い意味を持つかもしれません。

いいじゃないですか。そのぐらい危険な匂いがあったって。

しばらく私たち、こうして楽しんでみませんか？

さて、あなたの質問にまだ答えていないから、答えます。

どういう仕事をしているのか、とモーツァルトの流れる店でお訊きになりましたね。

私書箱を借りる時に言ったかもしれませんが、私は主婦業の合間に雑誌の編集をしています。『セリエ』という女性誌を知っていますか。三十三歳の女編集長が、三十歳のための三十歳の女性の雑誌と謳《うた》っている月刊誌です。

その一ページを与えられて、B級グルメの紹介をしているんです。親子丼とかタコ焼きとか、飾らない店の飾らない料理を実際に食べ、写真におさめ、記事にするんです。週に二度ほど取材に出ますが、昼御飯を食べようとしている遼太郎が電話で捕まれば、取材した店でついでに一緒に食べたりします。そうすると二人のお昼代が浮くんです。ちょっとセコイでしょ。

出された物は全部食べ、満腹感をベースにして書く私のページは、地味ながら結構読者の信頼を得てるんですよ。

今度、美味《おい》しい店を教えますね。

遼太郎は今夜も帰りが遅いのです。でも今頃どこにいるのか、察しはつきます。

銀座八丁目に『ボーダー』っていう老舗のバーがあるんです。国境という名前のお店です。

銀座の名物バーテンダーである白髪の志水さんが、二杯目のドライ・マティーニに飽きた夫のためにアラスカをシェークしている姿が想像できます。

アラスカというカクテルは、ドライジンを四分の三、イエロー・シャルトリューズというリキュールを四分の一、充分にシェークしたミディアム・テイストのお酒です。

志水さんはグラスに注ぎながら、こう言って遼太郎を説教してるんじゃないでしょうか。

「これを飲んだら家に帰るんだぞ。スピリッツは夫、リキュールは妻だ。このシンプルな組み合わせで作られるアラスカって酒は、すなわち夫婦の絆《きずな》だ。いつまでもこんな薄暗い所で飲んでないで、カクテルだったら家に帰って、愛永に作ってもらえ」

志水さんには逆らえない遼太郎は、そろそろ重い腰を上げることでしょう。

実は私、去年までその店でバーテンダーとして働いていたんです。看護婦から始まった私の職歴では、十番目の仕事でした。実家が酒場ということもあって、バーテンダーという仕事は両親を見て知っていました。だけど都落ちのように故郷に戻って父と二人で酒場を切り盛りなんかしたくなくて、銀座の『ボーダー』に飛び込んで修業を始めたのです。

一度、カクテルの全国コンクールで銀賞を貰ったこともあるんですよ。

酒場の偏屈親父という風にしか見ていなかった父が、私のカクテルを啜《すす》って「うまい」と言ってくれた時には、涙が出るほど感激しました。私には父に対する長い反抗期があったのです。

そうだ。あなたのためになにかお酒を作ってあげたいな。

あなたに似合いのカクテルを見つけてあげたいな。

考えておきますね。

それはギャンブルなどではなく、どんな結果であっても父親になれる、というあなたの決意表明を読んで、私は安心しました。

今朝のことです、朝露に濡れた庭に出て、コスモスの花を鋏《はさみ》で切っていた奥さんを見かけました。声をかけるのも忘れて、五本ほどの花束を作っている奥さんの姿に見とれてしまいました。大きなお腹でしんどそうにかがみながら、朝日がモヤの中でシャワーのように降り注ぐ中、薄紫色のコスモスを大事そうに摘む姿は、一級の絵画のような美しさでした。

その花は出勤するあなたが持って行ったのですね。きっと女っ気がなくて殺風景な短大の職員室に彩りを与えるため、奥さんが持たせたのでしょう。

でも奥さんはあなたを侮っています。だって、あなたの机は教え子たちから貰った花やアクセサリーでいっぱいに違いないもの。当たりでしょ？　あなたが短大で人気の先生であることは想像つきます。

その渡辺美緒ちゃんは、華やかな贈り物をするような少女には思えませんが、きっと彼女の心にも、あなたの周りを花で飾りたいという切実な気持ちがあるんじゃないでしょうか。

詮索が過ぎますね。

気がついたらこんなに書いていました。心のままに書く手紙ってこんなにどんどん書けるもんなんですね。驚いた。

最後に一つ提案をします。

私は仕事上、毎日郵便局に行って私書箱を覗きますが、私からの手紙があるのかないのか分からないのに、あなたに毎日寄り道をさせるのは可哀そうです。だから、私が手紙を投函する朝は合図を出します。

出勤する時、私の家のベランダを見上げて下さい。前夜に手紙を書いてこれからポストに落とそうとする朝は、ベランダの物干しに黄色いハンカチをぶら下げておきます。

あの日本映画のように何十枚ものハンカチを吊るしたらさすがに遼太郎も変に思うでしょうから、たった一枚です。それがサインです。早ければその日の午後には私書箱に入っていることでしょう。

あなたの家の灯が、今、全部消えました。

私は今夜のうちに黄色いハンカチを吊るします。夜露に濡れたそれは、朝一番の鳥の声を聞く頃、暁に輝きながら風になびいていることでしょう。

おやすみなさい。かしこ（私の締めくくりの文句はコレに決めました！）

黄色いハンカチがささやかな自己主張でベランダを飾ったその朝、出勤する航平は、まだその意味するところを知らなかった。

5

しかし何気なく隣のベランダを仰いだ航平は、黄色く鮮やかにたなびいているそれを、一種予感のように見上げていた。

隣の白い門もカランと開いた。

「あ、お早ようございます」と、ロレックスの時計を無雑作にはめながら遼太郎が出てきた。

「おはようございます。バス停ですか?」

「ええ、車で出勤するのは時間が読めないんで」

「俺もバスです。じゃ、そこまで……」

と男二人は並んで歩き出した。

掃除機を出していた愛永が、リビングのレースのカーテン越しに家の前を通り過ぎてゆく二人を見た。粧子は二階のベランダに布団干しのために出ていて、バス停に向かう男二人を見ていた。

　男たちは何を話しているのかしら。それは女二人に共通する興味だった。

「今度ウチに遊びにいらっしゃいませんか、お近づきのしるしに」と、遼太郎は策略めいた思いをひた隠して誘った。

「いいですね。以前は隣の夫婦とホームパーティとかしてたんですが、ずっと空家で、お隣さんとの付き合いがなくてちょっと寂しかったんです」

　航平は隣人関係も賑やかなのが好きだ。向こう三軒両隣の感覚が薄れてしまった都会にあっては珍しい人種かもしれない。

　遼太郎も、元々博多育ちの祭好きな性格である。「女房の実家の方からうまそうな神戸牛が送られてきたんです。すき焼なんかどうですか」

「そりゃ楽しみだなあ。でも引っ越したばかりで大変でしょう。ウチでやりませんか」と航平は提案した。

　粧子が選んだ家庭とはどういうものなのか、見てやろう……と遼太郎は思った。親睦会の提案にも、粧子と秘密を共有するヒリヒリしたゲーム感覚が裏にあった。

「土曜日でいいですか」

「ウチは大丈夫です。七時頃にしておきますか」と航平は軽やかに答えた。

愛永と話せる、という楽しみが航平にはあった。遼太郎とおしどり夫婦ぶりを見せられた
ら嫉妬になるかもしれないが。
通りをバスが通り過ぎて行く。「急ぎましょう!」と航平が慌てて走り出した。遼太郎は
無駄に走ったりしない。どうせ航平がバスを止めておいてくれるだろう。

土曜の七時きっかりに、宇崎家のチャイムが鳴った。
いらっしゃい、と航平と粧子が揃って出迎えた。お邪魔します、と玄関をくぐった愛永と
遼太郎は、ペアルックとまではいかないが、揃いの形のセーターを着ていた。愛永の手には
大きな油紙の包みがある。遼太郎はラッピングされた赤ワインを持ってきた。
「さ、中へ」と航平がスリッパを揃える。航平と愛永、遼太郎と粧子、二組の眼差しはカチ
合うことなく、二組の秘めたる感情もそれぞれの胸に隠されていた。
リビングにはすでに円座が作られ、四人分の食器、野菜の大皿、積まれた玉子、あとは神
戸牛という主役が登場するだけの用意万端ぶりだった。
愛永から包みを受け取った粧子が、テラテラと輝くばかりの霜降り肉を皿に広げると、四
人は揃って「おー」と感嘆した。あまりに声が合ってしまったので、自己紹介もしないうち
に笑いに包まれた。

「えー、この度、隣に引っ越して参りました鴻野と申します」

遼太郎は自己紹介の照れ臭さを芝居の口上のように誤魔化して挨拶した。

「隣に控えておりますのが妻の愛永でございます。愛は永遠と書きます。私、鴻野遼太郎は、司馬遼太郎の遼太郎と書きます」

航平も調子を合わせる。「この度は我が家にいらして下さいまして、ありがとうございます」

「いえいえ、お招きいただきまして」と遼太郎はまた一礼。

愛永と粧子がクスクス笑っている。

「私、宇崎航平と申します。隣に控えしが、妻の粧子と申します。化粧の粧と書きます。似合いの名前だと常日頃思っております」

「どーいう意味よお」

四人が笑いながら「よろしくお付き合い下さい」と軽い調子で頭を下げ合ったところで、航平が「さ、作りましょう！」とコンロに点火した。四人はすでに大学の同級生のような気安さで円卓を囲んでいた。

「もしよかったら、ウチの奥さんが関西風ってヤツをお目にかけますけど」と遼太郎。

「へえ、関西風ってどういうんだろ。やって下さい」と粧子が促す。

「ではお言葉に甘えまして」と、愛永がサイ箸を貸してもらって御披露する。まず鍋に砂糖をパラパラとまいて熱がこもったところで肉を敷き、すき焼の割り下をかける。

関東以北の育ちである航平と粧子は「へえ」と珍しがった。

「くすぶった砂糖がよく肉に絡み付いて、辛口の割り下とバランスが取れるの。さ、どうぞ」と、愛永が焼けたばかりの肉を航平と粧子に取り分けた。

玉子をたっぷりつけて頰ばる航平と粧子。

「うまい!」

「うん美味しい」

あとは四人の箸が遠慮なく鍋を突つき合う。ビールが抜かれ、妊娠中の粧子だけはウーロン茶で乾杯となった。乾杯よりもすき焼の試し焼きの方が先だったのは、いかに食い意地が張ってるかの証明だった。三十代の男二人と二十代後半の女二人。食欲だけはまだかろうじて青春しているのかもしれない。

「鴻野さん、御結婚はいつなんですか?」と、粧子が遼太郎をコンマ何秒か一瞥《いちべつ》してから愛永に訊いた。

「ちょうど半年前です。大安吉日の四月十四日」

「えっ、ウチと同じだ」と粧子は過不足のない驚きを見せる。遼太郎も「そりゃ奇遇だ」と答えた。さあゲームが始まったぞ、せいぜい楽しんでくれ、と遼太郎は粧子に言ってやりたかった。

「場所は？」と粧子が更に訊く。

「椿山荘です」と、愛永はするりと視線を航平に通過させながら答えた。

「えー同じ。ウチも椿山荘で！」と粧子は大袈裟《おおげさ》に驚いた。

「じゃ、同じ日の同じ場所で結婚したんだ。驚いたなそりゃ」と航平が場の雰囲気に合わせた。

粧子と遼太郎が密かに通じ合い、愛永と航平が密かに通じ合いながら、初めて交流した隣人同士を自然に演じていた。

ゲーム感覚は粧子と遼太郎の方だったが、愛永と航平はどうなのか。

どんな会話になっても動じる気配のない愛永はともかく、航平はドギマギしていた。結婚式一時間前に出逢っているという秘密が、会話のどこかでほつれを見せるのではないかと気が気ではない。

「どうしたの、いつもの食欲ないじゃない」と、粧子が航平を気遣う素振《そぶ》り。航平が「そんなことないよ」と本来の体育会系を発揮しようとして肉を威勢よく摑み取ったら、勢い余って服に飛んだ。

「あーあ、コオちゃん」と粧子が布巾《ふきん》で拭いてやる。新妻らしい甲斐甲斐しさを遼太郎が横目で見ていた。「コオちゃん」というのは恋人時代の呼び方だった。航平自身も聞いたのは久しぶりだった。

粧子は遼太郎に見せつけようとしていた。あの頃のあたしと変わったでしょ、男性に安らぎを与える女には到底見えなかったのに、この変わりようは何だろうって思ってるでしょ、と夫への仕草の一つ一つに遼太郎への問いかけが隠されていた。

「家の造りは、やっぱり似てるな」

遼太郎が粧子から目をそらすようにして言った。

「造りは同じでも、全然雰囲気は違う。家を造るのは建築家じゃなくて、住んでる人間なんだって誰か言ってたけど、本当ね」と愛永。

宇崎家は昼の光に合うインテリアだった。ペイズリーの花柄を配した上品な色使いは、夜の白熱灯の下ではさほど映えない。

一方、隣の鴻野家はナイト・ライフを意識したようなリビングだった。間接照明を柔らかに受け止めて、夫婦をゆっくりと眠りに誘うようなシンプルな暖色で包まれていた。

「鴻野さんのお宅も、見てみたいな」と粧子が興味を示した。

「引っ越したばかりだし、ご迷惑だよ」と航平が気を遣った。今夜の粧子はややハイテンションで、航平はいささか面食らっている。

「ウチなら大丈夫。なかなか片付かないダンボールは納戸に入れちゃったし、いつでもお迎えてきますよ」と愛永。

「じゃ、すき焼が片付いたらウチで一杯やりますか」と遼太郎が誘った。見せつけるゲームなら、今度は俺の番だ。

肉がなくなり、御飯とお新香のサッパリした食事で締めくくると、四人はゾロゾロと玄関を出て、隣の鴻野家へと移った。一列に連なり大移動だ。

「本当ねえ、造りは左右逆になっただけで同じね」と、粧子が玄関に入るなり感嘆した。

「どうぞ」と二人にスリッパを出す愛永が、チラと航平を見た。大丈夫よ航平さん、そんなに硬くならないで隣人関係を楽しみましょう、と言いたげな微笑みがあった。

リビングに入るなり、航平の目を引いたのは、部屋の一隅を占めるミニバーだった。カウンターテーブルと三人掛けの椅子のセットに、アメリカ南部を思わせるコロニアル・ウォールナット色の棚。様々なスピリッツやリキュールが並び、グラスもカクテル・グラス、オールドファッションド・グラス、コリンズ・グラスと各種が揃い、銀製のシェーカーが大小二種類、カウンターの上で輝きを放っていた。

「凄い。本格的ねえ……鴻野さんの御趣味？」と粧子が遼太郎を振り返った。お酒好きなのは知っているけど、あなたはここまでのめり込むほどではなかったはず、と昔の恋人は思う。

「愛永の仕事場なんです、ここは」

「仕事場？」

愛永が少し照れ臭そうに答える。「あたし、遼太郎さんと知り合った頃、銀座のバーでバーテンダーをしてたんです」

「女性のバーテンさん？」と、粧子がちょっと目を丸くした。

「神戸の実家が酒場をやっているんです。シェーカーを振る母親の姿が目蓋に焼きついてたのかな……結局、親と同じ仕事を選んでしまって」

「ただそこに辿りつくまでが道草が多くてね」と、遼太郎が妻にかわって説明をする。「看護婦に始まって、競馬新聞の記者とか、テレビ局のタイムキーパーとか……職歴多数の奥さんで、世間知らずの亭主は助かってますよ」と、ノロケっぽく言う。

何が世間知らずだ、と粧子は思う。世間は充分知っている、女の気持ちを知らないだけよあなたは、と言ってやりたい。

「愛永にここで一杯作ってもらって寝酒にするっていうのが、日課みたいになってて。銀座で噂の女バーテンダーを、今では独り占めです」

臆面もない遼太郎のノロケが、航平の胸をチクリと刺している。嫉妬だった。

「じゃ、お二人にふさわしいカクテルを作りますね」と愛永がカウンターを拭いた。

手紙の約束を果たしてくれるのか、と航平は思った。

ミニバーに入った愛永は、最初の手付きからして年季の入ったプロを思わせた。ギルビー社のドライ・ジンを手にすると、栓をあけ、シェーカーの中へ目分量で二人分を入れた。次にグラン・マルニエのオレンジ・キュラソーとライムジュースを同分量注ぎ、カンパリをワン・ダッシュずつ加えて氷の入ったシェーカーを閉じ、パフォーマンスを始めた。

愛永の手が宙を踊る。間接照明のリビングを濃密な夜に演出するシェーカーの音だった。新しい酒がバーテンダーの手によって生まれる儀式。

航平と粧子が見とれていた。遼太郎も妻の雄姿に満足げだった。

シェーカーの表面がうっすら汗をかき、その冷たさが愛永の手をぴりっと焦がすようになった頃、カクテルは出来上がった。

手早くシェーカーのトップを外し、カクテル・グラス二つに淡いライム色の酒を注いだ。

「何て名前?」と遼太郎が訊く。

「イエスタディ」と愛永が答えた。遼太郎はビートルズ・ナンバーの詞を唱えた。

「全てが輝いていた昨日。悲しみが突然やってきた昨日。今はただ幸福だった昨日が懐かしい……そんな味、してます?」

一口啜《すす》った航平と粧子に問いかけた。

美味しかった。ライムの甘さとジンの鋭さが繊細に融け合っていた。

昨日を切なく思い出させる切ない味、遼太郎はわたしにそう言わせたいのか。あなたは詞の大事な部分をはしょっている、と粧子はクレームを付けたかった。

ポール・マッカートニーはこう歌ったのだ。『彼女は訳も言わずに僕からサヨナラしてしまった。昨日までは呑気に恋を楽しんでいたのに……』

何も知るはずのない愛永が、あの頃の自分たちを揶揄《やゆ》しているような気がした。彼女はわたしという女に何かを嗅ぎつけたのだろうか。いくら臨月が近い体とはいえ、苦しい恋の歴史を刻みこんでいることに、同じ女として、本能的に……

粧子のそれは邪推だった。愛永にとっての『イエスタディ』とは、航平と出会ったあの日を意味していた。

ポールの詞よりは楽天的に、昨日はともかく明日を夢見て、愛永は神妙にイエスタディを味わっている航平を見つめていた。すぐに視線を他へ移さなければならない。遼太郎と粧子さんに気づかれないうちに……

二組の秘密を抱えた夫婦の、記念すべき最初の夜だった。

やがて、苦悩と裏切りと再生の人生を歩むことになる四人は、全ての始まりはあの夜ではなかったかと、ライムの香りがいつまでも部屋に漂っていた鴻野家でのひとときを、後々までも思い起こすことになる……

6

藤田《ふじた》達彦《たつひこ》は女のマンションから出てくるなり、エントランスの植込みに唾を吐いた。

黒いシルクのシャツから胸が露《あら》わになっている。そこには女が嚙んだ赤い印が刻まれていた。昨夜でお勤めは終わっていたはずが、朝のシャワーを浴びた後にまた三万を握らされた。「いつだってあたしは、あなたを自由にできるんだから」と、この種の関係の法則のように言われ、奉仕をさせられた。

十九歳にして達彦はジゴロだった。身長百八十センチの恵まれた体軀は、一年前にいた世界では常識的な体つきだった。尻から太ももにかけてあの頃の名残のような分厚い筋肉が張りついている。

鋭くて大づくりな目と、斜めにナイフで切ったような傾斜角の鼻梁《びりよう》、今朝はもう女の唇には飽き飽きしている形のよい唇。モデルのような顔立ちは、今もリタイアせずあの世界にいたならば、確実に若い女性ファンを神宮球場の一塁側に大挙させていただろう。

達彦は、味方のエラーで甲子園には行けなかったが、激戦区愛知で三振の山を築き、後にドラフト三位でヤクルト・スワローズに指名され、遮二無二《しやにむに》プロ野球界へ飛び込んだ若者だった。

ところが故障と不祥事のダブル・パンチで、御清潔なあの世界から締め出された。今思えば、たとえ故障を克服し、不祥事をモミ消したとしても、いつかは八百長を持ちかけられて食指を動かすような選手になっていたのかもしれない。

ぺっ。

自分の過去にも唾を吐きつけてやった。

銀座の一流クラブでナンバーワンと言われている二十六歳の女は、達彦を一晩独占した。そんな遊びがしたければホストクラブでも行けばいい。達彦のように始終仏頂面でなく、チークダンスで御機嫌を伺《うかが》ってくれる男たちが山ほどいる。

しかし夜と朝で合計六万。悪い稼ぎではない。夜の世界で生きていながら何故か渇ききっている水商売の女を、十九歳のエネルギーで満たしてやった報酬。

「探したぞ」

エントランスから舗道に出て、十月末にしては高さと明るさを間違えているような太陽が達彦の青白い肌を刺した時、物陰から声をかけられた。

振り返ると懐かしの顔があった。達彦のトレーナーを担当し、あのデビュー戦での突発的な故障は自分に責任があると馬鹿正直にも悩んでいた航平が、流行遅れの革鞄を提げた出勤途中の姿で突っ立っていた。

懐かしさは一瞬だった。達彦はすぐにうんざりし始めた。

「元気そうだな」と航平は笑いかけてきた。

そう見えるのかあんたには、節穴じゃねえのかその目は、腹ン中は吐き出したいヘドでいっぱいだよ今朝の俺は。と毒づきたかったが、それさえも億劫な朝だった。

「球場の医療班にいた奴が、六本木のバーでお前を見かけたって聞いて、昨日行ってみたんだ。一足違いで、お前が女連れで出てったって店長に聞いてさ」

女と待ち合わせをしたバーの店長は、以前にその女を口説こうとしてマンションまで押しかけた青年実業家気取りの男だった。昨夜は三人が顔突き合わす険悪な雰囲気で、女は達彦の若さを誇示するようにして店を後にした。

このマンションの場所は、女を寝取られた下っ端マフィアのような顔した店長が、腹立ち紛れに教えたのだろう。

「仕事、してるのか？　ファッション雑誌のグラビアで時々見かけたことはあるけど」

野球界を追放された後、飲み屋で知り合った小さなモデル事務所の女社長に拾われ、カメラの前でわざとらしい笑顔を強要される仕事をイヤイヤながらやってきた。

「してるよ。今日もこれから勤労青年だよ」

「どこに住んでるのか教えてくれないか」

「これ事務所の名刺。誰かに聞けば教えてくれるよ」と達彦は渡してやった。刑事の張込みのような真似をされて不意に声をかけられるより、教えておいた方がマシと考えた。どうせ週に半分は帰らないマンションだ。

「あんた、結婚したんだってな」

風の便りで航平のことは聞いていた。

「招待状を送ろうにも住所が分からなかった。今度遊びに来いよ。これ電話番号だ」

と急いでメモ帳を開いて書き、ちぎって達彦に渡した。

一応もらっておいた。

「ゆっくり話したいことがあるんだ……お前の将来について」

「余計なお世話だよ」

「まだ二十歳前だ。まだいくらだってやり直しはきく」

「調子いいこと言うなよ。星一徹を気取った親父に百本ノック受けて、父兄会や後援会から甲子園を義務づけられて、それが駄目になった時には酔っ払いに小突かれて、教科書も開いたことがない高校時代が終わったら、今度はドラフトで指名されてスワローズ、速い球が投げれるってだけで整形したアイドル歌手に尊敬されてた俺みたいな男に……」と、達彦は彼らしくなく饒舌に言い返していた。「野球しか知らない俺みたいな男に、野球がなくなったら、どんなやり直しができるって言うんだよ」

「できるよ、いくらだって」

「どうしてそんなに俺に構うんだよ。俺の軸足がいかれたことに、まだ責任感じてるのか」

内転筋の肉離れ。大リーグ養成ギプスも顔負けの、ゴム紐の束を足首にくくりつける航平独自のトレーニング方法が間違いだったとは、誰も言っていない。医師も言っていない。しかし航平だけが自責の念に苦しんでいた。

「ヒモみたいな生活、してるって言うじゃないか」

「肉体労働だよ。どいてくれないか。もう遅刻してんだ仕事に」

「電話、待ってるからな」

達彦はタクシーを拾い、振り返りもせず走り去っていった。

達彦の輝く時代を航平は知っていた。トレーニングの成果が、球速とコントロールに如実に表われた時の興奮。あれは俺たちの青春だった。俺はスポーツの世界に踏みとどまったが、あいつ一人がドロップアウトした。放っておけるはずはない。

十九歳という若さで、一心不乱に目指してきた世界を引退する。それはどんな絶望なのだろうか。

モデルの仕事をする時、たとえ職業笑いであろうが、あいつはどんな笑顔を浮かべるのだろうか……と航平は想像していた。

愛永は遅刻しているモデルに見切りをつけようとしていた。

国立競技場の脇で屋台を出すタコス屋。香辛料の効いたチリソースに特徴のある本場のメキシカンスタイルで、何かの国際競技大会でここを訪れたメキシコ人選手が偶然食べて、母国語で「うまい」と連呼したという噂の屋台だった。

それが今日の取材対象だったが、タコスを頬張ってカメラ目線で笑顔を作るはずのモデルが、三十分たっても現われなかった。

「サイちゃん、もういいよ。現物の写真だけで」と愛永。

顎がサイのようにしゃくれた顔でそう呼ばれている物静かなカメラマンは、「でも、バスケットボールを小脇にしてタコスにパクついてる写真も、捨て難いんだよね……」と、スリー・オン・スリー用に設置されているゴールをバックに、構図を何度も確かめている。

そこにタクシーが到着した。万札を渡して釣り銭を貰うのに手間取っている若者を見て、それが自分たちを三十分も待たせた張本人だと愛永はすぐ分かった。

道に降り立った達彦が、愛永とカメラマンを見てペコリとした。

「ども」

怒りを無表情に埋め込んだ愛永に気づいても、達彦は謝罪の顔ひとつせず、「さ、やりましょうか。何食えばいいんスか」と、アクビまじりにタコス屋の手書きメニューを物色した。品書きを見るだけでゲップが出そうだった。朝っぱらからタコスとはな。ま、写真を撮る時だけパクついて、我慢できなきゃそこいらで吐き出せばいいんだ。

「帰っていいわよ」と愛永が若者の背中に言い放った。

「?……仕事は?」

振り返った達彦は、ポカンとした顔で訊き返す。

「ロクなモデルじゃないからキャンセルしたの」

「聞いてないな。いつキャンセルしたの」

「今よ」

「愛永ちゃん、ここは一つ大人になって……君もさ、三十分も遅れたんだから謝りの一言ぐらい」と、カメラマンが二人の間に入ってなだめにかかった。

「バスケのボールとタコス、構図はそれでキメて」と愛永。

「……はいはい」一度言い出したらきかない愛永の性格を知っているカメラマンは、屋台の中から作りたてをもらい、テーブルに配した。

「何張り切ってんだよ……」

達彦はカメラマンにテキパキと指示している愛永の姿を小馬鹿にしたように見て、せせら笑った。「たかが道端で売ってる小汚い食い物に」

愛永の顔色が変わった。ワゴン車の中の店主にも聞こえたはずだが、温厚そうな男はマヤ文明をモチーフにした銀のブレスレットを鳴らし、黙々と二つ目のタコスを作っている。

「待ちなさいよ」

踵《きびす》を返して立ち去ろうとしていた達彦を、愛永は鋭い言葉で振り向かせた。「何言った、今」

「おかしくてさ、こんな場所でキャリア・ウーマン気取ってるようなあんたが」

「あたしに何を言おうが構わない。真面目に働いている人に、聞こえよがしにそういうことを言う人間が、あたしは一番許せない」

「許せなかったらどうするって言うんだよ」

言い終わらないうちに愛永の右手が一閃《いっせん》した。達彦の訳知り風によじれた頬を乾いた音で打った。周りにひやっとした緊張が漂う。カメラマンがどう二人の間に入っていいか困惑していた。達彦は自分の頬の音でやっと目が覚めた。

「……いてえな」

愛永は逆襲を恐れる様子など微塵もなく、達彦に背を向け、テーブルのバスケットボールとタコスをバランスよく配置する仕事に向かった。もう達彦へは一瞥《いちべつ》もくれない。

頬の痛みが、小石の落ちた池の波紋のように広がっていた。女に殴られたことは何度もある。金額と比較して見返りが少ないと金切り声を上げて、筋肉質の達彦の肉体にむしゃぶりつくように拳《こぶし》を振り上げた女たちがいた。

涙と逆上のかけらもなく、男の頬を打ったというのに何もなかったように日常に戻る愛永を、達彦はしばらく凝視していた。

場所を辿れないほど錯綜した地図をいきなり目の前に突きつけられて戸惑うような、少年の顔つきで……

『親愛なる君へ。

昨夜、俺たち夫婦に作ってくれたあのカクテルが、俺に似合いの酒なのか、少し考え込んでしまったよ。今よりもあの頃が輝いていた。俺と君との出逢いの日を、俺はそんな風に懐かしんではいない。何故なら、今の君の方が輝いていると自信を持って言えるからだ。

だけどあの酒を飲んだ昨夜、〝イエスタディ〟という詞から連想される一つの時代が俺にはあったのだと、改めて思い知らされた。俺には一回り以上年の離れた一人の若者と、二人三脚になって戦っていた時代があったんだ。その時代は、他でもない俺の失敗によって幕を閉じてしまったんだけど……』

そこまで書いたところで、邪魔者が入った。

「何書いてんのよ」

渡辺美緒が短大の生協で売っているトレーナーを肘までまくり上げ、キュロットスカートのポケットに両手を突っ込み、講師への尊敬の念というものは微塵もない姿で目の前にひょっこり現われた。

講義の終わった化粧っ気のない女子学生が、紙パックのジュースを飲みながら行き交っているキャンパス内のベンチに座り、航平は便箋に水性ボールペンを走らせていた。

「何隠してんのよ」と覗き込む美緒。

「隠してないよ」

「隠したじゃん。スッて」

「隠してないってば」

「それ、それそれ」

「何でもないよ。あっち行けよ」

「ラブレター?」

「見るなよ」

「不倫の文通でもしてんじゃないのォ」

この鋭いカンが恐い。「……馬鹿言ってんじゃないよ。お前の親に手紙書いてんだよ。逆上がりもできない娘さんで困ってますって」

すぐ分かるような嘘だが、美緒はもう手紙のことは追及せず、「新婚気分は抜けた?」と訊きながら、ベンチの端に控え目に座り込んだ。

「離れろよ。あっちのベンチが空いてるぞ。先生は渡辺美緒みたいな女が好みなんですかって、他のゼミの子にしつこく訊かれて参ったよ。まとわりつくな俺に」

「奥さんが触らせてくれないだろうから、せめて若い女の体臭でもかがせてあげようと思って」

航平は鼻をクンといわせた。「お前、香水なんか使ってんの?」似合わないからよせ、と言わんばかりに。

「これから合コンなの」

「合コンに香水つけてゆくのか、最近の女子学生は」

「心配?」

「つまらない男に大切なバージンを捧げてしまう女が、ここにも一人か……」と、さも痛ましそうな声で航平は言う。

「あたしバージンじゃないモン。したことあるモン」

美緒は事もなげに言った。

航平は思わず絶句してしまう。いつだ。相手の男はどういう奴だ。と詮索したい気持ちをグッとこらえた。この娘を蹂躙《じゅうりん》して捨てた男がいるんだとしたら、ちょっと許せない気もする。

「先生、これまで奥さんの妊娠中に浮気とか、したことないの？」

「お前、いやにそれにこだわるよな。痛くもない腹を探られる気分で、ムカつくんだけど俺」

「家庭、幸せ？」

「大ハッピー」

「なら、いいんだけど……」

と言ったきり、ベンチの背もたれに深く沈み、暖かな午後の光を航平と同じだけ浴びて黙ってしまう美緒だった。

航平は「何だコイツ」と思いながらキャスターに火をつける。妊娠中の妻がいる家では吸えないから、外で思い切り吸って帰るのだ。一本吸ったら、今日も粧子を迎えに行こう。粧子のタオルの店は、短大最寄りの駅から二つ目にある。

美緒はこの半年間、航平に対して、面と向かって訊けないことをずっと胸の底にしまい込んだままである。

結婚式二時間前のホテル。ずぶ濡れの先生は、先生と同じように髪を濡らした女の部屋へスッと流れ込むように消えた。フロントで711号室に泊まってる客の名前を訊いたら、男の名前で予約したスイート・ルームだった。

航平について謎を一つ抱えていることは、美緒にとっては、自分だけが有する航平との一つの接点だった。謎を正面きって航平に突きつけて、親戚が泊まっていた部屋だとか、ただ落とし物を届けに行った他人の部屋だとか、拍子抜けするような答えが返ってくるくらいなら、いっそのことこのまま、男と女の謎として抱えておきたかった。

西の空は烈《はげ》しい夕焼けの予感があった。空の色のそこかしこに、遅かれ早かれ紅《あか》く照り映えそうな雲がはじらいながら落日を待っているように、二人の目には見えた。

大ハッピーと言いながら本当に幸福を獲得したのか、と自問自答している男の目に。

そんな謎でしか好きな男と接点を持てない寂しさで、少し体を丸めている少女の目にも。

7

粧子の店『コットン・サーカス』は、住宅街の彼方に沈みつつある夕陽をウインドーいっぱいに受けていた。

ブラインドを閉じきってしまうと、鮮やかな夕陽の色が惜しい。かといって開けたままでは商品の色合いが違って見えてしまう。

広さ十坪ほどの、小さなブティックにも似た小綺麗な店内は、綿の地のふくよかさで包まれていた。用途に応じ、大きさも多彩なタオル。ガウンやバスマット、スリッパの品揃えもこの規模の店にしては豊富だった。

近所の住宅街の、企業の部長夫人といった客層が、結婚式の引き出物とか、誕生日やお祝い返しといったプレゼントで、この店の商品を買ってくれる。

経理も兼ねた女の子を一人と、時給千円のパートで働いてくれる近所の奥さんを一人、計二人の女性を雇って、粧子はできるだけ小人数でこの店を切り盛りしてきた。臨月が近くなって動きも鈍くなる。店の奥の在庫品を運んだりする仕事はもう控えた方がいいだろう。産後の働けない時期を考えると、今のうちからあと一人ぐらい雇っておいた方がいいかもしれない。

「じゃ、また明日……」

と、定時に帰る経理の慶子ちゃんとパートの嶋田さんを送り出す。店は六時半に閉める。明日に備えて在庫品のダンボールを運んだり、シャッターを閉めたりするのは、もうすぐ迎えにきてくれる航平に頼めばよい。

学生時代から働いていた会社をやめ、独立してこの店を開いて早一年。月の売上げは二百万ほど。十五万のテナント料や様々な経費を差し引くと、儲けは月に三十万を切るぐらい。一頃に比べて女性経営者としての野心はなくなっていた。子供ができれば、ますます店どころではなくなるかもしれない。仕事の上でも、恋の部分でも、肩肘張った女の時代はこうして過ぎ去ってゆくのか……と、諦め気味の表情で粧子はレジスターを閉めていた。

そのとき夕陽を一面に滲ませたガラス扉が、赤ん坊の泣き声のように軋《きし》んだ音を奏で、外側から開いた。

「いらっしゃいませ」と、今日最後の来客を迎えようと重い体をその方へ向けた。粧子の目に人物の輪郭だけが黄昏《たそがれ》色に浮き上がった。見慣れた肩の形。頬の線。少し目を細めて分かった。遼太郎だった。

「……なに？」

警戒の色が粧子に浮かぶ。

「そんな顔するなよ。すき焼パーティじゃ楽しそうに芝居してたじゃないか。女はみんな女優って言うけど、本当だな」

危ない傾斜に身を置いている、粧子はそう思った。こんな場所で会ってはいけない。

「もうすぐ夫が来るの」

「女房に頼まれて買物に来た。そう言うさ」

「今夜は夫婦でデートなの」

そう自慢すれば遼太郎の心にさざ波をたてられると目論《もくろ》んだ。心の探り合い。このゲームの行き着く先には何があるのか、自分でも分からないまま思わせ振りな言葉と表情を繰り出している。

「どうしても納得できないんだ。結婚式でバッタリ鉢合わせをしただけじゃなく、引っ越した家の隣にお前がいた。こんな偶然があるか。誰かが何かを隠している、そう思えてならないんだ」

「誰かって、つまりわたしの事でしょ」

「ウチの女房や、お宅の旦那には関係のないことだろ」

颯爽《さっそう》とシェーカーを振る愛永、初めてのカクテルの味に言葉を失っていたような航平。そうよ、あの二人に罪はない。

「あの朝、わたしだってびっくりしたの。考えてもみてよ。あなたを我が家の隣におびき寄せるなんていう芸当が、わたしに思いつくはずがないでしょ。それだけは偶然。だけど……」

だけど、と言ってしまった。告げようとしている。夕闇が忍び寄る店内に二人きり。告白にふさわしい舞台になっている。

「だけど、何だ」

「あなたと今年の冬に街でバッタリ会って、あんな夜になってしまって……その時、あなたも別の相手と婚約していたことを知った。あなたから聞いた式の日取りと場所を、わたしはちゃんと覚えていたの」

遼太郎はあの夜、敷かれてしまったレールを踏み外す勢いで粧子を口説いたのだ。粧子の薬指に婚約指輪を見た時、かけがえのない女に思えてきた。もう何もかもが遅すぎると言うのに。気がついた時には目に涙をため、「お前をその男から奪ってやりたい」と遼太郎は言っていた。

涙。男の涙。粧子が待ち望んでいた遼太郎の涙だった。粧子は「奪う」と言った遼太郎を「なら奪ってよ」と挑発しながら、あの危ない傾斜を転げ落ちた。関越自動車道を突っ走り、山奥のコテージで遼太郎に抱かれた。遼太郎のシャツを引きちぎるようにして脱がし、自分の肌をぴたりと密着させた。その間、まったくといっていいほど航平の姿が脳裏にチラつきもしない自分は、正真正銘の悪女だと思った。

いいや、抱かれたのではない。わたしが彼を抱いたのだ。これがわたしの人生の節目。これで安らかに新婚家庭への扉をくぐれると自分に言い聞かせて、あの夜、遼太郎の背中に爪《つめ》をたてた。

翌朝、書き置きを残してコテージを先に出た。こんな文句だった。『あなたが先に涙を見せた。あたしの勝ちね。さようなら。お幸せに。私も幸せになります……』

それを読んだ時、遼太郎は幸せの意味について、朝のベッドに重い体を投げ出したまま考えてみた。答えは一つ。祭は終わったのだ。博多出身のゲリラ戦士はそう痛感した。

が、粧子の方はちょっと様子が違っていた。強い女を誇示したような書き置きを残して美しいエンディングを飾れたと思ったのに、すぐに自分の弱さを思い知らされた。心の中では何も終わっていなかったのだ。

不安定な気持ちのまま航平と式場探しをしていた。やがて粧子は一つの我《わ》が儘《まま》を航平にぶつけていた。「四月十四日に椿山荘で挙げたい……」

夕映えの色が『コットン・サーカス』の窓ガラスを塗りたくっている。

粧子の告白は続く。

「わたしは自分が恐ろしかった。あなたと同じラインに並んで、よーいどんで別々の人生に踏み出せば、あなたをふっ切れると思ったのかな……多分違うわね。あなたの目にわたしの花嫁姿を見せつけてやりたい。そういう子供じみた衝動だったと思う。でも、でもね……わたしはふっ切れたの。あなたのことを嘘のように忘れられた……半年後、隣にあなたが引っ越してこなければ、あなたのことなんて二度と思い出さなかった」

思い出さなかったなんて嘘だが、今は嘘でいい。粧子は嘘をつき通そうとした。「よりにもよって隣の家を選んだ愛永さんを、わたしちょっと恨んだわよ……だけど、わたしは航平を二度と裏切ってはいけない。だってあの人は、あの人はね……」

子宮の熱に突き上げられるように、もう一つのことを吐き出そうとしている自分にゾッとした。言ってはならないことだ。その告白がどんな嵐を巻き起こすことになるのか、わたしは分かっているのだから。

「あの人は、お腹の子供の父親じゃないかもしれないと分かっても、わたしの全てを引き受けてくれたんだもの……！」

自分を止められなかった。

「父親じゃ、ない……？」

遼太郎は虚を突かれたように訊き返した。粧子の赤い目に気づいた。その充血から顔全体に滲む粧子の熱。不意にあの真冬の夜が遼太郎の脳裏をよぎった。雪まじりの突き刺すような夜風と、コテージで抱き合った時の粧子のぬくもりを同時に思い出していた。

まさか……

まさかあの夜に……

「父親は、誰なんだ」

言葉が遼太郎の唇の上を滑っていた。

「…………」

「誰だ。おい粧子」

「来月よ」

粧子の体に、うねりのように何かが脈打っている。自分の心臓の鼓動だけではない。もう一つの命の鼓動だ。「来月生まれて……血液型を見れば、分かること」

粧子は自分をも蔑《さげす》むような歪んだ微笑を唇の端に引っ掛けていた。夕陽を背に受けた遼太郎が、急に不確かに、輪郭を失ってゆくように見えた。

このままでは取り乱してしまう。遼太郎は絡まりそうな両足で後ずさり、ガラス扉に体の重みをかけて開け、逃げるように店を出て行った。

遼太郎の退場を最後まで見ることはなかった。粧子は目を閉じていた。ここまで昔の男を翻弄《ほんろう》した自分の残酷さに、やっと気づいた。

これはもうゲームではない。誰かが血を流すことになる。引き金を引いた本人が一番それを恐れていた……


親愛なる君へ。

粧子は仕事で何かあったのか、君が教えてくれた明大前のお好み焼屋でも、塞《ふさ》ぎこんであまり食欲がなかった。

でも旨かった。からしマヨネーズをつけたモダン焼、懐かしい下町の味だった。

粧子は帰るなり風呂場に湯を入れ、今夜はことのほか、長風呂になりそうな感じなので、二階でこの手紙を書いている。

そう言えば、今日、粧子を迎えに行く途中で遼太郎さんとバッタリ会ったよ。駅前に向かって俯《うつむ》いて歩きながら、ぼんやり考え事をしていたような遼太郎さんは、俺が声をかけるとビクッと振り返り、蒼ざめた顔色をしていた。

「仕事ですか？」

「ええ、倉庫が近くにあって……」

「女房の店がすぐそこなんです」と教えると、

「今度、女房を連れて何か買いに行きます」と遼太郎さんは言ってた。気にいる物があるかどうか分からないけど、今度覗いてやって下さい。

軽く手を上げ「じゃ」「じゃ」と別れようとした時だった。遼太郎さんが妙にうわずった声でこう言ったんだ。

「奥さんを大切にしてあげて下さい。奥さんと、お腹のお子さんを……」

改まってそう言われると、こっちもどんな顔をしていいか分からない。「ありがとうございます。大事にします」と俺が戸惑ったように笑顔を投げ返すと、遼太郎さんは柄にもないことを言ってしまった、というような笑みで、「じゃ……」と去って行った。

西の家々の間から夕陽が吹きこぼれて、遼太郎さんのベージュの背広を真っ赤に染めていた。仕事に疲れた男はこんなにも寂しい背中を見せるのか、と思ったよ。

「お子さんを大切に……」

遼太郎さんの言葉が、しばらく耳にこびりついて離れないんだ。

今、風呂場から粧子の声が聞こえた。「すぐ入るなら、どうぞ」と大声を張り上げている。

ゆったり湯につかってイヤなことも忘れられたんだろうか、すき焼パーティの時のようにテンションの高い声をしている。

もっと書けると思ったけど、残念、今夜はここまで。おやすみなさい……草々。


親愛なるあなたへ。

二階の窓にあなたのシルエットが見えました。机に向かって腕のあたりだけが動いているあなたの影です。私への手紙を書いているのですね。それを明日読んでから返事を書けばいいのですが、待ち切れず、私も今、机に向かっています。

遼太郎はお風呂を出て、書斎で（と言っても、あなたのお宅と同様、四畳半の穴蔵のような部屋ですが）仕事の残りをしているようです。一段落ついたところで「おーい」といつものように声がかかり、バーの客になるのです。オリーブを買い忘れてしまったので、マティーニを注文されたら、「生憎《あいにく》ですがお客様……」とお断りを入れなければなりません。

「お隣、夫婦のデートかな」と、夕飯の時に遼太郎が言っていました。隣の家に同じ年代の夫婦が住んでいると、明かりがついていないことも気になるようです。

「そうよきっと。何処《どこ》かで美味しいものでも食べてるのよ」

と私は羨《うらや》ましそうに答えましたが、私が教えてあげた明大前のお好み焼屋でしょ？　あなたが鰹節を粧子さんのモダン焼にいっぱい振りかけている姿が見えるようでした。カルシウムを沢山取らなきゃね。

思った通り、今さっき夫に呼ばれて、今夜も寝酒のための専属バーテンダーになりました。シーバスのロックでいいと言うので、今夜の仕事は楽でした。いつもだったら会社で部下の季里子さんを叱り飛ばした事とか、身振り手振りで私に話してくれるのに、今夜の夫は無口です。

「どうしたの？」って訊いたら、

「愛永、お前、子供好きか？」と言うんです。

「好きよ」って答えたら、

「じゃ、産むか？」って遼太郎は、仕事疲れなのか酔っ払ったせいか、潤んだ目で私を見ました。子供なんかできたらいろいろ犠牲にしなきゃいけないから、そう言い続けてきたのは遼太郎の方なのに、今夜は変です。

「粧子さんが無事に産んで、どれだけ子育てが大変か見せてもらってから、考えようよ」と私は言いました。

「そうだな」と遼太郎は簡単に引き下がりました。あとは黙りこくってしまった遼太郎を一人そこに置いて、私は二階のベランダに上がりました。手紙を書いたことをあなたに知らせるためです。

黄色いハンカチを干しました。

「予報は雨だぞ」と不意に後ろから声をかけられて驚きました。グラスを持ったまま、遼太郎が二階に上がってきたのです。

雨で濡れるかもしれないというのにハンカチを干す私を、遼太郎は妙に思ったでしょうか。

やがて声が、一つの声が、森の木霊《こだま》のように聞こえてきます。先にお風呂に入った粧子さんが、二階のあなたを呼ぶ声ですね。

あなたは「はいよー」と答えて書斎の電気を消しました。今夜は何だか、あなたたち夫婦の息づかいまで聞こえてきそうです。静かな夜です。夫はまた書斎にこもって電卓を叩いています。

月は涙を溜め込んでいるような腫《は》れぼったい光を私たちに落としています。みんなが下を向いて考え事をしているような夜に、私一人だけが空を見上げているのです。肌寒い夜風がもう一度吹いたら、風邪を引いたら大変だもの、家の中に入ります。

明日の朝、この黄色いハンカチが予報通りの雨なんかに濡れず、太陽を透かして輝くことを期待して……おやすみなさい。かしこ。

8

親愛なる君へ。

日曜日はお疲れ様。楽しい休日だったけど、疲れたよ。

十時まで寝坊をしてパジャマ姿で玄関に出て、大アクビしながら新聞を郵便受けから取り出した時、君の「おはよう!」という高らかな声で俺の眠気がふっ飛んだ。

額《ひたい》にいっぱい汗をかいていたね。手にはスコップがあったね。早くから起きて花壇を掘っていたんだね。アメリカのオレンジ農園で働いているような、オーバーオールのジーンズに赤いバンダナという姿が可愛かった。

だけど俺は、家の前で二人きりになった時、どういう会話の仕方をしていいのか分からなくて、まず自分の家を注意深く振り返った。粧子が見ているのではと警戒して。

一方君は、いつもの君だったね。「今日は何か予定があるの」と俺に訊き、「みんなで一緒に外で御飯を食べない?」と誘ってくれた。俺がどう返答しようか困っていると、ちょうどリビングのサッシから粧子が顔を出して君と朝の挨拶を交わし、君の誘いに「いいわね、行こう行こう」と乗り気になってしまった。

遼太郎さんは日曜日くらい家でボウッとしていたかったんじゃないかな。四人でいる時、決して不機嫌ではなかったけど、精彩のない表情だった。

赤ん坊の服をそろそろ買い揃えなければならないと言う粧子に付き合ってくれて、駅前アーケードの子供服の店で、かなり時間をかけて選んでいたね。

女の買物に付き合う時の男の常で、俺と遼太郎さんは外の敷石に腰掛けて「早く選べよなあ」てな顔で、吸いがらの山を築いていた。

時々君と粧子が、漫画がプリントされた小さな肌着を俺たちの方に向け、「どうコレ、可愛いでしょ！」と、ガラスの向こうからお揃いの笑顔を投げかけていたね。

俺は「可愛い可愛い、早く買物を済ませてメシにしようぜ」という感じだったけど、横をふと見たら、遼太郎さんは、粧子が手に広げている赤ん坊の服を目を細めて見ていた。

この間の手紙で、俺たちの子育ての大変さを見てから、自分たちも子供を作るかどうか考える、というようなことを書いてたろ。

俺はこんな想像をしてしまった。来月、粧子が男の子を産み、来年の今頃、今度は君が赤ん坊を産む。それはきっと女の子だ。俺たち三人家族と君たち三人家族が公園でピクニックランチを広げる。俺の息子と君の娘は、一歳と零歳の赤ん坊同士ながら、芝生に並んで寝かせてみると、何やら似合いのカップルに見えてくる。

今の俺たちの隣人関係が十年も二十年も続いたとする。子供たちも成長するにつれて幼なじみの友情を育て、友情はそのうち愛情となって、結婚まで発展する間柄になったとしたら……

年を食った俺と君が、子供たちの結婚披露宴で並んで花束を受けながら、ふと目が合い、ひょっとしたらこんな感情で通じ合うのではないか。

俺たちはやっと結ばれたな。

俺の血を受け継いだ息子と、君の血を受け継いだ娘が結ばれたことで、俺たちの情熱が、どこかで、何らかの形で、やっと一つになったんだな……

それは全身がムズ痒《がゆ》くなるほど微笑ましい想像だ。

出産予定日が迫っている。生まれてくる子供の血液型。審判の日。そんなことを頭から拭い去るためにも、俺にはこんな馬鹿げた空想が必要なのかもしれない。

休日で遊び疲れた翌日の月曜日はいつだってしんどい週初めだけど、今日は特に参ったよ。

例の渡辺美緒だ。先週の後半から学校に現われないのは気になってはいたけど、よくある生理休暇だろうと思ってた。しかし月曜日になっても姿を見せないので、俺も「やれやれ」と重い腰を上げて、まず電話してみたんだ。ところが通じない。電話料金の未払いの末にこうなることは、自分の学生時代で知っている。

アパートに行ってみた。お手軽に組み立てたようなコーポのアパート。家賃は六万ほどだというから、今の学生にしては堅実な暮らしをしている方だ。

案の定、あいつは寝起きの顔で出てきた。別人のような化粧をして、二日酔いで目を充血させている。どうやら昨夜、酔っ払って帰ってきて、化粧も落とさず眠り込んだようだ。

聖蹟桜ケ丘の駅前のスナックで、働き始めたと言うんだ。

「水商売なんかお前にできるのか。愛想笑い一つできないくせに」と言うと、「なら、先生が授業料を払ってくれるの？」と言い返されてしまった。

学生の経済活動についてとやかく言う権利はない。やめさせたいけど、そこまで私生活に踏み込む訳にはいかない。

しかし、渡辺美緒は金のために働いている訳ではなかった。彼女はペロリとこう言った。

「夜が辛いんだもん。先生のことを考えたくないの。忘れたいの」

「俺のことって、何だよ」と、いくらか及び腰でそう訊き返すと、びっくりする答えが返ってきたよ。

驚いた。渡辺美緒は、俺と君の関係の、目撃者だったんだ……！

「式の日、あたしは見たんだもん。結婚式二時間前の先生をからかってやろうと思ってホテルの部屋に行こうとしたら、先生は全身ズブ濡れの姿で廊下をフラフラ歩いていて、同じように髪を濡らした女の部屋に消えた。誰なのよあれは。その部屋で女と二人で何をしてたのよ」

俺は絶句してしまった。何か弁解しなきゃいけない。教え子に弱味を握られてしまったんだから。

だけど俺は無駄な抵抗はやめて、誤魔化さず、事実を喋ったよ。

「彼女の部屋で、俺は救われたんだ。彼女も救われた。だから俺は結婚できた。家庭を持つことができたんだ」

それだけの説明では、十九歳を納得させられなかった。

「どういう関係なの」と、やっぱり核心を突いてきた。

「彼女が好きだ」

「彼女の方は?」

「同じ気持ちだと、思う」

「何なのよソレ。不倫ってこと? いつ知り合ったのよ」

「あの日だ」

「自分の結婚式二時間前に、他の女と恋したって言うの?」

理解に苦しむ顔をしていた。そりゃそうだ。俺自身も理解できないんだから。

「そういう男と女の始まり方だってあるんだ。だけど誤解するなよな。俺は誰も裏切ってはいない」

「その女と、まだ続いてるの」

「ああ。俺の大切な人だ」

胸を張って答えてやったら、あいつは昼過ぎの朝顔のように急に萎《しぼ》んでしまった。失恋めいた顔だった。

昨夜の化粧がザラザラと肌を汚しているように見えたから、俺は、「さあ、いつものお前に戻れ。化粧を落として、俺と一緒に学校に行こう。外で待っててやるから」と言った。

十五分ぐらいしてあいつは出てきた。生協のトレーナーとズックで、俺と並んで学校への道を歩き始めた。

黙ったまま歩いていたら、あいつは「同伴出勤みたいだね、これ」なんてヌカシやがる。

「ばか」と額を指で弾いてやったよ。

これが本日の出来事。昼休みが終わって、今日最後のゼミまで時間があるので、ポストには入れず、郵便局までマラソンして、私書箱に直接落としてこようかと思っている。

夕方には君が読めるように……じゃ、さようなら。草々。

銀杏《いちょう》の葉影が斑模様を作っている並木路を三キロほど心地好いランニングをして、航平が郵便局の私書箱に手紙を落とした頃——

愛永は京王永山駅の近くにある大学付属病院の内科外来で、半年ぶりの診察を受けていた。

月曜日の午後の診察を受け持つ橋爪慶一は、ミステリー小説の核心部分を読むような慎重さで、愛永が半年前まで通っていた世田谷の病院からの紹介状に目を通していた。

白衣を肘まで無雑作にまくり上げ、シャツには自分で手洗いしたような皺《しわ》が寄っている。年は四十前後。家庭の匂いが点々とはあるものの点が線に繋がっていないように感じるのは、離婚経験者だからかもしれない。鼻が頭の中心でどっかりとあぐらをかき、家族は裏切っても、患者は決して裏切らないような医師としての頼り甲斐を感じさせる。

紹介状に目を通してもらってる間、手持ち無沙汰な愛永はそんな人間観察をしていた。しばらく世話になるかもしれない医師だから、品定めだ。

「世田谷の病院で言われたでしょうが、この病気はハッキリした症状がないのが厄介です」

大事なカルテ部分を読み終えると、橋爪は愛永の目を正面から見て言った。「脾臓が腫れて、左の上腹部に圧迫感や違和感を感じるぐらいが目立った症状で……そういう痛みがこれまでありました？」

「いえ」

「この数年間、血液検査は定期的に受けておられたようですね。この病気の遺伝性はまだ解明されていませんが、やはり気になりますか」

「祖母と母を、ほとんど同じ病気で亡くしていますから……」

「なるほど。症状に乏しくて緩慢な経過を辿る病気ですが、慢性から急性に転化すると治療が難しくなります。貧血になったり、動悸《どうき》や息切れがじます。薄い赤血球を量でカバーしようと多くの血液を送り出そうとするので、ポンプとしての心臓に負担がかかるんです。血を止める働きをする血小板も減りますから、皮下に点状の出血斑が出たり、鼻血が出やすくなります。こうなると即入院手術ですが……ま、今の所そんな症状は表われていないようだし、外堀を固めるようにして検査をしましょう」

と専門用語は抑えた言葉で分かりやすく説明し、プラスチックの書類棚から血液検査表を取り出し、いくつか項目に印を書き込んだ。

「苗字が変わられたのは、御結婚ですか?」

「はい。結婚以来、初めての検査で……」

「幸せすぎて病気の芽も吹き飛んだのかな」と言って向けた笑顔には、皮肉のかけらもない。自分の幸せよりも患者の幸せの方が喜べる人間なのかもしれない。愛永は好感を抱いた。いい先生に当たったようだ。

「三階で採血をして、週末にでも結果を聞きに来て下さい」

「はい。よろしくお願いします」

三階の採血室では、三人の若い医師たちが番号で呼んだ患者を次から次へと流れ作業のように採血していた。

腕にゴムを巻き、親指を他四本の指でくるむようにして机の枕に乗せる。医師は静脈を探り当てると消毒して針を刺す。痛くはない。しかしフッと一瞬、生気を抜き取られるような感覚がするのは、どこの病院でも同じだった。

もう何回、ここに注射針を刺されたろう。

色でマーキングされたカートリッジのような小瓶が続けて三本、愛永の赤黒い血液で満たされる。ここにどのくらいの正常な白血球が存在するのか。愛永は血液の暗い色合いに目を凝らしていた。

五分の間、注射痕を押すように当てていた脱脂綿をバス停のごみ箱に捨てると、愛永は聖蹟桜ケ丘行きのバスに乗り、郵便局前で下車した。

私書箱には都内の飲食店から送られてくるアンケート結果と共に、航平の手紙が入っていた。切手がなかった。愛永は微笑んだ。この手紙を早く愛永に読ませたくて局まで持参してきた航平の体温を、白く野暮ったい封筒に感じることができた。

どこで読もうか。

商店街の手前に児童公園があったはずだ。夕飯の買物をする前に、自動販売機で缶コーヒーでも買って、公園のベンチで三十分ほど寛《くつろ》ぎながら読もうか。

午後から夕方へと空の色が暖色を帯びる頃、手紙を受け取った愛永にはささやかでひそやかな、幸福のひとときが訪れる。

店は嶋田さんにまかせて、産婦人科の最後の診療に駆け込んだ。こんなに急いで転んだら大変と思ったが、今日を外すと、三日後まで子供の心音を聞けなくなるのだ。

粧子は足早に病院のドアをくぐって、「宇崎です」と受付で声を張り上げた。

内診は全て異常なしだった。逆子《さかご》の心配はないが、胎児と骨盤の形から難産になるかもしれないと、白髪の医師から予備知識を与えられた。

今の粧子は、試練も難関も束になってかかってこい、という心境だった。

航平を騙《だま》し、苦しませ、加えて遼太郎まで翻弄しながら産む子供なのだ。丈夫な子供を絶対産んでやる。今夜は夫婦ともども、いやお腹の子も加えて三人で精をつけようと思った。

よし、ステーキといこう。

新鮮で柔らかなヒレ肉を買おうと、スーパーではなく、商店街の肉屋まで足を運ぶことにした粧子は、紅葉の植木に囲まれた児童公園で愛永の姿を目撃した。茶色や赤や黄色の木の葉が、ひんやりした空気の中で跳びはねているような素晴らしい午後の四時だった。

落葉が絨毯のように敷き詰められ、子供が二人、落葉の塊を両手で抱えては空へ舞い散らし、歓声を上げていた。

愛永はベンチで手紙を読んでいた。傍らには缶コーヒーが置かれているがプルトップは開かずのまま。読みながら飲もうと買ったが、手紙の文面に夢中になって忘れてしまったかのように。

縦書きの文章なのか、愛永の目は上下に動いている。口許にふくよかな笑みがこぼれている。頬が赤く染まって見えるのは、紅葉の影なのか、高揚する精神のせいか。

ラブレターだ、あれは。

粧子は直感した。遼太郎に隠れて、どんな恋人を作ったのだろうか。世の中の清冽《せいれつ》にも汚濁にも等しく微笑を浮かべることのできる菩薩《ぼさつ》のような女だ、と粧子はこの頃、愛永について思う。

肉欲めいた生々しい恋愛感情は愛永には似合わないと思っていた。それがどうだろう、昼下がりの公園で陶然《とうぜん》と頬を染め、男の文章にとっぷり浸かったあの顔。

「愛永さん」

くっきりと呼びかける声に愛永は振り返った。粧子を見て、微か、ほんの微か、狼狽《ろうばい》が瞳の揺れとなった。

「あら、お仕事もう終わりなの？」

と愛永は答えながら、手紙を慌てることなくたたんで封筒に入れ、ハンドバッグにしまった。

「美味しいお肉屋さんがあるから、ちょっと足を延ばしてみたの」

「知ってる。角の肉新さんでしょ。あたしも野菜コロッケ買おうと思ってたの」と、愛永は落葉を踏み締めてやってくる。

並んで商店街へと歩き始める。腹の重い粧子に合わせて、愛永もゆっくりと歩を進めた。

粧子は手紙の主を知りたい。しかし秘めた恋路について、「ねえねえ相手は誰なの」と詮索するほど、愛永との関係は深くない。

八百屋の人参を二人がかりで値切った。八百屋の親父は、「美人の奥さん二人がかりで攻められちゃ、かなわないな」と言いながら、おまけにもう一本袋に入れてくれた。

値段は高いが、高いだけのことはあると言われている肉新で、粧子は二百グラムのヒレ肉

を二枚買うはずが、揚げあがったばかりの野菜コロッケの香りに誘われた。愛永に続いて、

「わたしも四枚」と声を上げた。

「今夜の夕飯は、同じメニューね」と言って、愛永と笑い合った。

人間の営みをいたわるような午後四時過ぎの光が、商店街を歩く女二人に、お揃いの長い影を与えていた。

9

『山田と申しますが、鴻野部長はいらっしゃいますか……』

わざとオクターブ落としたようなくぐもった女の声。またあの女だと、電話を取り次いだ季里子は思った。

「部長は一日出ております。連絡が入りますので、御用件をお伝え致しますが」

『では結構です。携帯の方にかけさせていただきます。番号を教えていただけますか』

季里子はイヤな感じがした。携帯電話の番号すら知らないということは濃い関係とは言えない気もするが、遼太郎の領域へと土足で入るのはさも当然の権利といった図々しさが、丁寧な女の言葉遣いに幅をきかせている。

教えなければ後で部長に叱られる気もして、仕方なく番号を言った。一度しか言わなかった。

女は復唱もせず、一度聞いただけで覚えたようだ。

「山田っていう名前です。偽名だとは思いますが、もしかして心当たりがあるんじゃないかと思って……」

原宿のカフェテラスでカプチーノを啜《すす》りながら、季里子は愛永に一時間前の電話について教えた。

女の電話の直後、愛永から電話があった。B級グルメの取材で都心に出てきたので一緒にランチでも、と夫を誘う電話だったが、遼太郎は昼、急な仕事で出ていた。

そこで季里子は、「あの私、愛永さんに御報告したいことがあって、もしよろしければ……」と反対にこちらから誘ってみたのだ。

結婚式での事件以来、電話では何度か話していたが、面と向かうのは初めてだった。

「あの頃より頬がふっくらしたわね。元気そうで安心した」

と愛永は会うなり、まだ顔向けできない伏し目がちな季里子に微笑みかけた。

山田と名乗る女から電話があったのは二度目。最初の時は、電話を受けるなり遼太郎は外出した。渋谷近辺で会っていたようだ。

「山田さん……知らないな」と愛永は首をかしげる。

「部長の愛人じゃないかって疑いを、私どうしても拭い去れなくて」

家庭危機の監視員として義務感に駆られているような季里子だった。

あんな思いをして愛永に遼太郎を譲ったのだから、二人には幸せになってほしい。浮気の芽ならば早く摘み取ってほしい。季里子は愛永の目の前で自殺未遂をした罪滅ぼしなのか、遼太郎についての情報はこれから逐一報告する気でいる。何となく一人よがりのお節介で、愛永は正直いって、扱いに困ってしまった。

「あたしたちの心配なんかどうでもいいから、季里子さん、早く恋人を見つけなさいよ」

軽く言ったつもりが真剣に受け取られた。

「見つけたいです私だって」季里子は顔をとんがらせた。「素敵な男だと思うと、みんな婚約してるか、結婚してます。その男性を素敵にさせているのが恋人や奥さんなんだと思うと癪《しゃく》に障ります。なら、素敵じゃない男を見つけて素敵にしてやるかって考えますけど、素敵じゃない男はやっぱりどうしても心惹《ひ》かれません」

電気のついていない部屋に夜帰ることに疲れ切ってる独身女の、複雑そうだが実は単純な心情だった。要するに寂しいのだ。

「腐れ縁の女とまだ繋がっているんです部長は。許せないんです私。駄目ですよ、心の広い女になっちゃ！」

と愛永を説教した。「浮気の証拠を突きつけて、あなたどういうことですかコレはってとっちめてやりましょう。私応援します。愛永さんの味方です」

親切心で言っているのは確かだから、愛永はむげに断るのも悪いような気がして、曖昧《あいまい》に相槌《あいづち》を打っていた。

気にしない、そんな女。

いや……少し気になった。私書箱恋愛をしている自分のことを差し引いたとしても、トゲのように引っ掛かるこの感情は、すなわち嫉妬、夫への愛情に他ならなかった。

同じ頃、遼太郎は携帯電話で捕まっていた。粧子からだった。

ちょうど昼飯を食おうとしていたので、粧子の店の近くにあるというパスタ・ハウスの場所を聞き、4WDを走らせた。

府中の並行輸入業者のヨタ話で二時間も無駄にした。アルマーニのスーツ五十着を投げ売り状態で売りつけようとしていたが、現物を見ただけで突っ返した。どこかで粗製濫造《らんぞう》された不良品であることは一目瞭然だった。

府中から粧子の店まで車で二十分もかからない。

結婚式の日の仕組まれた再会。腹の子供の父親。あんな告白をされた後は、隣人の付き合いの中で愛想笑いの一つは何とか浮かべることはできたが、二人きりになることはさすがに恐れた。

しかし誘いを受けて躊躇《ためら》っている時に、「会うのが恐いの？」と錐《きり》のような一言で試されたら回れ右する訳にはいかない。

子供がもし遼太郎の子であった時、二組の夫婦関係にどんな変化があるのか。そもそもうした変化を粧子が望むのか望まないのか、いつか粧子の顔を正面から見据えて確かめなければならないと思っていた。

パスタ・ハウスに来ると、粧子はすでにランチを注文していた。遼太郎は同じものを注文して、「何の用だ」とまず言い放つ。

「あなたに言い付けてやろうと思って」

「俺に、何を」

「愛永さんのこと」

粧子の瞳に微か、酷薄な色が浮かんだ。静かだが蜘蛛《くも》の糸のような粘ついた目をする時、女は自分の残酷さに気づかないまま男を絡め取ろうとしている。

「愛永が何だって言うんだ」

「公園で見かけたの、愛永さんは手紙を読んでいた。ラブレターかもよ」

「ラブレター？」と遼太郎は笑い飛ばすような素っ頓狂な声を上げた。「見たのか実際。男からの手紙を」

「分かるの。手紙の相手に恋をしている顔だった」

愛永の不倫だと。いい加減にしてくれ。どこまで俺を攪乱《かくらん》したら気が済むんだ。

「恋する女の顔。あなたには久しく見せていない顔」

「そんな事のために呼び出したのか」

「危ない芽は、早く摘み取っておくべきと思って。同じ新婚半年の隣人として」

「くだらない詮索やお節介はやめて、身も心も母親になる準備を始めた方がいいんじゃないか」

「それは大丈夫。二分の一の確率で父親になるかもしれない男性にも、ちゃんと事情は説明したし」

「………」

「なるわよ母親に。あなたが想像できない女に……わたし、なってやる」

決意表明というより、宣戦布告のように昂然《こうぜん》と言った。相手がひるむのを見ると攻撃の手を緩めないのが粧子という女であった。「あなたの子供だったとしても、抱かせてなんかあげない」

「そんなこと、わざわざ言葉にして言うことはないんだ」

「愛永さんをちゃんと捕まえておきなさいよ。他の男にさらわれちゃ駄目よ」

愛永の恋を言い付けて遼太郎を攪乱したかったのが半分、妻に裏切られつつある遼太郎を案じる気持ちが半分、というのが粧子の現在の心境である。その半々が入り乱れて混乱している。

「あいつの恋する顔か……」と遼太郎は想像してみる。「きっとイイ顔してんだろうな。見てみたいな」

「縦書きでラブレターを書くような男よ。ちょっと古めかしい男かもね。心当たりはないの？」

「ないね」

「銀座でバーテンをしてた頃から、腐れ縁で続いてる男じゃないの」

「腐れ縁の男が、女をとろけさせる手紙なんか書くか？」

「それもそっか」

「腐れ縁の恋人同士って言うのは、こうやって人目を忍んで昼飯を食うもんだ」

「もっと暗い店にした方がよかった？　御近所の誰かに見られたらどうしよう」

「道でバッタリ会って、安くてうまいお店があるんですよと隣の奥さんに誘われたから、一緒に店に入った。何とでも言い訳はたつ」

やがて湯気のたつカルボナーラが運ばれてきた。遼太郎はスプーンを使わず、フォークだけでガツガツと食べる。

ちっとも変わっていない、その性急な食べ方。

粧子は自分の皿には手をつけず、両手で頬杖《ほおづえ》ついて、次々に胃に落としこむような遼太郎の食べっぷりを懐かしそうに見つめていた。

「食わないのか?」

「食べてるあなたを見てるだけで、お腹いっぱいになる」

「残すんなら、半分もらうぞ」

「あげる」と、粧子は取り分けてやった。

隣の人妻が隣の御主人をランチに誘っただけとは言い訳できない密な空気が、テーブルに低くたちこめていた。


博品館劇場の近くにある銀座八丁目、ビルの地下一階にあるショット・バー『ボーダー』は、十五人ほど座るといっぱいになるカウンターにざわめきと紫煙を満たしていた。

愛永は父宗市とカウンターの奥のコーナーに、斜めに向かい合う形で座っていた。洋酒メーカーが主催した会合が帝国ホテルで開催され、宗市はその帰りに愛永と待ち合わせ、『ボーダー』の扉をくぐったのだ。

愛永を育てたバーである。磨きぬかれたオリオンウォールナット色のカウンターテーブルに、一人ずつ天井からスポット照明が落ちている。たちこめる紫煙で光の棒となる。ジェームズ・キャグニーからいくらか剣呑《けんのん》さを削《そ》いだような印象を漂わせるマスターの志水が、二年前、飛び込みでやってきた愛永に試しにシェーカーを振らせ、その素質を見込んで店での修業を許したのだった。

修業当時、愛永は午後四時に店に入り、掃除や下拵《したごしら》えを済ませて六時に店を開ける。深夜一時までカウンターに立ち続け、日によっては三百杯を超すカクテルを作る志水を傍らで見つめ、勉強した。

バーテンダーの仕事は、いかに旨いカクテルを作るかだけではない。バーに来る客に、酒の場の雰囲気をどうしたら楽しんでもらえるか、についても学ばなくてはならない。

例えばマティーニなどを注文する年配の男性客は、根っからの酒好きが多い。酒の来歴を話すと、仕事の疲れも忘れて楽しそうな表情を見せる。一方、ウィスキーの水割りの人にはあまり話しかけない方がよい。一口一口、舌の上で酒を転がしている男は、一日の自省を飲み干したいのだ。

「志水さんには本当にお世話になりました。愛永をいいバーテンダーに育てていただいた」

宗市は、志水が腕によりをかけたギムレットを二口ほど黙って啜《すす》ってから言った。

「結局、客の男にさらわれちゃったがね」と志水は苦笑する。もちろん遼太郎のことだ。愛永も少し肩をすくめて笑む。

宗市と志水は結婚式の日に一度会っている。バーテンダーとしての育ての父である志水に、宗市は椿山荘の廊下でこちらから声をかけ、深々と頭を下げた。

宗市には酒場の仕事を娘に継がせるつもりはなかった。しかし新聞記事で、愛永が全国カクテル・コンクールで銀賞を取ったことを知った。愛永は久しぶりに神戸に帰って、父のためにに受賞したオリジナル・カクテルを作った。

ブランデーにレモンジュース、アーモンドシロップを加えた『ラシャンス』という名のカクテルは、『幸運』という意味であった。

その夜、父から愛永にプレゼントしたのは、亡き永子が愛用していた銀製のシェーカーだった。

「病院には、ちゃんと行ってるのか?」

志水が他の客の相手をするため遠ざかると、宗市は愛永にそっと訊いた。

「半年ぶりに血液検査をしたけど……結果は明日」

「そうか」

同じ病気で義母と妻、二人の女を看取ってきた宗市だった。

愛永が神戸の女子高を出て、看護婦として上京、救命救急センターという苛酷な職場で『死』と常に向かい合い、できるだけ『死』に麻痺しようとしていた理由を、宗市は知っている。

大輪の向日葵《ひまわり》のように笑い、決して他人を裏切らず傷つけず、それでいて自分の命にも決して傷をつけまいと、潔癖なほど誠実に生きようとしている理由も知っている。

愛永という人間の根底に鉛の塊のように居座り続けているのは、一つの『恐怖』に他ならなかった。それを運命と呼ぶには悲しすぎる。

扉が開いた。

「噂をすれば……盗人の登場だ」と志水が言った。

遼太郎だった。仕事帰りにここで合流する約束だった。

「遅くなってすいません。御無沙汰してます、お父さん」

宗市はひょいと手を上げて応えた。娘を挟んで向こう側に席を作らせた。「まずビールを一杯」と、遼太郎は志水の下でバーテンダー見習いをしている若者に注文した。

妻の手でクアーズが注がれると、宗市はギムレットで、愛永はジントニックで、父と娘と娘婿が乾杯をした。

「今夜は泊まっていかれるんでしょ」と遼太郎。

「ステーション・ホテルに部屋取ったんだって」と愛永が代わりに答えた。

「水臭いなあ」

「新婚家庭を邪魔したくないからな」と宗市は口実めいて言うと、「今夜は遼太郎君にちゃんと礼を言わなきゃいかんと思ってね。ありがとう。神戸の店も何とか元通りの形で営業ができるようになった」と、頭を下げた。

「よかったですね。今度飲ませてもらいに行きますよ」

震災直後はほとんど屋台同然で酒を作り、星空の下で客をもてなした。やっと建物も復旧でき、煉瓦色の店構えにイングランド・スタイルの看板が戻った。

愛永は父のギムレットがほとんど減っていないのに気づく。こんなにゆっくり酒を飲む人だったのかと初めて知った。気に入らない客が来るとカウンターから拳骨を見舞う暴力的な酒場の親父は、客がいなくなると店の酒を一人で痛飲する男、という印象があった。

愛永が神戸を去ってからちょうど十年、父は幼なじみでもある妻の死や、娘の旅立ちという孤独に荒れることなく、酒を慈しみながら生きていたに違いない。

「お父さん、お酒と仲良くなったのね」

「……そうだな」と、宗市は口許をひしゃげたようないつもの顔で微笑んだ。

遼太郎には会話の意味が分からない。ビールを飲み干すとバランタインのロックと、チェーサーの代わりに炭酸を注文した。

　昼間、粧子と密会し、愛永がラブレターらしき手紙を読み耽《ふけ》っていたことを知らされた。愛永の不貞を心の片隅で疑いながら、愛永の父親を加えた三人で酒を飲む場では、てっとり早く酔いたい気分だった。


　同じ頃、宇崎家は若い来訪者をもてなしていた。

「今晩はー、先生御在宅ですかー」

　語尾を引きずると丁寧語も台無しの学生の声が、インターホンから聞こえた。美緒がスナック勤めの前、航平の新婚家庭を覗きにやってきた。

「何しに来たんだよ、お前」

　玄関で迎えた航平は、自分の秘密を握っている教え子の来訪に思わず警戒してしまった。いつの間にか板に付いてしまったような化粧と、体の線を強調したような服装にも少し圧倒された。

「いつでも遊びに来いって言ったじゃん」

「言ってないよ」

「逆上がりの補習、やってもらおうと思って」

「どこに鉄棒があるよ。帰れよ」

「どなた？」と奥から粧子が呼びかけ、出てきた。

「うん、いや、ちょっと短大の教え子が……」

粧子は美緒を見てすぐ分かった。「あ、渡辺美緒さんね」

いつも航平が話している逆上がりのできない不器用な体育短大生であることは分かったし、過去に一度、披露宴会場で会っていることも思い出された。

「あのスピーチ、美緒さんだったわよね」

『宇崎賞』のタオルを粧子の店で大量注文して口説いたという馴《な》れ初《そ》めをバラし、満場の爆笑を呼んだのが美緒だった。

「どうぞあがって。ちょうど食後のケーキを食べようとしてたとこ」

「わあ、イイ時にきた」

とズカズカ上がり込む美緒に、航平は目顔で「すぐ帰れ、いいな」としきりに言っている。

リビングのソファに座り、美緒は新婚の匂いを嗅ぎつけようとしている。

「見回すな。鼻クンクンさせるな」と航平。

「これが愛の巣か」

「お前が言うと、なあんか下品に聞こえるな」

粧子がケーキとコーヒーを持ってきた。

「あ、これどうぞ」と美緒が手土産を差し出した。袋から出てきたのは、ピンク色のメガホンだった。プロ野球の応援で使うような代物である。

「何に使えって言うんだコレ」

「分かんない？　こうするの。奥さんちょっとお腹を拝借」

と美緒はメガホンの広がった方を粧子の腹に当て、航平の口真似をして子供に語りかけた。

「聞こえるかー、俺はいつまでもカッコいい親父でいるからなー、俺とお前はいつまでも友達だからなー、お父さんのことを航平って呼び捨てにしていいからなー」

粧子は声が腹に響いてくすぐったそうに笑っている。

「今から親子の対話ってやつ、しといた方がいいと思って」

「ちょっと貸せよ……」と試したくなった航平は、美緒がやった要領で粧子の腹に語りかける。

「早く出ておいでー」

すると粧子が「キャッ」と言った。「蹴った。いやだって」

「早くも親子の断絶ですね」と美緒が腕組みをして解説した。航平は負けじとメガホンをくわえて、「無駄な抵抗はやめて、早く出てきなさーい」とやった。

悪くない。出産予定日まで楽しく遊べそうな代物だった。

「追い返そうとして、悪かったな」

「先生の秘密、握ってる女だもんね、あたし」

アルバイトがあると言うので、美緒はケーキを食べて三十分もしたら「帰る」と言った。この格好でバス停までの道を一人で歩かせるのは危なく思ったので、バスに乗るまで見送ってやることにした。

「夫婦の絆を確かめてやろうと思って。先生が、結婚式の日に出会ってから付き合ってるっていう恋人にドップリ溺れてるんじゃないかって、心配してんのよこれでも」

「で、確かめてみて、どうだった」

「恋人に溺れていながら奥さんと幸せにやるなんて器用な芸当、先生には無理だもん。安心したよ。奥さんが羨ましかったよ」

美緒は喉の底に沈めた失恋感情が込み上げてこないように、奥歯でグッと噛み締めるようにそう言った。

「アルバイトは何時までだ」

「十二時」

「明日は九時から『幼児心理』の講義だぞ。遅れず来いよ」

「頑張って行くよ」

「最後までゼミを頑張ったら『宇崎賞』やるから」

「いらないよそんなの、もう……」

ネーム入りのタオルで湯上がりの体を包んだって、すぐに冷えてしまう一人の夜だから
……

街灯の向こうから一組の足音が聞こえた。

バス停方向から歩いてくる愛永と遼太郎を見た時、航平はまずい道を通ってしまったと思った。美緒に愛永を会わせたくなかった。

「やあ、今晩は」

遼太郎が最初に声をかけてきた。

「今晩は」と愛永が続いた。

「ども……」と応えた航平は、やってきた夫婦に美緒を紹介した。

「学生が遊びにきたもんだから、バス停まで見送り」

「宇崎さんのガールフレンドかと思った」と遼太郎にからかうように言われ、「まさか」と笑い飛ばす航平だった。

美緒は愛永を一目見て思い出した。711号室のドアが内側から開き、廊下に半身ほど踏み出して横顔を見せた女——髪の濡れたガウン姿の女と、街灯の明かりを受けて髪が濡れたように輝いている今の愛永とが、符合した。

「今晩は」と愛永が快活に初対面の挨拶をしたが、美緒はうまく応えられなかった。

航平は早く切り上げようとした。

「じゃ……」

「それじゃ……」

と鴻野夫婦と別れた。すれ違ってから航平と美緒は振り返り、寄り添って家路を行く夫婦をしばし見つめていた。

「あの時の彼女でしょ?」

多くの謎を頭からひっかぶって答えを求めている美緒がいた。

「ああ」

「人妻なの?」

「ああ」

「近くに住んでるの?」

「隣の家だ」

「！……何それ」

「気味が悪いか？」

まじまじと見つめる美緒の気持ちが分かる。だが航平は胸を張って答えた。「これが俺と彼女の付き合いなんだ。誰も裏切らず、傷つけず、朝、家の前で顔を合わして、空を仰いで同じ朝日を浴びる、そんな付き合いだ……」

それがいつまで続くのか、一抹の不安を抱えている航平でもあった。

美緒は、愛という言葉を頭で理解するので精一杯だったが、肉欲にならず貪欲《どんよく》にならず愛そうとする愛のかたちは、誠実な分だけやがて破綻を迎えるのではないか……と思えてならない。

夜十時半の最終のバスが走ってくるのが見えた。美緒はバス停まで走らなくてはならなかった。

帰宅した遼太郎は、風呂が沸くまで書斎にこもった。在庫一覧表と電卓をブリーフケースから取り出した時、携帯電話が鳴った。

『……あたしよ』

粧子からだ。遼太郎の帰宅を隣で知って、夫が教え子を見送りに出ている間を狙ってかけてきた。

「どこにいる」

『二階よ。窓から見えるでしょ』

見えた。五メートルほど隔たっている対岸は、宇崎家の納戸兼書斎の部屋に当たる。

『心配しないで、愛永さんは外に出てゴミの片付けをしてる。猫が漁りにきたのね。ポリバケツを買った方がいいと思うけど……』

遼太郎は窓から下を見た。勝手口のあたりで、小さなゴミ袋をきたなそうに手に取り、大きな袋にまとめようとしている愛永が浴室の明かりを浴びて見えた。

「そういう忠告なら女房にしてくれ。切るぞ」

『調べなさいよ』

「何を」

『男からの手紙。どこかにしまってあるはずよ』と粧子は囁《ささや》いた。魔物めいた囁きに聞こえた。

『奥さんの机とか、鏡台とか……鍵のかかった引き出しがあったら、そこよ』

「そういうことけしかけて、楽しいか」

『奥さんの情熱が隠された場所……見てみたいと思わない？』

見たいと思う。ベッドの上でも見たことないような、意外な妻の顔を見つけることができるかもしれない。

納戸の暗がりで粧子は受話器を耳に当て、遼太郎が行動に移すべきか迷っている姿をカーテン越しに見ていた。

遼太郎が後ずさって曖昧なシルエットになった。書斎を出て、手紙のありかを探そうとしたに違いない。

発見し、恋人の正体と夫婦愛の脆《もろ》さを遼太郎が知った時、どんなドラマが隣の家で巻き起こるのか。隣人として仲裁に入るならば、同じ女として、自分はやはり愛永を弁護すべきなのか。

マッチポンプではないかこれは、何を望んでいるんだろうわたしは。妊娠後期の不安定な精神状態が言わせ、させている事なのか。

遼太郎は書斎を出て、廊下の向かいの八畳の寝室に入った。寝室の隅には愛永の書き物机と鏡台がある。引き出しに手をかけてみる。開かない引き出しはない。日用品と化粧品しかない。

机の下に気づいた。ニスの鈍い輝きが茶色の木目を覆っているアンティークの箱だった。上蓋が開かない。鍵がかかっていた。

ここだ、と思った。粧子が言うところの、妻の情熱が隠された場所なのか。

『あったでしょ?』と受話器から粧子の声がした。電話の向こうでは何もかもお見通し。

しかし鍵を壊してまで中身を取り出す気はない。

「手紙は机の上に無雑作に置いてあったよ」と遼太郎は嘘をついた。「神戸の親父さんからの手紙だ」

『他にあるはずよ。ちゃんと探しなさいよ』

「いい加減にしろ。どうなってるんだお前の頭の中は」

書斎に戻った遼太郎は、対面の部屋の粧子を凝視した。妻の気持ちをしっかり捕まえておきなさいと忠告した昼間の粧子と、家庭不和に導こうとしている今。まるで理屈になってない。

『あなたは、奪ってやりたいってわたしに言った……』

粧子は勝手に過去へ遡《さかのぼ》る。真冬の再会。粧子の過ち。現在の心と行動の齟齬《そご》を、あの時まで遡って解き明かそうとするのか。

『どうして言葉通り、奪おうとしなかったの。一晩通用すればいい程度の口説き文句だったの?』

あの夜の遼太郎は、わたしとの夜を、婚約者の航平からたった一晩かすめ取ったに過ぎないのか。

「ならお前はどうしてあんな書き置きを残して、部屋からいなくなったんだ」

弓をギリギリと引き絞るような緊張感が、家と家の五メートル間隔に暗い炎を上げていた。こんな電話はすぐ切るべきだが、相手に先に切らせなくては。そう考えているのは遼太郎も粧子も同じだった。

二人はそれぞれの視界に人影を見た。宇崎家の門。航平がくぐった。

もう切らなければ。

「切れよ」

『あなたから切ってよ』

チキン・レースの気分だった。

航平は玄関に入ろうとして、隣家の裏で掃除をしている愛永に気づいた。

勝手口の外に生ゴミの袋を置いておいたら、野良猫によってそこら一帯をゴミで汚されたらしいことは一目で分かった。

「ポリバケツ、買った方がいいよ」

「……そうね。そうする」

垣根越しに目と目が合った。「さっきは、どうも」と航平は改めて言った。

「あの子が美緒ちゃん?」

「そう」

「可愛い子ね」

「可愛いだけなら扱いやすいんだけど……」

遼太郎や粧子が家の中から聞いていたとしても、言い訳できるレベルの会話だった。

遼太郎と粧子にはもちろん聞こえていなかったが、二階から航平と愛永を見下ろしていた。

航平はもう少し話したかった。この垣根を越えたい衝動に駆られた。

「じゃ、おやすみなさい」と愛永が先に言った。

「また明日」

「また私書箱で」

航平は衝動を飲み下し、玄関ドアをくぐって鍵をかけた。

階段を上ってくる夫の足音を聞いても、粧子は電話を切らなかった。

『彼が上がってくるわ』と、粧子は電話の向こうでジリジリしている遼太郎に言った。背後、納戸のドアは半開きになっている。航平の気配がだんだん階下から接近してくる。

「なら切れよ」

『いやよ。言ってよ』

「何を」

『わたしに言ってよ』

「だから何を」

『今でもお前が好きだって言って』

電話の向こうで、何を馬鹿な、と言いたげに遼太郎が失笑した。階段の方から「粧子、どこだ」と航平の呼ぶ声がした。航平が近づいてくる。粧子は背筋から膨らんだ腹のあたりがヒリヒリしてきた。電話の向こうへ更に挑戦的な言葉を連ねた。

『愛永さんとの家庭を守りたいんでしょ、なら言ってよ、わたしが今でも好きだって』

自分を窮地に追い込んでもその言葉を男の口から引きずり出そうとする粧子に、遼太郎は圧倒された。これは粧子がルールを決めたゲームだった。遼太郎は電話を通して、粧子の背後に航平の声を聞いていた。航平が二階に上がってきて妻の密通を発見するまであと僅《わず》かだ。

『言ってよ……ッ』

粧子の魂が低い叫びを洩らした。

遼太郎は瞬時のうちに思いを巡らせた。愛永との家庭を守るため、二組の夫婦関係を守るためにそれを言うのか。それとも、粧子への本心としてそれを言うのか。今の彼女にとってはどちらでもいいのだろう。とにかく遼太郎の愛語を聞きたいのだ。

貪欲な女に、遼太郎は屈した。

「好きだ。お前のことが今でも」

脅されてそう言ったものの、その言葉にふさわしい熱がこもっていた。

聞いた瞬間、粧子は無言の歓喜の中で電話を切った。ちょうど航平が半開きだった納戸のドアを開けて廊下の光が襲いかかった。

粧子は咄嗟《とっさ》に電話の子機を懐に隠し、ファンヒーターを抱えた。

「何してるんだ、こんな暗いところで」

「湯冷めしそうだから、脱衣場に置こうと思って……ここにあったのね」

航平は何一つ疑うことなく、「俺が持つよ」と持ってくれた。

お前が好きだ。

遼太郎は言ってくれた。粧子は唇の端に勝利の笑みを浮かべた。今頃遼太郎は、敗北の酒をその手に摑んでいるのだろうか。その酒を愛永に作らせているのだとしたら……

粧子は愉快だった。

10

スーパーで野菜を選ぶ手付きが、まだるっこしく宙を彷徨《さまよ》っている。

愛永は何も見ていなかった。トマトの赤が、ブロッコリーの緑が、セロリの白が、ひどく遠い世界の色彩に見えた。

病院で検査結果を聞いた帰りだった。

食欲が生きとし生ける者の一つの証明ならば、やみくもに食材を掴み、カゴを埋めたかった。

野菜の色に目を落としたままで前も見ず、うつろな足取りで歩を進めていたら、壁のように目の前にそびえていた青年に気づいた。

どこかで会ったことのある長身の青年。最近だ。そうだ。その頬を打ったのだあたしが。

「探したよ」

と、達彦は温度のみなぎる眼差しで言った。

愛永は、誰だっけ、とまだクッキリと思い出せないでいる。

「雑誌社の人間からやっと聞き出した。さっき家の前まで行ったんだ。そこで待っていようかとも思ったんだけど、あんたに迷惑かけるような気がして……主婦やってんなら、きっと買物だろうって思った」

で、最寄りのスーパーマーケットを片っ端から覗いてみたということか。

やっと思い出した。時間に遅れたモデルの子だ。だからあたしは怒って殴ったのだ。

「……何の用？」

「会いたかった」

「そう。じゃ、もう帰って」

レジに行こう。ほとんど何もカゴに入れていないことに気づくと、売場の脇に置いてスーパーを出て行こうとした。

誰とも話したくない。夫が帰ってくるまでに、この精神状態を立て直さなくてはならない。

「いいのかよ、夕飯の買物は」

「どいてよ」

立ちはだかる土塀のような青年をすり抜けて、商店街の道に出た。

速足になった途端に立ちくらみがした。あの症状か。まさか。気のせいだ。病院で見せられたもの。ショックを引きずっているだけだ。血液検査の結果。万単位に突入していた白血球数だった。

「骨髄の検査をお勧めします」と橋爪は言った。まだ全てが決まった訳ではない。あたしは過敏になっている。

「どいて。帰らせて」

また青年が前に立ちはだかったから、やや声を鋭くした。

「聞いてくれないか」

「何を。早く言って」

「ずっとあんたのことを考えてた」

「そう」

「結婚してるってことも知ってる。関係ねえよって思ったよ……」

「何が言いたいの。急いでるの」

「好きなんだ、あんたが」

馬鹿馬鹿しくて相手なんかしてられない。やり過ごして歩き去る。

「惚れたんだ。悪いかよ。人妻だろうが知ったこっちゃないよ。好きになっちまったんだからしょうがないだろ」と達彦の声が無分別に追いかけてくる。何が迷惑をかけたくないだ。御近所の誰かに聞かれたらどうするんだ。

「あなたの相手をしてる暇はないの。時間がないのあたしには……」

「時間？　何の時間だよ」

愛永は時間という言葉の使い所を間違えていた。この青年に言うべき事ではない。

通りに出たら、ちょうどタクシーがやってきた。愛永は手を上げて拾った。バスを待つ時間も惜しかったし、青年の息苦しい情熱からも早く逃げたかった。

開いた自動ドアに体をすべり込ませ、自宅の番地を運転手に言った。振り返ると、達彦は路上のド真ん中に立ち尽くして後続の車のクラクションを浴びていた。

惚れた？　好きになった？　あの年頃の男は、女が本気で怒ってひっぱたくと、それだけで恋愛感情になってこちらにハネ返ってくるのか。

シートに深く沈みこんだ愛永は、青年の存在を頭から追い払った。次に自然と浮かんできたのは八つの文字だった。

『親愛なるあなたへ』

むしょうに航平への手紙を書きたかった。

帰ったら便箋に向かい、こう書こうと決めた。

『来週、夫に頼んで一人旅をさせてもらおうと思います。久しぶりにもう一度、行ってみたい場所があるのです。私にとっては、かけがえのない思い出の土地です。あの花の色で目を焦がしたい。狂おしいほど生命の力に満ちた熱帯の色を、今私は夢見ています……』


二日後、航平からの返信が私書箱に届いた。

『親愛なる君へ。

俺も一緒に行っては駄目ですか』

たった二行の手紙を、愛永は夕暮れの寝室で何度も読み返した。

記憶に焼きついているあの懐かしい真紅の花が、自分だけでなく航平の周りにも咲き乱れている風景を想像してみた。

誰も裏切らず傷つけず。私書箱恋愛のルールから、一歩、踏み外そうとしている男と女がいた。

第三章　十一月の嵐

1

親愛なるあなたへ。

朝食のテーブルで、遼太郎が新聞の経済欄に目を奪われている時を狙って、こう切り出しました。

「神戸の友達に会ってきたいんだけど、駄目？……明後日、朝早く出て、夜には帰ってくるから」

「いいよ」

遼太郎は疑いのかけらもなく、私の日帰り旅行を許してくれました。

あなたはどんな嘘をついたのですか。声が上ずりそうなのを咳払いで誤魔化しながら、何気なく粧子さんに、「明日、学生の飲み会で遅くなるんだ」とか何とか言ったんじゃありませんか？

粧子さんはカンの鋭い人だから、「どこで飲むの？　わたしをマゼてもらっちゃ駄目？」と言って、あなたを困らせたりしませんでしたか。

「か、体にさわるよ。騒々しい集まりだし」と冷や汗がタラッとしているあなたが目に浮かびます。

どうか上手に嘘をついて下さい。

今日も玄関先で同じ時間に四人、顔を合わせましたね。

あなたと遼太郎はバス停へ。粧子さんは車でお店へ。私はあっちとこっちへ散って行くみんなを「いってらっしゃい」と見送りました。

遼太郎がふとベランダを見上げて、「取り込むの、忘れてるぞ」と私に注意しました。黄色いハンカチが一枚だけ物干しに揺れていたからです。あなたも見上げ、そして私を振り返りましたね。「じゃ、帰りに私書箱に行くから」というあなたの返答が、一瞬の表情の中に見て取れました。

今日は仕事の郵便物を取りに行く用事があるので、この手紙を直接置いてこようと思うのです。

さて、旅の目的地についてお教えしなきゃいけませんね。

それは家族旅行の思い出の場所です。私が五歳の時です、父と母に連れられて沖縄へ行きました。神戸の店が軌道に乗って、私たち家族はささやかな贅沢をしたのです。

当時の沖縄は返還の直後でした。日米安保で学生時代に戦っていた父にとっては、沖縄は特別の思い入れがあったのでしょうか。

　那覇空港に着くとすぐに車を借りて、58号線を北へ北へと走りました。確か五月の初めでした。それでも沖縄の風は夏でした。何の変哲もない一直線の道路に幼い私も飽きたのでしょう、早く海が見たいとグズッた記憶があります。

　だから父はハンドルを左に切って、海岸に繋がる未舗装の道路に入ってくれたのでしょう。そこに美しい海があると、地図で見て知っていたのでしょうか。

　砂埃《すなぼこり》が私の視界を塞《ふさ》ぎました。「どこよ。海なんか見えないじゃない」と私は膨れっ面です。やがて道は小高い丘の手前で跡切《とぎ》れました。

　私たちは車を降りました。高い夏草が生い茂る丘には、けもの道のような細い小道が続いています。私は父に肩車されて小道を上りました。丘の向こう側から吹いてくる風に、私は期待しました。海の匂いでした。湘南や伊豆の海とは決定的に違う、濃く煮詰めたような潮の匂いだったような記憶があります。いえ、潮の香りだけではありません。蝶や蜂をいざなうような甘い匂いも混ざっていました。

　そして紺碧《こんぺき》が私の視界にパノラマのように広がりました。崖《がけ》と海。それはすなわち花と海のコントラストでした。崖には一面、名前も分からない熱帯の赤い花が咲き乱れていたのです。幼い瞳を真っ赤に焦がす圧倒的な色彩でした。

私は父の肩から下ろしてもらいました。私たちはしばらく、エメラルド・グリーンをバックにした真紅の一面に目を奪われていました。

私はいきなり走り出しました。花畑の中を縦横無尽に走りました。母が「崖の先に気をつけて」と言っています。

私はたかだか五歳で、大袈裟に聞こえるかもしれませんが、生きることの真理みたいなものを、花畑を駆け回る足の裏に具体的な感触として感じたような気がします。

空の青。雲の白。海の紺碧。花の赤。夏草の緑。くっきりと色分けされた世界を息を弾ませてひた走ったことは、後々の人生を考えても、私にとって最も贅沢な体験でした。

私はもう一度、あの色彩の数々を瞳に吸い込んで、灼熱の陽光をいっぱい溜め込んだ崖の石に素足を置き、火傷する一歩手前まで熱を感じてみたいのです。

真紅の絨毯のように咲き乱れていた断崖の場所はどこだったのか、地図を見ても思い出すことはできません。だけどどうしても辿りつきたい。

力を貸してくれますか、航平さん。

私との日帰り旅行を隠すためについた嘘。それが粧子さんを裏切ることではないかとあなたが心を痛めるのだとしたら、申し訳なく思います。

でも、もし一緒に飛行機に乗ってくれるのなら、あなたにとっても素晴らしい日帰り旅行になると思います。私がそうします。

羽田発八時四十五分の飛行機です。八時には空港に着いていましょう。日本航空のカウンター前で待ち合わせです。チケットは私が持っています。

私にも遼太郎を裏切るような罪深い気持ちがあるのでしょうか、今夜、私の方から夫婦のデートに誘いました。聖蹟桜ケ丘の駅前に新装開店したスナックがあるというので、遼太郎に連れてってもらいます。

では明後日。寝坊しちゃ駄目ですよ。

かしこ。

追伸。

沖縄で太陽を燦々《さんさん》と浴びて肌が焼けてしまった時、粧子さんにどう言い訳したらいいのか、今から考えておいた方がいいですよ。

私はバッチリ、日焼け止めを塗るつもりです。

舌で糊代《のりしろ》を舐めて封をして、郵便局に行こうと外出の支度を始めた時、玄関のチャイムが鳴った。

「はあい」と出て行くと、立っていたのは達彦だった。大胆さと小心さが同居しているような面持ちは、自ら檻《おり》に入ってしまった小動物のようにも見えた。

「なに?」

愛永はわざと腕組みをして問うた。まるで教え子の非行を諫《いさ》める担任の女教師のように。

「道のど真ん中であんなこと叫んだりして、あんたに迷惑かけたんじゃないかと思ってさ……」

「謝りに来たの?」

「ついでに会えるだろ」

幼さを装った口説き文句なのかとも思ったが、どうやら本当に幼いだけなのだ。

「お入りなさい」

「いいのか」

「ここで立ち話がいい?」

「俺が襲いかかったらどうする」

「やっつけてやる」と睨《にら》みつけて笑い、愛永は来客用のスリッパを並べた。

達彦は未知の世界に足を踏み入れた。リビングの片隅を独占しているミニバーが最初に目を引いた。芳香剤のせいだろうか、そこには摘み取った旬の花のような新婚の匂いがほのかに漂っていた。

ラブチェア風の二人がけのソファを勧められたが、達彦は座ることができなかった。

「外出するところだったの。おかまいはできないけど」

達彦は棒立ちのままで、いざ押しかけてはみたけど、女の部屋でどう振る舞っていいのか分からない様子だった。

「話はあるのないの」

「あるよ」

「あたしに殴られて好きになってしまった、この間はそこまでだったわね」

「はしょって言わないでくれよ。軽く聞こえるだろ」

「二股《ふたまた》かけたことがバレてカノジョにひっぱたかれたりとか、あるでしょこれまでも。初めてじゃないでしょ、女の平手打ちは」

「だから、そういうんじゃないよ」

達彦はどう言ったら分かってもらえるのか、自分の語彙《ごい》の少なさに苛立ちながら、つっかえつっかえに言葉を繰り出した。「……俺を殴った後、あんたは、俺が殴り返すんじゃないかとか、男を殴ると後が恐いとか、そんなこと考える様子は全然なくて、ただ俺に背中を向けて、仕事を始めたんだ。二度と俺を振り返ったりしなかった。ひょっとしたら俺は初めからそこにいなかったんじゃないかって……何だか自分がただの空気に思えた。だけど殴られた頬の痛みはしばらく残ってたから……」

だから恋なのか。

愛永は感想を述べた。

「よく聞くと、付き合いきれないって程じゃないかな」

「そうだよ。真剣なんだよ俺は」

「あたしが結婚してようが関係ないって言ったわね」

「関係ねえよ」

「ウチの旦那さんと対決とか、しちゃう訳?」

「あんたが望むんなら」

「望まないわよ」

「結婚なんて、そんなに楽しいかよ」

「あなたいくつ」

「もうすぐ二十歳」

「女の子を片っ端から騙《だま》したり、踏みつけたり、人妻を誘惑したり、天罰のように殴られたり……そういう毎日が楽しい?」

と腕組みをほどき、鍵を手に取った。話を切り上げようとする外出の支度。

「嵐なんだ、今、俺は」

「嵐……？」

青年の意外な言葉で、支度の手が止まった。

「ひってえ嵐なんだ」

十九歳の荒れた日々を、自分ですら防ぐことのできない内なる嵐だと青年は言う。この子はどこか見えない傷口から血を流しているに違いない、と愛永は感じた。

淀《よど》みに漂うような達彦の眼差しが、その時、近くの一点に止まった。

出窓に置かれた写真立てだった。すき焼を囲んだ四人の男女。セルフタイマーで撮った記念写真だった。煮えた神戸牛の熱さにアチチと言ってる航平の顔を、達彦は凝視していた。

何故あいつがここに。

「……誰だよ、これ」

「ウチの旦那と、隣の御夫婦」

腹のせり出した女房と寄り添っている航平。あいつが隣に住んでいるだと？　達彦は二の句が継げなかった。

電話が鳴った。愛永はリビングの子機を取った。

「……はい鴻野でございます」

『あ、俺だけどさ』

遼太郎だった。愛永は達彦に、写真の遼太郎を指し示した。夫から電話なのよ、と。

『夕方に終わりそうにないんだ。飯はどこかで食ってきてくれないかな』

「じゃ、夫婦のデートは中止?」

愛永は達彦の手前、新婚夫婦の甘い会話を演じようとした。

『遅くはならないよ。時間をずらすだけ』

「じゃ、そのスナックに直接?」

『一人で入り辛かったら、駅ビルの前で待ち合わせしようか』

「いいわよ。何時?」

『八時半』

「遅れないでね。いつだっけ、渋谷のハチ公前であなたを待ってた時、三人も男性に声かけられて困ったんだから」

『そういう時はアタシは人妻ですって叫べ』

「最近の男は、特に十九歳はその程度じゃひるまないんだから」と、達彦への皮肉として言った。

達彦は夫婦の会話に背を向けた。「俺帰る」と、電話の相手には聞こえないような小声で言い、玄関へ消えた。

今の会話で怒った訳でもなかろうが、急に不機嫌になって帰って行く達彦を、愛永は目で追っていた。

「また嵐が吹いたのかな……」とポツリと呟いた。

『晴れてるぞこっちは』

今の今まで十代の若者に口説かれていたとは、電話の向こうの夫は想像もできないだろう。日が翳《かげ》り、庭の芝生に絡み付いていた枯葉が渦のように舞うのが見えた。

達彦が呼んだ嵐かもしれない。電話を切ったら、外出する前に洗濯物を取り込んでおこう。


駅前に新装開店したスナックは『海岸列車』という名前だった。

三宅一生のセーターをだらっと着ているクルーカットの主人は、若い頃は新宿二丁目で働いていたのではないかと思わせるほど、流し目があやしい。しかし店内は改装したてのせいかもしれないが、猥雑《わいざつ》な空気は不思議と感じられない。

ＯＬと女子学生のアルバイトが、十人がけのカウンターとテーブル四つほどの席を行き交い、客の相手をしている。新装開店でシーバスのボトルが半額サービスらしくて、近くの商店街の二世とか帰宅拒否症のサラリーマンとかで客はよく入り、カラオケも絶え間なくかかっていた。

カウンターの隅で、ピスタチオナッツの殻で灰皿を埋めながら、遼太郎と愛永は水割りを啜《すす》っていた。

「いい道草の場所ができたと思ってんでしょ」

亭主の夜遊びの場所がまた一つ増えてしまったのね、と嘆く愛永。

「もうちょっと客足が落ち着いて、マスターも客を選ぶ頃になったら、常連になってやるかな」と遼太郎は聞こえよがしに言う。

剝きたての玉子のようにつるんとした顔立ちのマスターが女性的な手付きでレモンを切りながら、「愛人さんと御同伴でも、奥さんには内緒にしといてあげるから」と、愛永に目配せしながら言った。いざとなれば遼太郎を裏切り、愛永の味方になるに違いない。

「こんな近場ですぐ足のつくようなこと、しませんよ」と遼太郎がナッツを口に放り込んで言った。

ボックス席で聖蹟桜ケ丘商店連合会の会長にしつこく人生訓を聞かされていた店の女の子が、新しいボトルを取りにカウンターに戻ってきた。

「あっ」

愛永が最初に気づいた。あの晩よりはいくらか化粧が肌に馴染《なじ》んでいる渡辺美緒も、

「……あっ」と夫婦を見た。

「君は確か……宇崎さんの教え子」と遼太郎。

「ここで働いてるの？」

愛永は一瞬、警戒した。航平の手紙によると美緒は目撃者。結婚式直前の密会を見ていたという。

「先生も公認か？」と遼太郎。

「まあね」

「いいのかな。女子学生の水商売を認めて」と、遼太郎が教育界の荒廃を憂うように言った。

「逆上がり、できるようになった？」と愛永が友好的に訊いた。

「どうして知ってんの、あたしが苦手だってこと」

しまった。それは手紙で教えてもらったことだ。

「どうして知ってんのお前」と、遼太郎も怪訝《けげん》な顔つきだ。

「だから、ホラ、すき焼パーティの夜、宇崎さんが話してたじゃない。逆上がりができるように、女の子一人のために補習の講義をしてるんだって」

「言ってたっけ？」

「言ってた言ってた。あなた確か、酔い潰れてゴロンとなってた」

うまく誤魔化した。

「あいつ、いろんな所でデキの悪い学生の悪口、言ってるみたい」と、美緒が愛永の話に合わせるように言った。愛永への一瞥《いちべつ》には、大丈夫よ、あんたと先生のことをバラすつもりはないから……という言葉が見て取れた。愛永は緊張を解いた。

「で、体育短大を出て、何になるの」と、遼太郎が『おじさん趣味』丸出しに身上調査を始める。

「まだ決めてないけど、保母とか、ジムのインストラクターとか」

もっと笑って答えればいい。愛想が欠けているのは、性格なのか、目の前に愛永がいるせいか。

ボックス席から「ミオちゃん、早くボトル」と呼んでいる。美緒はシーバスを棚から一本取り出し、席に戻った。

遼太郎の目が美緒の腰の線まで下りつつ追っている。愛永は肘でつついて、「絶対ここで道草しようと思ってんでしょ」と睨《にら》んでやった。

「……最終の新幹線になりそうか?」

遼太郎は話題を変えた。明後日の日帰り旅行のことである。神戸への里帰りであることを微塵も疑ってはいない。

「うん……そうね」

「じゃ、東京に着くのは十一時半か。タクシーがなかなか捕まらないんだよな、その時間って」

関西地方へよく出張で出かけているので、遼太郎は詳しい。

「拾える穴場、教えてやろうか」

「うん」

「丸の内口を出ると丸の内ビルが左手に見えて、向かい側に銀行のビルがある。その間の路地に何故か空車が列を成してるんだ。駅前で並ぶより早いよ」

「覚えとく」

「日帰り旅行じゃなくて、二、三日泊まってくればいいんだよ」

「駄目。あなたが悪さするから」

「信用ないな……そうじゃなくてさ、週末にひっかかれば、俺も新幹線に乗って、親父さんの酒場を覗きに行けると思ったから」

氷の追加を頼まれた美緒がカウンターに戻ったところで、夫婦の会話を小耳に挟んでいた。

愛永が日帰りの旅行をするという。今日のゼミが終わった時、出席票を集めていた航平が、

「明後日は俺いないから、レポートは直接教授に渡してくれ」と言っていたのを思い出した。

航平ファンの女子学生が「どうしていないんですか?」と訊くと、「墓参りで新潟に帰るんだ。日帰りで……」と航平は答えた。

　嘘だ。

　航平と愛永は旅の約束で繋がっている、美緒はそう確信した。だとしたらどうする。この亭主に妻の不貞をチクってやるか? 腹ボテの宇崎夫人に亭主の不倫旅行を警告するのか? 自分には何もできない。何を企てても得は得られない。誰も裏切らず傷つけず、という大人たちの恋の行方を黙って見守るしかないではないか。

　美緒は手元が狂ったと見せかけて、アイスキューブを床にぶちまけた。ぶちまけたのは苛立ちであり、出口が見えずに内向するだけの航平への思慕であった。

　氷の騒音に愛永は振り返り、美緒が「やっちゃった……」と慌てることなく掃除しようとしている姿を見た。

　何故だろう、美緒がもの哀しく見えた。

　自分でぶちまけた苛立ちに立ち往生している美緒の姿には、季里子や、粧子や、そして愛永自身もだぶって見えた。

　女たちは何故、寂しくて哀しいのだろう。

2

その朝、航平は五時半の目覚ましが鳴る前に起きた。不思議なものだ。こういう朝は体の中に時計が潜んでいるんじゃないかと思える。

航平はツインのベッドに挟まれたサイドテーブルに手を伸ばし、あと五分で鳴ろうとしている目覚ましをオフにした。粧子はいつもの癖で腹を両手でくるむようにして、こちらに背中を向けて眠っている。航平がそっと起き出し、寝室のドアに手をかけた時、「行ってらっしゃい……」とくぐもった声がした。少しドキリとした。

粧子の背中だけが、晩秋の早朝の、うす暗がりの中にぼんやり見えた。

「行ってきます……」

答えると寝室を出て、支度を始めた。

同じ頃、愛永もベッドから起き出した。目覚ましの電気音がした途端、むくりと起きて止めた。隣の遼太郎は真上に顔を向け、口を微かに開けて寝息をたてている。少しの間見下ろして、夫の頰の線を指でなぞってみた。今朝も電気カミソリが音をたてるこの頰。裏切りの一日ではないことを約束するような仕草だった。

夫が起きる時間に目覚ましをセットし直して、愛永は支度のために寝室を出た。

二十分後、航平は息を白く吐きながら、うっすらと寒さが肌を撫でる外気に出てきた。ウールのジャケットにショルダーバッグという軽装である。粧子には、千葉で新体操の合宿があるので、早朝に出て深夜に戻る、と言ってある。玄関を出て、門を開いた時に、隣家のドアも開いた。

革製の小さなリュックを肩にかけたブルゾン姿の愛永が出てきた。靴はズックという活動的な身なりである。

同じ時間に家を出た航平に気づき、笑いを噛み殺したような顔だった。

「おはよう」

「おはよう」

航平も顔が綻《ほころ》んでいた。

目撃者がいた。

ちょうどその時、遼太郎がトイレに起きていた。二階で用を足していると鉄の門がカランと音をたてたのを聞いた。背伸びをしてトイレの窓から外を覗いてみたら、早朝に外出したのは愛永だけではないことが分かった。航平が、隣の亭主が、愛永と同じくらいの軽装で門の前に突っ立って、後に出てきた愛永を迎えるようにしている。表情までは定かでない。会話が聞こえる距離ではない。

愛永が道の右手を選んだ。航平はほんの何秒か愛永を見送った後、道の左手を選んだ。同じ道は歩かなかった。

用を足しても、遼太郎はしばらく二人のいなくなった景色の空白を見つめていた。航平はどんな用事で家を早く出たのか、後で粧子に訊いてみようと思った。釈然としない何かが、舌にざらつくように残っていた。


二人は同じ道を並んで歩く訳にはいかなかった。家の前で会った時、あうんの呼吸なるものに導かれ、愛永はバス通りを目指し、航平は別の道を迂回《うかい》しようとした。

航平が遠回りしてバス通りに立った時、見渡しても愛永の姿はなかった。すでにタクシーを拾って駅に向かったようだ。

聖蹟桜ケ丘から京王線で新宿へ。山手線で浜松町へ。

駅構内を抜けてモノレール乗り場に入ろうとして、「航平さん」と後ろから声をかけられた。

待ち合いのベンチに愛永が座っていた。一台遅らせて待っていてくれたようだ。

ここならもう大丈夫。航平もホッと笑顔を投げかけた。

朝早くから日本各地へと飛ぶビジネスマンたちで、モノレールは意外と混んでいた。日本人の勤労精神で充満した乗り物の中で、航平と愛永は並んで立ちながらも、会話は交わさなかった。

モノレールの窓に東京湾岸の風景が流れる。運河沿いの道路を青いゴミ収集車が連なりに走っていた。

世間話ができない。夫や妻についた嘘を披露し合うこともできない。後ろめたさもあった。帰りにこのモノレールに乗っている頃、二人の関係はどう変質しているのか、期待のような不安のような、複雑にうねる感情によって口を閉ざされていた。

二十分で空港の駅に到着。ビッグバード三階の出発フロアまで長いエスカレーターを上った。やはり無言だった。

空港のカウンターでチェックインを済ませ、搭乗ゲートが開くまでロビーの椅子に座って待つことにして、やっと航平が口を開いた。

「どうして突然、沖縄のそこに行きたくなったの？」

「……どうしてかな」

少し間を置いても、そんな風に曖昧に答えるしかなかった。

航平にとっては、旅の動機も、行く先も、どうでもよかった。愛永と過ごす一日に恵まれただけで満足だった。

ゲートが開いて、通路を並んで歩き、スチュワーデスに挨拶されて沖縄行きのジャンボに乗り込んだ。

ちょうど右翼に近い並びの席だった。愛永が窓際に座った。航平が窓外を見ようとすると、自然に愛永の横顔が目に入る。景色を眺める素振りで、愛永の耳を、うなじを、全てを見つめることができた。

席は半分ほどしか埋まらない。観光地としてはシーズン・オフに入っている沖縄である。

飛行機は長い助走の後、機体を震わせ疾走し、宙に浮いた。羽田と、その彼方の街並みが急激にミニチュア模型のように小さくなってゆく。約二時間半の旅で午前十一時十五分に那覇到着予定だった。

帰りの飛行機は午後六時四十五分。現地で行動できるのは六時間あまりだ。レンタカーを借りて片道三時間で行ける範囲は、限られていた。

那覇空港から出発して58号線を北上するとしたら、三時間以内で行ける限界は、約九十キロ先の本部《もとぶ》半島あたりである。

航平は地図を買って、すでに机上で計算を終えていた。

愛永はもう一度、手紙に書いたことを肉声で語った。濃厚な赤。熱帯の色彩に五歳の自分がどれだけ感激したか。日傘の中の母の笑顔がどんなに美しかったか。

ピクニックシートに寝そべって、クーラーボックスからビールを取り出した父が、その年の流行歌を楽しそうに歌っていたこと。

家族の幸せ。そして生命の意味。

原体験のように五歳の記憶に刻まれた様々は、今の自分を支えているような気がする。

「その旅から帰って一カ月後に、母は入院したの」

「病気?」

「早かったな……死んでしまうまで」

消え入るような語尾だったので、航平は病名まで聞けなかった。

沖縄まであと一時間という頃になって、二人は少し眠った。

愛永は母の夢を見た。病院の白いベッドに寝ていた。まだ生きているのに、解剖室の無影灯のような明かりで冷たく照らされていた。影が一つ一つ剥《は》がされてゆくような母の死を、五歳の自分ではなく今の自分が、生態観察するように見下ろしていた。

那覇空港に着陸した。

ゲートをくぐると、南国の風が正面から吹き込んで愛永の髪をなびかせた。空気が湿っていた。十一月とはいえ、夏はまだ風の中に居座り続けていた。

空港近くでレンタカーを借りた。六時間走り続ける旅に備え、二人は国際通りで昼食を取ることにした。

戦災復興の象徴となった那覇のメイン・ストリートは、デパートや飲食店、土産物店などが立ち並ぶ一大繁華街である。

二人は民芸調の店構えのソバ屋に入った。豚のあばら骨を煮付けて載せたソーキそばを注文し、白い太麺を黙々と啜《すす》った。

「今度、雑誌で紹介したら？」

「沖縄に行ってたことが旦那にバレちゃう」

「そっか」

律儀に割り勘で支払いを済ませると、駐車場の車に戻り、航平が運転席、愛永は助手席に座ってシートベルトをかけた。

思い出の場所を捜索する旅が、始まった。

花が群生するという断崖には、58号線から左に折れて間もない頃にぶつかった記憶がある。

当時は国道1号線と言われていた北への道。愛永は地図を開き、国道と海岸線が接近しているあたりをチェックした。海岸へ通じる道が見えてきたらとりあえず左折してみることにした。

二十数年前の未舗装の道は、おそらく整備されているだろう。

宜野湾《ぎのわん》から嘉手納《かでな》に向かうあたりが、最初の重点捜索地域だった。航平は何度かハンドルを左に切り、海岸にぶつかるまで走ったものの、視界に現われたのは何の変哲もない砂浜だった。あるいはサバニが停泊している船着き場だった。でなければ、コンクリートで固められた護岸だった。

断崖を見つけるには、海岸との高度差が必要だった。国道は平坦な土地にだらだらと延びているだけだった。

ヤシの並木、金網越しの米軍施設、そしてインポートグッズの店が立ち並ぶルート58の沿道風景。

嘉手納から恩納村《おんなそん》にいたる道路は内陸部を走る。車窓にやがて広がったのは沖縄海岸国定公園、目も醒めるエメラルド・グリーンだった。しかしこの一帯はグリーンビーチやムーンビーチといったリゾート地になっている。那覇を出てすでに二時間がたっていた。車の中で言葉が少なくなるのは、二人に諦めの色が忍び寄っているからだった。

ルート58は次第に沖縄住民の生活感を映し出す。シーサーを載せた赤瓦の屋根や、コンクリで固めた小屋のようなこの地独特の墓がそこかしこに見える。

珊瑚礁《さんごしょう》の海へと切り立った崖が遠くに見えた。しかし崖の上は瀟洒《しょうしゃ》なペンションが建設されている。二十数年前に熱帯の花が群生していた場所は、すでに開発されてしまったかもしれない。

「そこで止めて」

道路脇に公衆電話ボックスがあった。

「十円玉と百円玉、あるだけ貸してくれる?」

航平はポケットの小銭をまさぐる。

「神戸の父に訊いてみる。あたしが忘れていることを、何か覚えているかもしれない」と愛永は藁《わら》をもすがる思いで、手にいっぱいの小銭を持って電話ボックスへ走った。

航平は運転席から出て、ボンネットにもたれながら、手早く番号を押す愛永を見ていた。

「……あ、お父さん。あたし。愛永」

『おー』と、店でのんびりとレコードを聞いていたような父だった。バックでベースが低く鳴り響いていた。

「お父さんにちょっと訊きたいことがあって」

『遠いな電話が。どこだ』

「沖縄」

『沖縄……？』

「あたしが五歳の時、沖縄に家族旅行で来たわよね。レンタカーを借りて国道を北に走って、あたしたちは道を折れて海を見渡す断崖に出た。覚えてる？」

『赤い花が一面に咲いてた崖か？』

「そう！　どこだか覚えてない？　探してるの今」

『あれは、まだ母さんが生きてた頃だ……』そんな大昔のことは忘却の彼方にあった。

「何でもいいから手掛かりが欲しいの。誰が海岸を見つけたの？　偶然だったの？　何かアテがあってお父さんはハンドルを左に切ったんじゃないの？」

『そう言えば……』

宗市の脳裏を記憶がくすぐった。永子の長い髪が、あの時、運転している宗市の頰をくすぐったのだ。それほど吹き込む風が強かった。妻の側の窓が大きく開いていたことを思い出した。

『匂いだ。国道を走っていたら、母さんが突然言ったんだ。甘い匂いがあっちから漂ってくるって……』

「風……？」

愛永は風景にそれを求めた。

道路脇に広がるサトウキビ畑の草原は、何の遮蔽物《しゃへいぶつ》もなく上空から降り注ぐ太陽で、けだるく視界に横たわっていた。風はどこかで眠ってしまったかのように、なびくものはなかった。


太陽は南中高度を過ぎ、日没へと、形になりきらない雲の間を縫うようにして進んでいる。車は依然として北へとひた走っていた。片道三時間を過ぎようとしていた。そろそろ目的地に辿りつかないと飛行機の時間に戻れなくなる。

どこで踵《きびす》を返すのか、二人は今、どちらかが決断しなければならなかった。

焦燥感が航平の奥底で、一つの火種になりつつあった。

「最初に裏切ったのは、女房の方だ……」

航平が低い声音で、独り言のように言った。「今日中に帰れなくたって、たとえ一つ二つ過ちがあったとしたって、おあいこってモンだ」

投げやりに言った。だから今夜の飛行機に乗らなくてもいい。外泊したって構わない。

「そんな風に言ったら、粧子さんが可哀そうよ」

火種は次第に導火線となる。粧子の裏切りに耐え、逞しい男として振る舞ってきた自分が砕け散ってしまいそうだった。今、自分は愛永と共に南の島にいる。あとほんの僅かな勇気と決断を引き出せば、粧子を捨てられる。別の人生に踏み出せる。

「…………」

男の胸に巻き起こった危険な衝動を、愛永も感じ取った。

「ごめんなさい、こんな旅にあなたを巻き込んでしまって……ただの子供時代の思い出。ただの感傷よ。さあ引き返そう」

「…………」

航平はアクセルから足を離さない。

「よそう」

「見つかるまで走ろう」

「駄目よ。引き返すの……早くッ」

強く促されて、航平はゆっくりとブレーキを踏んだ。減速する車が道端に止まった。サトウキビの背丈の長い葉が道に沿って鬱蒼《うっそう》と茂っている。

航平はエンジンも切った。静寂が二人を包んだ。愛永側の窓から航平側の窓へと生暖かい風が吹き抜けていった。

「……俺は、粧子を憎んだ」

航平は呻《うめ》くように吐露《とろ》し始めた。

「俺との婚約中に昔の恋人と寝たあいつ。結婚式の当日にそれを打ち明けたあいつ。俺が部屋に戻ってくることを計算していたかのようなあいつ……そういうことを全部憎みながら、どうしてもあいつを捨てられない俺が、もう一方にいるんだ。生まれてくる子供が俺の子なら全て許せるんじゃないかって望みを持っている俺が、あいつの腹にメガホンを当てて、もうすぐ生まれてくるお前が俺たち夫婦を救ってくれるんだって語りかけている俺が……」

「………」

「逞しい男でなくていいよ。俺は逃げたい」

愛永がハンドルにかかったままの航平の左手を、ギュッと握った。痛いぐらいに力をこめて、航平にいつもの強さが、いつもの優しさが戻ってくることを祈った。

「引き返そう……」

「………」

「楽しかった。もうこれで、充分」

憑《つ》き物が落ちたように、航平は頷いた。

再びエンジンをかけ、ギヤを入れようとした時、たっぷりと湿気を含んだ海からの風がサトウキビ畑をざわめかせた。高い葉を揺らして車窓に届いた風は、愛永の髪をなびかせ、航平の髪も撫でた。

ふっ。同時に反応した。

二人は顔を見合わせた。お互い生乾きの石膏のような表情で、それが錯覚でないことを確かめ合おうとした。二人は匂いを拾っていた。甘さを煮詰めたような匂い。それこそが宗市が言っていた二十三年前の匂いではないのか。

風が吹いてくる先は、あの熱帯林の向こうだ。

道があった。両側から無遠慮に緑を伸ばしてくる樹によって、半分埋もれてしまったような小道だった。航平はそこを目指した。車を左折させて進むと、野放図に伸び切った雑多な枝葉が車の窓に侵入してくる。

愛永は記憶と照らし合わせる。もうすぐ道はなくなるはずだ。行き止まりのはずだ。

航平はブレーキを踏んだ。土くれで行く手を塞がれたのだ。二人は同時に車を飛び出した。

小高い丘には雑草のはびこるけもの道が地をのたうつように延びていた。

愛永が先を行く、航平は彼女が転ばないようにとすぐ後ろをついて行く。海鳴りが聞こえた。潮騒《しおさい》は濃厚な花の匂いを乗せている。一心不乱にけもの道を上る愛永の心臓の鼓動が、後ろの航平にも伝わってくる。

必ずある。そこにある。

急に幕が下から開くように、視界が圧倒的な重量感で広がった。愛永は眩《まぶ》しかった。瞳孔がこの溢れる光に合わせようと慌てて縮んだ。光の量はやがて、愛永の目に正確な映像を与えた。

海があった。珊瑚は絵の具を流し込んだような色合いで沖まで飾っていた。ヒースの丘を思わせる野性的な岩が海へとザクザクと切れ込むように断崖を成している。

そして花があった。その名はサンダンカ。細く鋭角的な四枚の花びらで一つの花を成し、それがアジサイのように球形に密生する。遠目に見ると、緑の葉陰に赤いボールがいくつも転がっているように見える。

「……ここよ」

半開きの口で愛永は言うと、急き立てられたように裸足《はだし》になった。岩を踏んだ。陽光をたっぷりとふくんだような、表面がテラテラと輝く岩。足の甲まで包み込むように熱く、愛永はその熱さに恍惚《こうこつ》となった。

「綺麗だ……」

航平も重層的な色彩に見とれていた。海の青。花の赤。あらゆる生命感を色分けしたような世界。そうか、これが愛永の言う、生きるという意味なのか。

「あの頃はもっと、絨毯を敷き詰めたように花が咲いていた……でも、ここよ。間違いない」

航平を振り返って思い出を辿る。「ちょうど父がそこに立っていた。隣で母が日傘をさしていた。崖の先に気をつけなさい……母に注意されたあたしは、それでも花から花へと飛び跳ねるように……」と、あの頃のように跳躍の姿勢で身構えた。

「気をつけろよ、足を怪我しないように……」

心配する航平の声は、昔の父と見事に重なった。

愛永の瞳をうっすら覆っていた涙は、一度飛び跳ねた拍子に塊となって頰を流れた。

ザクッと土に足をめりこませて着地、あとは童女のようにかがんで花の匂いを嗅いだ。笑顔だった。再び立ち上がった。両手を広げて、大自然が歳月をかけて織り成した色彩の中で仁王立ちとなった。

濃厚に色を放つこの生命力が自分にどうかみなぎってくれ、と愛永は心で叫んでいた。

「あたしにもし力があったなら……」

愛永は夢を語る。「あの頃のように、もっともっと、おびただしく花を咲かせたい。あなたにもそれを見せてあげたい……!」

いくら南国の花であっても十一月という季節に咲くのは稀《まれ》だと言われる。あるいは、この地にも一種の自然破壊の波があったのかもしれない。サンダンカは崖のあちこちを点々と彩るだけで精一杯だった。

「充分だよ、充分に綺麗だ……」

空を遠く彼方から響かせた音。雷鳴だった。我に返ったように二人が空を見上げると、今や太陽は雲を暴力的に砕いていた。薄墨色の雲塊が西の空の一カ所を支配していた。風が突然、冷たさを帯びた。

いっぱいに広げていた愛永の両腕が、すとんと落ちた。充分に堪能した笑顔で航平を振り返った。

「さあ、帰りましょう」

愛永の旅は、今、全ての目的を果たしたようだ。充分に熱を吸い込んだ足にズックを履き、航平の許に戻ってくる。なかなか動こうとしない航平の腕を取った。

もう帰らなきゃ、あたしたちは。

腕を握る手の力感が、そう諌《いさ》めていた。

せめて太陽があの雲に翳《かげ》るまで……と、少しでも旅の終わりを先延ばしにしたかった航平を、愛永は導いてゆく。

航平の足がやっと動いた。夕暮でもっと遊びたい子供が不承不承、母親に手を引かれて家路につくように、航平は愛永の後をついて、けもの道を下りて行った。

遼太郎は女連れで『海岸列車』にいた。

国分寺駅前に開店した『グッド・プライス』の支店を季里子と視察した帰り、「一杯飲んでくか？」と連れてきたのだ。

愛永にチクりそうなマスターだったが、遼太郎は何恥じることない。

「会社の部下ですよ。愛永もよく知ってる人。そういう目しないでよ」

マスターは取調べ室の刑事のようだった目を、やがて笑みでくるんでくれた。疑いは晴れたようだ。

キープしてあったボトルを出してくれたのは美緒だった。遼太郎の横で上気した顔でちんまり座っている季里子を、客への愛想には程遠い小馬鹿にするような眼差しで一瞥《いちべつ》した。

「奥さんの留守中に……」

「留守中に何だよ」

「別に」

「会社の部下だよ。仕事の帰りに、部下の働きをねぎらう飲み会だ」

「福利厚生が行き届いた会社ですね」と皮肉をかましながら、二人に薄めの水割りを作った。

「第一……よく知ってるよな、愛永が留守だって」

「日帰り旅行でしょ」

「詳しいな」

「最終の新幹線？」

「客の話こっそり聞いてんじゃないよ。航平さんに言って、単位さっ引いてやるぞ、この不良女子学生」

その航平とあんたの女房は旅行してんだよ、と言ってやりたい衝動に駆られたが、美緒は口をつぐんだ。トラブル・メーカーにはなりたくない。

「何なんですか、この子」と、それまで黙って聞いていた季里子が美緒に対して敵愾心《てきがいしん》を露《あら》わにした。

せっかく部長が誘ってくれたというのに。いっそのこと酔い潰れて介抱させてやろうと企《たくら》んでいたのに。こんな小娘に邪魔されたくない、大事な夜を。

「短大の講師やってる隣の御主人の、教え子」

「薄いじゃないの、これ」

季里子は自分から訊いたくせに美緒の素性など無関心な顔で、手元の水割りに文句をつけた。

薄くていい、と遼太郎は思う。三杯目あたりから季里子が人格を一変させることを知っている遼太郎は、美緒が季里子のグラスにドボッとウィスキーを注ぎ足すのを不安げに見た。

「……宇崎先生、ひょっとして今日学校を休んだか？」

何気なく美緒に聞いてみた。愛永と並ぶようにして早朝に家を出てった航平の姿が、妙に記憶の縁にこびりついていた。

「どうして？」

美緒は警戒した。航平が愛永と小旅行に出かけたことを、亭主は感づいているのか。

「朝早く、家を出てったみたいだから」

「新潟に墓参りって言ってたけど」

「……そうか」

ならいい。愛永は神戸。航平は新潟……ちょっと待てよ。行き先が東京駅なら、二人は何故、家の前で別の道を選んだのか。バス通りまで一緒に歩いて、何ならタクシーに同乗したっていいではないか。

季里子は気に入らない。美緒と二言三言交わしてから不意に黙り込んでしまった遼太郎に、自分の存在を誇示したくてグラスをあおった。「お代わり頂戴《ちょうだい》！……部長デュエットしましょう。『愛が生まれた日』を完璧にハモって、社員旅行で拍手喝采浴びたじゃないですか。

お願いあたしと歌って。お願いだから……ッ」

「涙ぐんで言うなよ。早いよ今夜はピッチが」

美緒がこれみよがしの呆《あき》れた溜め息でリモコンを操作、健全な関係の上司と部下のためにレーザーカラオケを入れた。


空港の窓を雨が叩いていた。たっぷり水分を含んだ薄墨色の雲が上空を流れている。空の端々を見渡しても、晴れ間が戻る気配はない。

時刻は六時半。本来なら搭乗手続きが行われている最中だが、羽田行き最終便は天候不良のため遅延されるというアナウンスが今聞こえたばかりである。

ロビーのベンチには、観光ビジネスの出張で沖縄を訪れたビジネスマンや、ダイビング用具を抱えて慶良間《けらま》あたりの海で有給休暇を使い切った若いOLらが、運を天にまかせた顔つきで座り込んでいる。

愛永と航平は喧噪の中にあって、二人だけの空間をベンチの一隅に作っていた。

そこだけが別次元のような静寂だった。

もし飛行機が飛ばなかったら。その想像は、愛永と航平に、人生の分かれ道を突きつけてくる。東京に帰れない言い訳ならいくらでも思いつく。遼太郎も粧子も疑うことなく一夜の不在を許してくれるかもしれない。

しかし嘘は覚悟である。

愛永と航平にとってここでつく嘘は、抜き差しならない未来をもたらすことを知っている。

「……俺たちって、どういう関係なんだろう」

航平が唇の先で言葉を噛むように呟いた。「ままごとのような私書箱恋愛。便箋の上の言葉だけが熱くて、言葉を重ねれば重ねるほど気持ちが募るのに、結局、何も生まれやしないし、何も育たない……」

「あたしは、沢山生まれているような気がする」

「どんな沢山?」

「あなたが言う生まれるものって、例えばセックス?」

そうだ。もう誤魔化せない。俺は愛永を抱きたい。

「あたし、そんなに恋愛経験がある訳じゃないけど……体と体で知り合った時から、男と女って終わりに向かって歩き始めるんじゃないかな」

本の受け売りの言葉でないことは、一つ一つ慎重に言葉を選ぶ口調から分かった。「……男は女の全てを自分の物にできたと思う。女は、自分の全てを男に抱きしめられたと思う。男も女もこうして抱き合えば、一度に全てを手に入れられると勘違いしてしまう。だから何度めかの後、相手の意外な一面を見せられると、こんな女じゃなかったはずだ、こんな男に抱かれた訳じゃなかったって失望する。抱き合うことは、絶望の第一歩かもしれない」

「理屈だよそれは。愛していると思う。だから抱きたいと思う」

「思い出してみて、言葉を」

「言葉?」

「……紙の上にあなたが残してくれた言葉。手紙って本当に不思議な力を持っているわね。愛してるって言葉。好きだっていう言葉。ペンから便箋にインクが絞り出された瞬間から、指先から伝わってきて、胸の片隅に炎がともされる……どんな炎って言えばいいんだろう。ブランデーを燃やした時のような、青くて静かな炎かな。あなたはどう?」

確かに、火傷しそうな真っ赤な炎ではない。心にその炎を確かめた時、疼《うず》くような痛みも伴う。

「もしあなたと抱き合ったら、混ざり合う汗は炎に注ぎ込む油になるわね。そんな炎に身を焼かれながら、あたしたちは何度も愛してるって言ったり、もう離さないって口先で約束をする。だけど、それが紙に書き残した文字より貴重なものとは、あたしには思えない」

「聞きたくないよ」と航平は遮った。「何も始めてみないで、絶望か希望か、炎が赤いか青いか、分かるもんか」

「簡単に始められることじゃないでしょ。誰かを裏切ろうとしているんだって思えば思うほど……」

「抱き合わないから裏切っていないと言えるのか？　手紙が情熱の証《あかし》なら、もう俺たちは東京にいるあの二人を取り返しがつかないくらい裏切ってるよ」

その通りかもしれない、と愛永は思った。セックスをしなければいくら恋をしてもいい、という中学校の校則のような道徳観を、航平との関係における越えてはならない『一線』に選んだ。ところが手紙というものに油断していた。航平が言うように、言葉を重ねるほどに感情は後戻りできなくなっている。

「このまま逃げよう……」

航平は狂おしく呟《つぶや》きかけた。「逃げよう、南へ」

今なら粧子を捨てられる。ギャンブルを放棄することもできる。

「捨てられないのか、亭主を」

「…………」

答えようとしない愛永に苛立ち、航平は更に詰め寄った。

「体の関係は絶望の第一歩だって言うなら、夫婦関係なんて絶望の塊みたいなもんじゃないか。何が捨てられないんだ。どんな愛なんだ。たかだか、寝酒のカクテルを作ってやる夫婦生活だろ……ッ」

愛永はこの半年で築いてきたものを思い返す。

遼太郎には好きな女がいるのかもしれない、遼太郎にとって自分は誰かの身代わりなのかもしれない。愛したくても愛せない女の代わりに、あたしにウェディングドレスを着せたのかもしれない。が、疑惑や嫉妬よりも生活が勝った。通勤する夫を見送った後の、平穏や安泰。夫に早く逢いたいと思う午後三時。すなわち、現実が不満だから航平と私書箱恋愛をしている訳でもないし、平穏や安泰の中の火遊びでもなかった。

夫として遼太郎を愛すること、恋人として航平を愛すること、その二つは微妙なバランスで愛永の中で成立していた。片方にセックスを持ち込まない限りは……

航平が愛永の左手を取った。一向に応えてくれない愛永への、怒りすれすれの感情だった。食らいつくような勢いで航平はそれを自分の唇に当てた。愛永の小指が航平の唇に挟まれた。隣の薬指には結婚指輪があり、そのプラチナの冷たさを航平は唇の端で意識しながら、愛永と遼太郎との契りの印《しるし》に負けないくらいの情熱をそそぎこんだ。

男の愛撫だった。愛永を求めようとする航平の想いが、勢い優しさへとすり替わり、小指を慈しむささやかな愛撫に溢れた。周りで飛行機を待つ人間たちはそんなラブシーンが繰り広げられていることに気づかない。一組の恋人がどんな熱情に身を焦がしているか知る由もない。

航平は何度も軽く嚙んだ。

愛永は航平の歯の感触より、その奥で震えながら小指の先に触れている航平の舌に、気持ちを揺さぶられた。舌は濡れていた。この人は泣いているのだと愛永は思った。

もしこのまま飛行機が飛ばなかったら……

愛永は、希望か絶望か、炎が赤いか青いかなどと二度と考えることなく、運命に身をまかせても構わないと思い始めていた。

横殴りの雨が滑走路に吹きすさび、灰色の薄暮の中で、椰子《やし》の葉をちぎれるほどに煽《あお》りたてていた。

ボードの『遅延』という文字は、永遠に動きそうになかった。

3

七時半を過ぎてサラリーマンたちで混み出した時、遼太郎と季里子は店を出た。デュエット流行歌の歴史を振り返るように歌いまくっていた二人だったが、これから店を変えて飲み直すのだろうか、と美緒は思った。

女の酔いが醒め始め、酒場で一人浮かれていたことの自己嫌悪に苛《さいな》まれる頃、男は慰めながら決定的な口説き文句を繰り出すのか。そんな夫の裏切りを愛永が知った時、航平への愛は加速するのか……美緒が客の水割りを作りながらそんなことをぼんやり考えていると、店のドアが開いた。

木枯しに当たって髪が乱れた季里子が、目鼻が顔の中心に寄り集まったクシャンとした面持ちで再び入ってきた。

カウンターにつくなり、「部長のボトル出して」と言った。

「鴻野さんは、どうしたんですか?」

「帰った」

「女性一人を置いて?」

「そう。女房の帰りが遅い時ぐらい一人で家で寛《くつろ》ぎたいんだって……それ、濃い目にして」

期待をはぐらかされて荒れる女の気持ちは、美緒にも理解できた。情事に誘わない理由が無人の家庭とは、女にとっては最大の侮辱だ。

「ひどいね」と、美緒は少し同情した。

「誘われて二人きりになった時、意識朦朧《もうろう》としてたんじゃいけないと思って、セーブしてたのに」

「五杯もおかわりしましたよ」

「だから何よ」

「続けて十曲歌いましたよ」

「軽いモンよ」

「おいくつですか」

「二十五よ。それがどうした」

六年後にこういう女の未来が待っているんだとしたら、美緒は生き急ぎたいと思わずにいられない。

季里子が『海岸列車』で飲み直しを始めた頃、遼太郎は自宅の郵便受けから夕刊を取り出していた。

隣家に光がともっていた。航平はいない。粧子だけの明かりだ。カーテンの向こうに、腹を膨らませた影絵が見えた。

遼太郎は軽い遊びのつもりで携帯電話を手にした。つい最近教えられたばかりの番号を押した。隣家から微かなコールが聞こえ、影絵が立つのが見えた。

『……はい宇崎でございます』

「俺だ」

粧子には少し息を呑むような間があったが、『……どうしたの』と普段通りの声で応えた。

「亭主、遅いのか」

『まあね』

理由は知っていた。新潟に墓参り。粧子は行かなくていいのだろうか。

『千葉の新体操の合宿に、夜まで付き合うんだって』

美緒から聞いたことと違う。嘘をついたのか航平は。新潟と千葉、どちらが嘘なのか。あるいは両方とも嘘なのか。

『今どこ』

「家の前だ」

影絵が移動した。リビングのカーテンを開け放った。受話器を耳に当てた粧子がこちらを見た。『……そんな所に突っ立って。愛永さんは大丈夫なの』

「遅いんだ。里帰りで」

二人はあの危ない傾斜に再びさしかかっていた。あとはどちらが先に誘い文句を口にするか。女から言わせるのが遼太郎が狙っている『運び』のはずであったが、

「行っていいか」

と、こちらから口火を切った。

『……どうぞ』

無感動な声でカーテンが閉じられ、電話も切れた。

遼太郎は宇崎家の門を開ける。鉄が錆びて軋《きし》むような音だった。門から玄関に通じる五メートルが、すなわち危険な傾斜だった。遼太郎はゆるりと滑り落ちて、粧子一人の家のドアに手をかけた。

その時、自宅で鳴った電話に遼太郎は気づかなかった。呼び出し音は三回で切れ、留守番応答メッセージとなった。

『はい鴻野です。只今留守にしておりますので……』

と、愛永は那覇空港の公衆電話で自分の声を聞いた。発信音がすると、少しつんのめった声で夫への伝言を始めた。

「あたしです。愛永です。うっかり友達と話し込んじゃって、最終の新幹線に間に合わないかもしれません。泊まるとしても友達の家なので、実家の方にはいませんから……よろしくお願いします」

切った。ロビーの向こうから航平が見ていた。立ち上がってこちらにやってくる。今度は航平が自宅に電話する番だ。

愛永ははっきり「帰れない」とは言わなかった。決断は先延ばしにしていた。その狡さを航平は責めるだろうか。

『遅延』の札はまだ動かない。しかし先刻よりは風は弱くなった。濡れた椰子の葉は重く垂れ下がっている。『欠航』の札が出ない以上、愛永は運命のとば口にはまだ立っていない。

「子供の父親は、きっと俺だ……」

通されたリビングで、編みかけの赤ん坊のセーターの赤い色が目に飛び込んできた時、遼太郎はそんな言葉を試しに口にした。先手の『歩』だった。

「だったら何だって言うの」

男の甘えをハネ返す、あの頃の粧子独特の切り返し。「名乗り出て、この子を抱き上げる権利の主張でもしようって言うの」

「心配するなよ。隣の可愛いお子さんを、すき焼パーティの時に抱かせてもらうぐらいさ」

隣人のおじさんとして如才ない笑顔で抱き上げることができるのか。その点については自信があった。腹を痛めて子供を産む女ほど、種を蒔《ま》くだけの男には「ああこれこそ我が子だ」という感激は強くない。

「もしあなたの子供だったら、この家をすぐ引き払って、姿を消してあげる。あなたに子供の顔を見せつけたりしないから」

「めでたく旦那との子供だったら、このまま俺の隣に住み続けてくれる訳か？」

「…………」

粧子は思わず言葉を失った。今のようにずっと遼太郎の傍にいたい。そんな願望がわたしにはあるのか。

「俺が言いたいことは、子供云々じゃない」

「じゃ何なの」

「今、お前に迎えられて玄関に入った時、ただいまって言いそうになったよ。妊娠中の自分の新妻だと錯覚しちまった」

笑い話のように言ったが、粧子は笑ってくれなかった。

「順列組み合わせが間違ってるんじゃないかって、ふと思った」

「なら、航平の正しい組み合わせは愛永さんってこと？」と、粧子はくだらない冗談に合わせるように言った。

俺と粧子、航平と愛永……パズルの入れ替えのように想像した時、今朝の光景がフラッシュのように遼太郎の脳裏に瞬いた。青白い早朝の薄明かりの中に立っていた愛永と航平の姿……

その時、電話が鳴った。

粧子は遼太郎を見つめたまま、電話を取りに行った。「……もしもし」

『あ、俺だ』

航平の遠い声だった。ひどく遠い。

「今どこ」

『まだ合宿所だけど、一人選手が怪我してね……今夜中に帰れないかもしれないんだ』

夫は今夜帰らない。遼太郎ともう少しいられる。気持ちの片隅がそれを喜んだ。いや、遼太郎には愛永がいる。愛永はただ帰宅が遅いだけだ。遼太郎には今夜、帰るべき家がある。

「早く帰ってきて……」

粧子は苦しげな声で呼びかけた。目の前の遼太郎を見据えたまま、夫への甘い声を遼太郎に突きつける刃にしていた。

「寂しいの、早く帰ってきて……」

電話の航平は絶句していた。リビングの遼太郎は粧子を見返しながらも、吹雪《ふぶき》の彼方を眺めているような寒々しい面持ちだった。

『すまない、帰れないかもしれないんだ……』

自分の心臓を掻きむしっているかのような航平の声に、その時の粧子は何の異変も感じ取っていなかった。夫に対して甘え声を出しながら、ただ目の前の遼太郎だけが関心事だった。

吹雪の彼方に道を見つけたように、遼太郎は粧子の横をすり抜けて玄関へ消えた。

『明日、なるべく早く帰る』

「……そう、じゃ気をつけて」

遼太郎が視界から消え失《う》せた時、粧子の声も艶《つや》をなくした。

『ちゃんと戸締りしろよ。じゃあ……』と航平から電話を切った。と同時に、遼太郎が玄関ドアを閉めて消え去った。

遼太郎は宇崎家の門をくぐり、すぐ横の自宅の門をくぐり、玄関へ入った。

昔の恋愛感情と、隣同士に住んでいるという奇遇な現実、そして膨らんだ粧子の腹の中身……それらを駒にして遊戯をしているに過ぎない俺と粧子。いつまで続くのか。

いつも煌々《こうこう》たる明かりで出迎えてくれる家は闇だった。あなたがいないと寂しいと声を詰まらせた粧子の気持ち、その半分くらいは理解できそうな家の暗がりだった。

リビングの明かりをつける前に、闇に点灯している留守番電話のランプに気づいた。押した。一件の録音内容が再生された。

『あたしです。愛永です。うっかり友達と話し込んじゃって、最終の新幹線に間に合わないかもしれません。泊まるとしても友達の家なので、実家の方にはいませんから……』

ネクタイを緩めようとしていた遼太郎の動きが、止まった。これも偶然か。朝、同じように家を出て行った愛永と航平が、今、揃って外泊の言い訳をしている。

悪い想像に駆り立てるものが、もう一つ脳裏に甦る。粧子の話によると、愛永は公園で恋文を読んでいたと言う。

相手は誰か。一つの可能性。他でもない精神と肉体の健康さだけが取柄のあの体育会系の男が、愛永に手紙を……？

「まさか……！」

リビングの暗がりの中で、遼太郎は自分の想像力の貧しさを思い切り笑い飛ばした。

が、明かりのスイッチに伸ばそうとしていた手は、まだ宙に浮いたままだった。

しばらく闇の中で考えてみたかった。

『遅延』の札はまだ微動だにしない。

空港の事情で羽田への深夜到着はありえないとすれば、管制室はそろそろ決断しなければならない。

航平は愛永に、「いいね、ホテルを予約しても」と念を押した。すでに乗客の何人かが電話でホテルの空きを見つけようと公衆電話に殺到している。

愛永は航平を見返した。誰も裏切らず、誰も傷つけず、そう誓った二人の恋は、結局、自分たちを斬りつけていたのだ。こんな哀しげな航平の目は、もう見たくないと思った。

「……部屋、取りましょう」

愛永は心を決めた。航平と行きつく所まで行く。この一夜を秘密にして、夫への罪悪感と戦う日々がこれから始まるのだと思った。

航平が「いいんだな？」ともう一度念を押した。

「ただし、南へ逃げようなんて子供じみたことは言わないで。明日になったら家に帰って。秘密を守って。あなたも戦って」

航平は頷いた。粧子を裏切り、その裏切りを隠し通す日々。覚悟はすでにできていた。

立ち上がって電話機へ向かおうとしたその時だった。

朗々たるアナウンスがロビーを席捲《せっけん》した。「羽田行き日本航空908便をお待ちのお客様に申し上げます。天候が回復致しましたので、只今から搭乗手続きを行います……」

ロビーの人間たちが安堵《あんど》の歓声を上げた。ホテルを予約しようとしていた電話中の人間は慌ててキャンセルを始めた。

航平は立ち尽くして天井のスピーカーを見つめていた。愛永が隣に立った。二人は間近で見つめ合った。

これが運命なのか。

愛永はゆるりと手を伸ばして航平の小指を握り、たおやかな微笑を浮かべた。儀式めいた所作で航平の小指を自分の顔の高さまで持ち上げ、そっと口づけをした。

「航平さん」

呼びかけた。

「さあ、急ぎましょう」

搭乗ゲートへ、すでに人の波が吸い込まれていた。

午後十一時半、東京駅丸の内口に近いビルの谷間に、遼太郎が立っていた。愛永に、最終の新幹線だった場合にタクシーが簡単に拾えると教えた穴場である。空車のタクシーが連なっていた。

自宅の暗闇の中で考えた結果、愛永と航平の逢瀬を確信した遼太郎は、脱いだコートを再び着て、足を外へ向け、タクシーを飛ばしてここにやってきた。馬鹿げていると思う。自分は何を確かめようとしているのか。愛永は今夜中に帰れないかもしれないと言った。だが、たとえ不倫に走り始めたとしても、愛永という女は最後の一線を衝動だけで越えるような女ではない。それだけは信じることができる。必ず今夜のうちに帰る。行く先が神戸だったとしても、泊まろうと誘う男の手を振り払い、最終列車に乗り込む女だ。

夫の待つ家に早く帰ろうとするならば、ここでタクシーを拾う。相手がもし……もし航平ならば、二人は一緒に乗るだろう。そして家の近くまで来て、航平だけが降りる。一緒に帰る姿だけは見られたくないからだ。

愛永はここに来る。必ず来る。相手が航平ならば二人でここに……

そんな確信も時間がたつにつれてあやふやになってきた。携帯電話を手にして、覚えているあの番号を押した。神戸の市外局番だった。

「……あ、遼太郎です。お店が忙しい時に申し訳ありません」

『どうした』と宗市の声。バックにテナーサックスの音がする。店の音楽と共にたちこめている紫煙も受話器の向こうから匂ってくるかのような、しわがれた義父の声だった。

「愛永が今日伺ったと思いますが……」

男と神戸に行ったとしても、男をどこかで待たせ、父の顔ぐらい見に行ったはずだ。

愛永の行動について何かしら手掛かりが欲しくて、遼太郎は義父の所にかけてみたのだ。

しかし宗市は「今日伺ったと思いますが……」という遼太郎の言葉の意味を勘違いした。娘は沖縄から電話してきて、昔の家族旅行の場所を尋ねた。そのことを遼太郎が言っているのだと思った。

『愛永と一緒じゃないのか？　確かに訊かれたが、何しろ大昔のことだ、58号線のどこを曲がったかなんて、覚えてやしないよ』

遼太郎は眉をひそめた。58号線？　何の話だ。

『今日の午後、突然電話してきて。どこからかけてるんだって聞いたら沖縄だと言うから、驚いたよ』

愛永が沖縄？

「……そうですか」と相槌を打ちながら、遼太郎は咄嗟に取り繕う。「なら結構です。いえ、僕の方にも昼間電話があって、58号線ってどの道かって訊かれて答えに困ったものですから。

お父さんに訊けばいいんじゃないかって言ったんです。そうですか、ちゃんと電話しましたか。ならいいんです」

遼太郎は懸命に話を合わせた。宗市にまで愛永の不倫を疑わせたくない一心だった。

『愛永は一人旅なのか？』

「ええ、僕もこの頃忙しくて、なかなか相手をしてやれないので……」

『贅沢が過ぎるな。今度俺の方から説教してやる』

「仕事中すいませんでした。では失礼します……」

衝撃を悟られないうちに電話を切った。

フツフツとトロ火で煮え立つような感覚が静かに体に染み渡ってきた。愛永は神戸になど行っていない。沖縄だった。嘘をついたのだ。ならばここでタクシーを拾うはずがない。

遼太郎はそうと分かってもしばらく動けなかった。神戸ではなく沖縄。その距離の開きに妻の裏切りの大きさがあり、遼太郎を打ちのめしていた。相手はやはり隣の航平か。あいつと飛行機に乗ったのか。いつからだ。いつからそんな関係になった。大切なものが指の間をこぼれ落ちてゆくような、激しい喪失感がこみあげてきた。

「……あなた？」

その声が、怒りを溜め込もうとしていた猫背気味の遼太郎の背中を、不意に後ろから突き抜けた。

振り返ると、革製のリュックを肩にかけた愛永のブルゾン姿があった。遼太郎は今までの喪失感が表情に張り付いたまま、妻を見返していた。

茫然は愛永も同様だった。「どうしてここに……？　待っててくれたの……？」

遼太郎は愛永の背後を覗き込んだ。愛永は一人だ。そもそも行く先が沖縄ならばどうしてここに現われたのか。

「お前こそ、どうして」

「だって、教えてくれたじゃない、タクシーの穴場」

遼太郎はまだ狐につままれた顔をしている。

愛永は羽田に降り立った。最終便は二時間遅れで到着した。空港脇のタクシー乗り場に航平と共に並んだ。しかし乗る間際になって、「ここで別れましょう」と愛永は航平に言った。愛永は東京駅に行きたかった。夫に新幹線で帰ると言った以上、最後ぐらいちゃんと嘘をつきたいと思った。駅前のタクシー乗り場ではなく、教えてくれた場所のお陰でどれほど助かったか、後で遼太郎に話したかった。

「……神戸、どうだった？」

完全には信じ切ってはいないが、遼太郎は夫婦の会話を始めた。

「友達はみんな忙しく主婦してるし、結局、青春の場所を一人で歩いてた」

ついていい嘘なのだ、これは。愛永は自分に言い聞かせて笑顔を作っていた。

「お前の青春の場所か……俺も見てみたかったな」

「今度案内してあげる」

「楽しかったか？」

「うん。ありがとう、いい旅をさせてもらって……」

本当にいい旅だった。それを実感すると同時に、夫への罪悪感が胸に疼《うず》く。「でもびっくりしたな。あなたがここで待っててくれたなんて！」

びっくりしたし、嬉しかった。

この行為を優しさと勘違いされた遼太郎は、面《おも》はゆい。このまま勘違いさせておこう。

「一杯飲んで帰ろうか。志水さんの説教を酒の肴にして……」

遼太郎が先に歩き始めた。銀座八丁目の『ボーダー』は近い。愛永は夫に追いつき、数珠《じゅず》つなぎになっているタクシーの先頭車両へと並んで歩き始めた。遼太郎が愛永の手を自然に取った。

航平が沖縄の地で軽く噛んだ左手の小指は、今、別の男の体温に包まれていた。

4

「おはよう」

「おはようございます」

その朝も四人は家の前で顔を合わせ、早く散り始めた銀杏《いちょう》の落葉を踏み締め、挨拶を交わした。

愛永は粧子の運転する車に乗せてもらう。B級グルメの取材で世話になった料理記者に謝礼を贈ろうと思い立ち、粧子の店でタオルのギフトセットを買うことになっている。

「じゃ、夕方には帰ってるから」と、愛永は助手席の窓から遼太郎に言う。

「同じく」と、粧子が航平に言った。

女たちが銀杏並木を走り去ると、遼太郎と航平はバス停への道を歩き出した。

遼太郎にとっては観察の朝だった。出勤する四人が顔を合わせた時、愛永と航平がどう視線を絡ませるのか注視した。ところが隣人の挨拶以外に何も現われない。遼太郎にかえって疑惑を募らせた。

二人は演じている。そう思えてならない。

「昨夜、女房の帰りが遅かったので、東京駅に迎えに行ったんですよ」

遼太郎は歩きながら世間話のように始めた。そうだったのか、と航平は合点がいった。羽田からタクシーで帰宅した航平は、愛永がいつ帰るのかとしばらく窓から隣家を見ていた。やがて鴻野家の前で止まったタクシーから降り立ったのは、愛永だけでなく遼太郎も一緒だった。その意味を考えると眠れなかった。

「愛永さんは、どこか旅行にでも……？」

と訊きながら思う。遼太郎が東京駅で待っていたということは、昨夜の愛永は虫の知らせがしたのかもしれない。

「神戸に里帰りって言ってますけど、嘘なんです」

「……嘘？」

「女房は男と密会でもしてたんじゃないかな」

遼太郎が期待した表情が、航平の目許の皺《しわ》に、確かに浮かんだ。瞳も置き所がないように揺らいだ。

「愛永さんに限って、そんな……」

「そういう女には見えませんか？」

「何を根拠に、奥さんを疑うんですか」

「根拠は……」突きつけてやろうと思ったが、遼太郎はやめた。「何もないんですけどね」

安堵めいたものが航平の目許をよぎった。彼にとっては心臓に悪い朝だったろう。遼太郎はその話題にはもう触れない。観察の続きは別の日に取っておこうと思った。

「駅前にちょっと寛《くつろ》げるスナックを見つけたんですけど、今度みんなで行きませんか？」

みんなとはもちろん、愛永と粧子を入れた四人のことである。酒が入った場で航平と愛永がどんな眼差しを交わすのか見てやりたかった。

「いいですよ。行きましょう。粧子に都合を訊いておきます」と返事した航平に、遼太郎はポケットをまさぐってマッチを取り出し、「ここです」と渡した。

『海岸列車』と、二両連結の列車のイラストが入った絵マッチであった。


三千円のハンドタオルと石鹼のセットをギフト用に包んでもらってる間、愛永は湯上がり用のガウンを見ていた。

「今度のお給料日に、ペアで買おうかな……」と考えている愛永に、粧子はつい意見したくなった。「遼太郎さんは、こっちの色の方が似合うんじゃないかな」

元恋人としての美意識だった。愛永には単なる店主からのアドバイスとしか聞こえなかったろう。

「……そうね」

確かに遼太郎は、明るいブルーより黒の方がよく似合う。同じデザインで遼太郎は黒、自分は白、そう決めた。

パートの嶋田さんが愛永に包みと釣り銭を渡した時、ドアが開いて今朝二人目の客が入ってきた。

「あら」「あら」と、愛永と粧子はその人物を見て同時に声を上げた。教科書やノートが入った透明のブリーフケースを小脇に抱えた美緒だった。

「……ども」と、美緒は思いがけなくそこにいた愛永にも挨拶した。

「これから学校？」と愛永が気さくに声をかける。いくら航平との関係を悟られていようと恐れない。美緒が本物のトラブル・メーカーならば、夫と一緒に『海岸列車』で飲んだ時に事件は起こっているはず。

美緒はこっくり無愛想に頷くと、粧子の方を見やる。いくらか刃の眼差しに見えたのは愛永の気のせいか。

「一度、先生の奥さんに訊いてみたくて……」

航平が一緒にいては訊けないことらしい。

「じゃあたし……」と愛永が遠慮して帰ろうとしたら、「いいです、いても」と美緒は引き止めた。愛永にも聞かせたいことだった。

粧子に向き直り、美緒は単刀直入に問いかけた。

「先生は、結婚して幸せなんですか？」

「どうして？」

粧子の内部にさざ波のような動揺が広がる。美緒はほんの一瞬、愛永の表情を目尻で捉えてから言った。

「ゼミのみんなで先生をからかったことがあるんです。子供が生まれたら、先生はきっとマイホームパパで、つまらない男になるんだろうなあって。子供のことを話題にされた先生は、くだらん事言うなって声を落として、めっきり不機嫌になりました。いつもの先生らしくなかった。どうしてなんだろうって考えたけど、分からなくて……」

粧子は、自分の腹にメガホンを当てて「早く出てきなさーい」とふざけていた夫を思い出す。あの時、美緒も一緒にいたはずだ。

妻のいる場では未来のマイホームパパを演じるが、妻がいない場所では子供のことを話題にされるだけで気分を害する……ということか。それが妻に裏切られた男としての本音なのかもしれない。

美緒が語ったことは、粧子を少し打ちのめしていた。

「幸せよ、あたしたちは」

気丈に答えた。

美緒は次にハッキリと愛永を振り返る。距離をおいて二人の話を聞いていた愛永は、その一直線の眼差しに「なに?」と曖昧に微笑んで見返した。

美緒は言いたかった。航平にとっての幸せの対象は、粧子との生活でなく、結婚式の日に知り合って以来密かに付き合っているという愛永ではないのか。

美緒の問いかけは、愛永には充分すぎるほど理解できた。粧子のいる前で言葉にしないでくれた美緒に、感謝したかった。

美緒は愛永から目をそらし、再び粧子に向かった。眼差しにはもう刃はなかった。

「先生のファンだから、気になっただけです……じゃ、学校に遅れますから」と言うだけ言って逃げるように去って行く。

「変な子」

と、粧子は愛永に戸惑ったように笑いかける。

「十九歳って、あんなだったな……」と、愛永は自分の十代を振り返るように言った。

夫の幸せとは。

この命題は粧子を苦しませる。そしてもう一つの命題についても考えさせられる。

わたしの幸せとは。

目の前にいる愛永の亭主と自分は結ばれるべきだった、と考えてはいないか。遼太郎が言ったような、間違った順列組み合わせが自分たちを苦しめているとは言えないか。

自分と遼太郎、例えば愛永と航平、この組み合わせで隣人同士として知り合っていたとしたら……

嗤《わら》った。あまりに子供じみた空想だった。


俺は一体、何をやっているのか。

仕事も放り出して、こんな昼間から、まるで探偵まがいだ。

会社に着いても気もそぞろで、季里子が「ここどここから売り込みがきてます」と置いたメモにも気が行かない。思わず愛永がライター契約している『セリエ』の編集部に電話して、愛永が昼に取材する店の場所を訊いてしまった。

そして俺は今、部下の自家用車を借りてこうしてやってきて、外苑のタイ料理屋から通り一つ隔てた樹の陰で、自分の女房の背中を見つめている。

落陽に映えるワット・アルンの絵をあしらった店構えだった。しかし気取ってはいない。

フード・マーケットのようなオープンテラスで、愛永は、カメラマンによって写真を撮られた後のタイ風ラーメンやトム・ヤム・クンを口に運び、ノートに感想をメモしている。

この監視。

すなわち遼太郎は妻の不貞を疑い、仕事そっちのけで尾行する夫だった。

こんな映画がなかったか？　題名は確か『フォロー・ミー』……映画館主の娘だった粧子ならよく知っているはずだ。しかし、あの映画で妻を尾行していたのは亭主ではなく、亭主が雇った探偵ではなかったっけ。

愛永はしきりに汗を拭きながらメモし、料理を食べ、またメモしている。紅潮した頬に流れ落ちる汗。そうか。辛いのだ。辛い料理は苦手なはずの愛永だが、仕事だから頑張る。満腹感をベースにした記事だから、出された料理は全部食べなければならないのだ。

遼太郎は微笑む。そして呟《つぶや》きかける。頑張れよ、と。

視界の右端から一人の青年が登場した。黒いペラペラのコートをなびかせ、テラスの前を行きつ戻りつしながら、愛永の仕事ぶりを窺《うかが》っている。カメラマンが先に気づいて、愛永につついて教えた。また来ましたよ、という感じで。

汗まみれの愛永が振り返った。「仕事中よ。困るの」と年下の青年へ迷惑そうな一言二言。あとは無視して食事を続行した。

誰だあの若僧は。航平ではなくあの若僧が不倫相手なのか？　愛永に恋文を送るような男には思えないが。

達彦は「そこで偶然あんたを見かけたから……」と見えすいたことを言って愛永の前に現われた。編集部に居場所を訊いてやってきたに違いない。愛永は「邪魔だからあっち行って」と追い払おうとした。汗をかきながら物を食べている姿なんて見られたくない。

「すごい汗だな」と、達彦は構わず近くのテーブルに頬杖ついて愛永を見つめた。

「辛いのよ」

「代わりに食べてやろうか」

「あたしの仕事なの」

「うまいのかよ、そのスープ」

「うまいわよ」

「だったら、もっとうまそうな顔しろよ」

「放っといてよ」

カメラマンのサイちゃんも笑いを噛み殺しながら、店の写真を撮っていた。

遼太郎は妻の奮闘を眺める。彼方では、青年が愛永をからかうように笑っている。愛永がやっと皿を平らげると、青年とカメラマンが拍手した。すると愛永は観衆に応えるかのように誇らしげに両手を上げた。

楽しそうな雰囲気だった。自分以外の男に投げかける妻の笑顔を、遼太郎は初めて見たような気がする。

向日葵《ひまわり》のように笑う女だと、恋人時代、遼太郎は愛永に言ったことがある。笑顔が美しい女だと心の底から愛永のことを思えたあの頃の自分に、今、戻れたような気がした。だから遼太郎も樹の陰で軽く手を打った。苦手の激辛料理を平らげた愛永の仕事ぶりに、拍手だ。

そこで携帯電話が鳴った。

『部長、今どちらですか?』と季里子のキリキリした声。遼太郎のいない市場部はテンヤワンヤのようだ。

『今日に限って売り込みが凄いんです。早く戻って下さい。支払日が迫っている手形を落とすためでしょう、現金欲しさにタイメックス五十個に、ハンティング・ワールドのショルダーバッグが三十個、その他諸々……私たちじゃさばききれません』

「今日は戻れないんだ。何とかしてくれ」

『ちょっと待って下さいよ!』

「全部見事にさばいたら、今度パーク・ハイアットで飯おごってやるから」

『……ほんとですか?』

なら頑張れそうな季里子だった。遼太郎もその点を計算している。

「じゃ、あとよろしくネ」

と遼太郎は携帯電話を切ると、店を出てきた愛永がカメラマンの車に乗るのを見て再び尾行態勢になった。

達彦は置いてけぼりを食わされた。そういう扱いを愛永から受けるのは日常茶飯事という感じで、青年は特にいじけた態度ではない。

愛永の乗る車は絵画館前から２４６に入る。編集部に戻ってメモを原稿にすれば、今日の仕事は終わりというところか。

強引なＵターンをした遼太郎は、路上に立ち尽くす達彦の姿をミラーで見送った後、間に一台車を置いて、巧みに愛永の乗っている車を尾行した。

仕事は部下にまかせたし、今日はとことん妻の日常を見てやろう。

愛永が南青山の編集部に着いたのを見届けると、遼太郎は渋谷に戻って会社の駐車場に車を返し、井の頭線から京王線に乗り換えて家路についた。時間はまだ四時。こんな早い時間に帰るのは初めてだった。

で、今遼太郎はドトールコーヒーの窓辺で三杯目のコーヒーを啜《すす》りながら張込みをしている。愛永が帰りの電車から降り、聖蹟桜ケ丘の改札を抜けて駅前を通るのを待ち続けてもう二時間だ。

あの取材を原稿にまとめるのは、愛永の腕なら二時間たらずだろう。だとしたらそろそろ現われる、現われなければ青山から聖蹟桜ケ丘の間に寄り道をしている、男との密会場所があるのかもしれない、そしたら明日も尾行だ、といった嫉妬深い夫としての意地が半分。半分は遊び気分である。

大の男が一体何をしているのか、とまた思う。始めてしまった尾行を最後までやり遂げなきゃ気が済まなくなったのは確かだが、妻の後ろ姿を見つめることに不思議な快感を感じているのも事実だった。

変な趣味を持ってしまったかな、と遼太郎は自分を嗤《わら》う。

今日は夕方には家に帰っていると、朝愛永は言った。今のところ、タイムテーブル通りに愛永は行動している。もう現われてもおかしくないと思った時、愛永が改札を抜けてくる姿が視界に飛び込んできて、遼太郎は「よおし」と思わずジャンボ尾崎のバーディ・パットのようなガッツポーズを取った。

店を出て、尾行を再開した。

愛永はまず花屋の前で立ち止まった。薔薇《ばら》を安売りしていた。愛永は真紅を五本、ピンクを五本買った。今夜、それが食卓に飾られる風景を遼太郎は想像した。

脱サラして店を始めたような花屋の主人は、白い薔薇を一本おまけしてくれた。あの男も愛永のファンに違いない。

次に愛永は八百屋の前で足を止めた。

タマネギとレタス、棚にオリーブの瓶詰を見つけて、それも欲しいと指差した。

次は肉屋だった。いつか「この野菜コロッケ美味しいでしょ！」と言っていたのは、この店の物だ。「粧子さんと一緒に買物したんだけど、夕飯まで待ち切れなくて、二人で揚げたてのコロッケをパクつきながら帰ったの」と言っていたっけ。

合挽き肉を五百グラム。遼太郎は今夜の献立が分かりかけてきた。肉汁をたっぷり吸ったオリーブの酸っぱさを思い出した。きっとミートローフだ。賭けてもいい。

これから亭主の好物を作ってやるのだ、絶対美味しいと言わせてやるのだ、という妻としての闘志が肉屋のウインドーを見つめる表情に感じられる。

ちゃんと美味しいと言ってやるよ。

商店街の終わりまで来た。右へ曲がれば、自宅方向のバス通りだ。ところが妻が選んだ道は違った。信号を小走りに渡り、辿りついた場所は郵便局だった。

遼太郎は通りの向かい側で出てくるのを見守った。一分もしないうちに郵便物の束を抱えた愛永が出てきた。一通の封筒を口にくわえ、あとの郵便物を買物袋に押し込んだ。白く縦長の、オーソドックスな封筒。その一通が特別なのだ。粧子は、児童公園で愛永が手紙を読んでいたと話していた。問題の恋文がそれか。

あとは粧子の目撃談通りになった。

学校帰りの子供たちがブランコで遊ぶ児童公園。一角の枯葉舞い落ちるベンチに愛永は座った。

手紙の封を切った。二枚の便箋を読み始めた。

太陽は西の雲に隠れる前に、今日最後の輝きを愛永に与えていた。紅葉の葉陰が斑模様となって、愛永に柔らかく落ちている。

三行ほど縦に文字を追い、愛永の表情が揺れた。それは笑顔だった。仕事場に押しかけてきた青年に見せた笑顔とは違う、花屋の主人に「ありがとう」と投げかけた笑顔とも違う、遼太郎の知らない、大袈裟に言えば未知なる妻の表情だった。

粧子が言っていた「恋文を読む女の顔」というのは、なるほどこういう顔だったのか、と遼太郎は納得しながらも、どんな男が愛永にそんな笑顔を与えたのだろう、と考えた。すなわち嫉妬だった。

愛永は二枚の便箋を二度読み、封筒にしまい、晩秋の色に囲まれたベンチでしばらく風を吸い込んでいた。

仕事と家事に追われた日常からゆるやかに精神だけを離脱させ、手紙の男を思い浮かべる安寧《あんねい》の境地でたゆたい、一種の自慰のように、今、妻は遊んでいるのだろうか……


親愛なる君へ。

やっぱり羽田でタクシーに乗った俺の方が、早く着いたね。

粧子はもうベッドで休んでいたので、書斎に閉じこもってこの手紙を書くことにしたんだけど、さっき窓から見た光景にちょっと驚いたよ。

タクシーから降りてきたのは、君だけでなく、遼太郎さんも一緒だったね。駅前で偶然会った訳じゃないだろ？　東京駅に行きたいと言ったのは、彼との待ち合わせの約束でもしてたからなのか……と、しばらく考え込んでしまった。

明日、家の前で「おはよう」と君や遼太郎さんと挨拶を交わす時、どんな顔をすべきなのか、俺は今から鏡で練習している。笑っちゃうだろ。

眠れないついでに、今日、沖縄で君が言ったことを思い出してみた。

君は言ったね。自分の心に燃え始める青くて静かな炎……それを大切にしたいって。

あの時は、俺はただ君を独占したくて頭に血が上っていたから、冷静に聞けなかった。

セックスという油を注ぎこみ、火傷しそうなほど燃え上がった真っ赤な炎は、すぐに消えてしまうと君は言った。だけど心にともる炎ならば違う。その通りかもしれないと、今、俺は思うよ。

だけど、だけどね、俺は君の小指に口づけをして、君の体温を唇で感じた時、俺はいつか、遥か遠いいつかでもいいから、君の全てを知りたいと思った。君も同じように思ってくれたから、ホテルの部屋を取ることに同意してくれたんだろ？

空港のアナウンスが聞こえるまでのあの数秒間、俺は幸せだった。こんなに早く君の全てを知ることができるっていう感動に震えた。

でも、運命は俺たちに味方してくれなかった。

俺たちは嵐のおさまった沖縄の空を突き抜けて、東京へ、俺たちの日常へ、帰ってきたんだね。

生命の象徴のような、真っ赤な熱帯の花が咲いていた断崖。君は「できれば自分の力で、いつか一面絨毯のように咲かせたい」と言っていたけど、点々と咲く花の赤と、広大な海の青、あの見事なコントラストだけで俺は充分だった。

あの崖を見つけることができて本当によかった。

それがどういう意味を持っているのか、君はハッキリとは教えてくれなかったけど、俺はこの旅に参加できて、君の力になれたことを嬉しく思っている。

あんな旅を、ついさっきまで南の島で経験してたなんて、信じられない。

明日から、主婦としての、妻としての君の日常が始まる。

夢のような今日の思い出に溺れることなく、俺も頑張って生活を始めてみるよ。

二階の明かりが今、消えたね。

おやすみ。草々。


予想通りのミートローフ、予想通りの味だった。遼太郎は「美味しい」と言い、愛永を「でしょう?」と得意がらせた。

食卓には十一本の薔薇があった。真紅とピンクに囲まれた白一本が、愛永の心の片隅でひそやかに咲く一つの感情なのだと、遼太郎は思えてならなかった。

デザートがあるのと言って愛永がキッチンに立った時、遼太郎は昨夜枕元に置いた週刊誌を取りに行く素振りで、二階に上がった。

寝室の片隅に、愛永のささやかな仕事空間がある。遼太郎が書斎を使っている時は、愛永はここで原稿を書く。

書き物机の足下に鎮座しているアンティークの箱こそ、手紙のありかだった。情熱がしまいこまれた場所。相手が航平だとはまだ確信できない。だから開けて確かめたい。相手の正体を知ると同時に、愛永の別の顔をもっと知りたい。

「コーヒーゼリーできたわよ、ねえ、どこにいるの？」

階下から愛永が呼びかけている。

「二階だよ！」

闇の底でいぶしたような輝きを放つ箱。遼太郎は飢えた眼差しで見下ろしたまま、大声で妻に返事をした。

寝室の窓からは隣家の明かりが見える。一階の明かりは、食後の団欒《だんらん》だろうか。それはどんな種類の安息なのか。航平は、粧子の心の片隅で咲いている一つの感情に気づいているだろうか、と遼太郎は考える。

粧子は俺を捨て切れていない。俺の自惚《うぬぼ》れか？　いや確かだ。腹の子供の父親が俺かもしれないと告白したのは、俺を繋ぎとめておきたかったからだ。俺の動揺を見て快感を覚えたことだろう。週刊誌の見出し風に言えば、妊婦の恋愛衝動ってやつか。

子供を腹にかかえた女が恋をしてはいけないという法律はない。悪女とも言い切れない。あの体育会系の男には想像もつかない女の内面世界だろう。

遼太郎は、妻に裏切られている航平の境遇を笑うことで、妻に裏切られているのではないかと思えてならない今の自分が、少し救われるような気がした。

　隣家は遼太郎が想像した通り、食後の団欒であり、夫婦が寄り添う安息の時だった。

「あなたは、幸せ？」

「……え？　よく聞こえなかった」

「幸せ？　結婚してから、今まで」

「何だよいきなり」

「何もかも嫌になって、飛び出したいって思うことは、ないの？」

「ないよ」

「結婚式の一時間前に、部屋に戻ってきたことを、後悔していない？」

「してないよ。どうしたんだよ一体」

「……いいのよ、別に」

「何が」

「浮気したかったから」

「いやあ、心の広い奥さんだなあ」

「………」

「浮気じゃなくてサ、本気だったら、どうするんだ?」

「……………」

「冗談だよ。言ってみただけ」

「いいのよそれでも。だってわたしには……やっぱり負い目があるから」

「その話はしない約束だろ」

「好きな人、いないの?」

「怒るぞ、いい加減にしないと」

「例えば……例えばよ。隣の愛永さんがあなたの奥さんだったら、あなたは幸せになれたと思う?」

「どうして愛永さんなんだよ」

「だから例えばよ。他の女の人、思いつかないから」

「…………」

「愛永さんと結婚したら、あなたも寝酒のカクテル、作ってもらう?」

「俺は焼酎のお湯割りで充分だよ」

「あなたも、お風呂上がりに奥さんと揃いのガウンを着る?」

「それ、お前の店に置いてあるヤツだろ?」

「そう。あなたがわたしのお店に買いに来るの」

「またお前と出逢っちゃうな。宇崎賞のタオルの時みたいに」

「そしたら、あなたと不倫しよっかな」

「お前は結婚してるのか？」

「してるしてる。男がほっとかない」

「例えば相手は……遼太郎さんか？」

「まあ、そこら辺で手を打つか」

「似合いの夫婦とは、言えないな」

「どっちが？」

「どっちも」

「やっぱり、わたしの方がいい？」

「全然いいよ」

「じゃキスして」

「…………」

「…………」

「……苦い」

「ビールを飲み過ぎた」

「……幸せ？」

「明日になれば、来年になれば、十年後になれば……俺たちはもっと幸せだよ」

「きっと？」

「ああ。きっと……」

5

「たった四段だろうが、恐がっててどうするんだよ！」

「だって恐いんだもん」

「こんなモンも跳べなくて、子供にどう教えるんだよ」

短大の体育館では、美緒一人だけの補習の実技が行われていた。跳び箱は四段。美緒は何度やろうとしても踏み切り板の手前で足が止まってしまうのだ。

「体育短大生がたったの跳び箱四段も跳べないんだもんな。お前が裏口入学だってことがやっと分かったよ」

「ひどいこと言うのね」

「井上教授に俺が笑われるんだから。恥かかせるなよ」

「見られてちゃ跳べないの」

「じゃ見ない。早く跳べ」と航平は自分で目隠しした。

「そうじゃなくて……あの人」

「え？」

外光でハイキーに潰れた体育館の入口に、長いコートの男が立っていた。達彦だった。

「……よお」

どういう用だか知らないが訪ねてきてくれた達彦に、航平は笑顔を投げかけた。「お前はそれ練習してろ」と美緒に言うと、入口へ歩いてゆく。

「どうした」

「……大した用事じゃないんだけど」

「何か相談か？　職探しか？　金か？　いくらだ言ってみろ」

「そんなんじゃないよ」

「分かった。レンアイの相談だろ」と航平が冗談のつもりで言ったら、

「まあな」と達彦は答えた。

「……え。恋愛なのか。まいったな。俺の経験なんて微々たるもんだしな。まっいいや。話してみろ」

兄貴風を吹かせる航平につられ、達彦の口が開いた。

「……年上の女でさ」

「相手いくつ」

「二十代後半。いい女だよ」

あんたの隣に住んでる人妻なんだ、とはまだ正直に言えない達彦だった。

「遊んでるくせに純情なんだよなお前。俺なんか遊んでなくて純情だから、いつだっけ、好きな女がいたんだけど、デートに誘う時どんな服装していいか分からなくてさ、思わずタキシードに花束で『これから納涼花火大会いきませんか?』って誘っちゃったよ」

達彦は吹き出した。後ろで美緒も笑った。

「ウケてんじゃないよお前。ちゃんと練習してろよ」

「もういいよ。相談する相手、間違えた」

「そういうこと言うなよ。力になるからさ俺。よくある手でいくか。俺が不良のアンちゃんをやって、その女にちょっかい出してる時にお前が助けに現われるっていう古典的な作戦だ。頑張ってヤな男やるから、まかせろ。へいへい姉ちゃん、俺と茶でもしないか、茶」

「もういいよ。帰るよ。あんたのつまんない冗談でも聞いて、気晴らしをしたかっただけだから」

航平がトレーナーをやっていた時は、いつもそんな冗談で達彦を笑わせていた。ドラフト三位ながら高卒ルーキーとしてはナンバーワン投手という触れこみに、達彦は自主トレの時からプレッシャーに苛《さいな》まれていた。

「いつでも来いよ。笑わせてやるよ」

「女は、自分で何とかする」

「頑張れ……」そこで航平は思いついた。「あっそうだ、明日友達と飲み会があるんだけどさ。お前も来ないか。年上の女のことなら、実際の年上の女に訊かないと」

「いいって」

「来いって。いるのはウチのカミさんと隣の夫婦だ。気さくな連中だから」

つまり愛永もいるということか。達彦は気持ちを動かされた。

「マッチもらったはずだ……あ、これこれ」

煙草の箱に挟んでおいた『海岸列車』の紙マッチを差し出した。「明日の夜七時から。必ず来いよ。待ってるから」

離れた後方から、渡されたそのマッチを見ていた美緒も、「お待ちしてますから」と言いそうになった。あたしが勤めている店だとは、航平はまだ知らないようだ。愛永さんの口からまだ聞いてないらしい。明日の夜、驚かせてやる。

達彦はマッチを受け取った。愛永の亭主を見てやりたかった。かなう相手なら戦ってやる。かなわない相手でも……戦ってやる。

今日の取材は深川の煎餅屋だった。老舗の店だが、五代目に代がかわってからは、店のショウウインドーの前に椅子とテーブルが設けられ、店で一枚三十五円の煎餅を焙《ほう》じ茶付きで食べられるようになった。

いつものようにサイちゃんが商品撮影をしている横で、愛永はぼりぼりと食べ、にこやかに感想を待っている主人に、心から感動の声で言う。

「醬油の染み具合というか、味がしっかりしてるんですよね。特にこういう醬油がムラになって焦げている部分なんか最高ですね」

手焼き独特の味わいだった。主人は「ありがとうございます」と何度も礼を言い、サイちゃんと二人分、土産まで持たせてくれた。

そこで愛永は気づいた。店の外に所在なさげに立ち、愛永の仕事が終わるのを待っていた女性に。

季里子だった。編集部で取材場所を聞いてきたのか、また遼太郎の不倫疑惑を逐一報告しそうな顔つきだった。

季里子はぺこりと頭を下げて、開けた扉からこちらを覗き込み、可哀そうなくらい済まなそうな顔で「後でちょっとお時間いただけますか」と言った。

明日までに原稿をあげることをサイちゃんに約束して、愛永は材木置き場の川べりに季里子を誘った。いただいた煎餅を食べながら語らうことにした。

風もない暖かな日和《ひより》で、川面《かわも》に乱反射する陽光が季里子の表情にユラユラした模様を作っている。揺れているのは顔の表面だけではなさそうだ。

「……あたし、会社を辞めようと思うんです」

「どうして」

「分かるでしょ」

「ウチの旦那さんのこと?」

「ふっ切れないんです。苦しいんです」

「………」

「このままだと、また結婚式の日のように、愛永さんに迷惑をかけてしまいそうだから」

傷痕は目を凝らさないと見えないほど、癒えた手首である。それでも季里子はしきりにさすっていた。「……仕事の帰りにお酒に誘われるだけで、それからの展開を果てしなく想像してしまうんです。肩すかし食らって、道に一人残される時の情けない気分といったら……」

この間なんか、結局スナックにまた戻って、店の子に慰められたという深夜一時だ。

「部長を思う気持ちをいい加減消さなきゃ消さなきゃと思うほど、消せない自分が哀れになって……」

「消さなくて、いいじゃない」

煎餅をひと齧《かじ》りしたと同時に発せられた愛永の言葉に、季里子は虚を突かれて「は？」と訊き返した。

「彼を思い続けてあげて」

「だって、それじゃ……」

「彼を今まで通り、愛してあげて」

季里子は愛永の真意を探るように見た。なるほどそういうことか。「……あたしのできることなんてタカが知れてるって思ってるんですか？」

だとしたら侮辱だ。

「そうじゃない。あなたの愛情は純粋だし、あなたの愛情のお陰でどれだけ仕事の上で遼太郎が助けられているかも知ってる」

「家庭が壊れることになっても、いいんですか？」

「壊れないように、あたし頑張るもの！」

晩秋の太陽へ大きく伸びをするように言い、煎餅をバリッと豪快に食べた。季里子はその元気さにアテられたように呆気に取られた。

愛永はそこで思いついた。「ねえ、明日の夜、何か予定入ってる?」

「予定なんて、ありません」

金曜の夜に予定があったら、愛永のところにこんな相談をしに来ない。

「あなたも遼太郎に連れてってもらったことがあるでしょ。聖蹟桜ケ丘の駅前の『海岸列車』……隣の御夫婦と飲み会をするの。もちろん遼太郎も一緒よ。来ない?」

「いいんですか、あたしが部長と会っても」

「いつだって会ってるじゃない」

「夫婦のノロケを見せつけられるのかな、あたし……」

「そうよ。掠奪愛《りやくだつ》は生半可な覚悟じゃできないってこと、分からせてあげる……冗談よ。そんな顔しないで。ただ楽しく飲むだけ。遼太郎にはあなたが来ることは内緒にしとこう」

「部長に叱られます」

「大丈夫よ、デュエット歌謡曲の歴史を二人でカラオケすれば、遼太郎の機嫌なんてすぐ直っちゃうから」

「………」

「来てね。待ってるから」

愛永の無邪気さは季里子の理解を超えていた。あなたのために部長から身を引きます、と言いに来たのに、どんどん恋して、と正妻の口から焚《た》き付けられたのだから。

季里子も煎餅を齧《かじ》ってみた。バリッと歯先で真っ二つに折れたそれは、飲み下すまでバリバリと、何度も騒々しく噛まなければならなかった。

『海岸列車』はすでにその夜の騒動を予感していたのか、七時を過ぎても他に客はいなかった。

遼太郎と愛永は皆が現われるまでカウンターで待ち、グラスの生ビールで口あけの客となっていた。例のつるんとした顔のマスターは、今夜は暇になると確信したようで隅のボックス席で税理士に出すための領収書整理をしている。

美緒は何やら張り切って、フレアミニのドレスだ。航平の結婚式に着て行った一張羅だった。

「食べるもん、どうしましょうか」

「適当に作って出してよ。人数は四人分」と遼太郎。

「もう一人ぐらい増えると思いますけど……」と美緒は思い出す。体育館にやってきた長身の青年は、先生と同じくらいに大食らいの体つきだった。

「もう一人か、二人ね」と付け加える愛永。季里子も数に入れる。

ドアが開いて「リン」とベルが鳴った。粧子の突き出た腹がまず現われた。一段低い戸口で転ばないようにと、後ろから支えているのは航平だ。

「女房の店じまい、手伝わされちゃって……」と十五分の遅刻を謝る航平は、カウンターの中の着飾った美緒に気づいた。

「何やってんだお前、こんな所で……あっそうか、アルバイト始めた店ってここだったのか！」

「一度、店の名前言ったんだけどな」

「忘れてたよ。昼間どうして言わなかったんだよ。あいつにマッチ渡して誘った時」

美緒はへへっと笑い、「まず生ビールでいい？　奥さんはジュースですね」と気を利かせた。

先生は幸せなのですか、と店で厳しい命題を突きつけた美緒も一緒かと思うと、粧子は何やら落ち着かない。今夜だけは人畜無害でいてほしいと願った。

「テーブルに移ろうか」

半円型のソファの奥に女二人が座り、周りを男二人、という構図で座った。

「もう一人来るんだ。ここら辺に座らせるかな」と、航平が女たちと向かい合うあたりにスペースを作っておいた。「……友達というか、弟みたいな奴なんだけど、年上の女に惚れてて相談に乗ってほしいって言うから、なら実際の年上女性陣にアドバイスしてもらうのがいいんじゃないかと思って、呼んだんだ」

「今夜は青少年恋愛相談室か」と遼太郎。嫌いじゃないが。

「実はあたしも一人、相談者をお迎えしようと思って」と愛永。

「誰」と遼太郎が訊いた時、ドアのベルが鳴った。おずおずと中を窺《うかが》いながら季里子が現われた。

「こっちこっち!」と愛永が呼ぶ。

ホッとした笑顔になった季里子は、遼太郎に「おいおい」と睨《にら》まれると途端に萎縮した。

「あなたから紹介してよ」と愛永に促されたので、

「会社の部下」と遼太郎は仏頂面で一言。

「一枝季里子といいます。遼太郎さんの女房役です」と季里子は勝手に自己紹介して、遼太郎の横に「失礼します」と座り込んだ。

「ただの役だから。ただの脇役。端役《はやく》」と、航平と粧子に誤解されないように言う遼太郎は、

「来るなら来るで、どうして昼間言わなかったんだよ」と部下を叱りつけた。

「驚かそうと思って」

「三杯以上飲むなよ。会社命令だと思え」

「はい」と季里子は殊勝な顔をして返事したが、実は確信犯として酔うつもりだった。

遼太郎にとって今夜の飲み会は、生態観察がテーマだった。密室に閉じ込めた愛永と航平がどんな眼差しを交わすのか。だから隣の季里子のような存在は邪魔だ。

またドアのベルが鳴った。

「おー来たか来たか！」と航平が手招きする。体を折ってドアをくぐってきたのは達彦だった。「いらっしゃい」とカウンターの中から美緒が微笑んで声をかけた。同い年としての連体感だ。

達彦の姿を見るなり、愛永の表情が一瞬曇った。

「えーと紹介します。まだ一年ちょっとの付き合いなんだけど、一時期、苦楽を共にした……まあ俺の弟みたいな、藤田達彦君」

達彦は初対面の人間たちにペコリと挨拶した。こいつが愛永の亭主か、という目で遼太郎を見た目は鋭かった。

「隣の御主人の鴻野さん。それに鴻野さんの会社の部下の……何てお名前でしたっけ」

「一枝です」

「一枝さん。そしてこっちの女性が鴻野さんの奥さん」

愛永と達彦はどんな挨拶をしていいのか、分からなかった。

「……あれ、知ってるの？」

と二人の妙な雰囲気を感じた航平は、まさか、と思い当たった。達彦が惚れたという年上の女とは、まさか、愛永なのか？

遼太郎も粧子も、同様に悟ったようだ。

愛永は皆を見回して正直に言った。「この間、彼に好きですって面と向かって言われたの」

「言ったんです俺。愛してるって」と達彦は開き直っている。

「馴れ初めは？」と粧子が遼太郎の顔色を面白そうに探りながら、達彦に訊いた。

「殴られたんです、彼女に」

「殴ったの、あたしが」と、愛永もこうなったら開き直った。

「痛かったか？」と、遼太郎が睨みつけるように達彦に尋ねた。

「痛かったですよ、真剣に惚れるほど」と対抗意識剝きだしに達彦は答えた。

「もっと痛くしてやろうか」と、遼太郎が冗談とも本気ともつかない声音で言ったら、空気が張り詰めた。航平は持ち前の陽性ぶりでこの場を笑いにくるんで収めようとした。

「まあまあ遼太郎さん、私がかわりに殴っておきますから」と、ポカッと達彦の頭を叩いてこう言った。

「どうだ、俺に惚れるぐらい痛いか？」

季里子が「あはは」と最初に笑って潤滑油となり、何とか座は持ち直した。

航平の暴力にはいくらか本気があった。お前が愛永に惚れてるだと、遼太郎さん以上に俺が困るんだよそれじゃ。

美緒が「お待たせえ!」と全員の飲み物とオードブルの盛り合わせを運んできた。自分用のグラスを持って、近くの席に座り込んでしまう。

「勝手に参加するなコラ。第一それビールだろ。未成年だろお前」と航平が教育者として注意する。

「ノンアルコール」

「嘘つけ。単位やんないぞお前」

こうして、幾重にも複雑に視線が絡まる中で飲み会が始まった。

愛永と航平。粧子と遼太郎。二つの秘密の関係を軸にして、愛永と航平の距離感を観察する遼太郎がここにいる。

隣の季里子は、遼太郎に熱い眼差しを投げかけながら四杯目の水割りへと進もうとしている。

達彦は愛永を見つめ、隙あらば遼太郎から奪い取るような目をしているし、美緒は航平と愛永の秘めたる関係を気にしながら、道化役に徹する航平を切なく見つめている。

唯一の救いは、季里子が粧子の素性には気づいていないことだった。山田と名乗って遼太郎宛に電話をかけてきた女が、目の前の妊娠後期の女とは季里子は夢にも思わなかった。

数々の秘めた思いが交錯する中で、彼らは今年のプロ野球やオウム事件のその後とか、世間話に花を咲かせた。

日本シリーズでホームランを連発された投手の欠点について航平に説明するように命じられた達彦が、渋々ながら投球フォームを実演していた時、座の均衡が一つの叫びによって崩れた。

「私、部長が好きなんです！」

遼太郎がよくあるギャグのようにビールを吹き出しそうになった。達彦の投球動作も止まり、一同ポカンとした顔で季里子を見返した。

「鴻野遼太郎さんが、好きなんだもん」

だもん、という口の形が少女のそれのように蕾《つぼみ》となった。五杯目の水割りが季里子に赤い声を吐かせていた。いつもの危ない酔い方だった。

「よせよお前。女房の前で」と遼太郎が呆れる。

「愛永さんには通告済みです」

「そうなの。もう何度も聞かされてる」と愛永が苦笑している。

「どういう関係なんだ、お前ら」と、遼太郎が二人の女を見比べている。粧子に目を転ずると、あなたって相変わらずなのね、という顔をしていた。

「最初に愛永さんに言ったのは、結婚式の日でした。あたしホテルの部屋に押しかけて言ったんです。部長をあたしに返してって」

季里子はとどまるところを知らない。愛永は「季里子さん……」と止めようとした。あの事まで喋ってしまいそうだったから。

「私、愛永さんの前で手首を切ったんです！」

止められなかった。座はさすがに重く静まりかえった。あちらで領収書整理をしていたマスターも耳を傾け始めた。

「……本当か？」と遼太郎が愛永に訊く。愛永は溜め息まじりに頷いた。

「どうして言わなかったんだ」

「あたしと季里子さんの問題だから」

航平はすでに聞かされていることだった。愛永にとっては衝撃的な結婚三時間前の出来事で、だから俺と知り合うことになったのだ、同じように結婚に絶望していた俺と……

季里子は胸から噴きこぼれた感情を皆へとさらけ出した。

「……愛永さんは私に付き添って病院にまで一緒に行ってくれました。最後まで介抱してくれたんです。披露宴に出席した会社の同僚から、ウェディングドレスの愛永さんは輝くばかりの笑顔だったと後で聞いて、私涙が出ました……仕事中、愛永さんから電話があって、私が受け取って部長に取り次ぐ時、私はいつも心の中で謝ってました。私のした事を許して下さい。幸せになって下さいって……愛永さんはそのうち、あたしの恋の相談役になってくれました。そして昨日です、部長が好きだからもう会社を辞めたいって言ったら、無理に忘れようとしないで、変わらず遼太郎さんを愛してやってって愛永さん言うんです。凄いこと言う人だなあって思って、かなわないなあって思って、愛永さんってひょっとしたら恐い人なのかもしれないって思ったけど、こういうことを策略じゃなく言えるような女性に私もなりたいなあって……なれそうにないですね、私は。で、せっかく愛永さんからお誘いを受けたので、今日は皆さんと同席させていただきました。全部懺悔《ざんげ》するためにやって参りました。すいません、部長のことがまだ好きです。以上です。御清聴ありがとうございました」

と最後は変な紋切型になった。感情を残らず吐き出したら、体が振り子のように揺れていた。

この沈黙は、もう航平の手に負えなかった。道化師もこの状態をどうしていいか分からない。底なしの淀みに入ってしまったかのような座を救ったのは、愛永の言葉だった。

「……季里子さんにしてみれば、妻のあたしにそんなこと言われたくないって思うかもしれないけど」

と前置きして、季里子にだけでなく、皆を見回しながら語り始めた。

「愛する人がいたら、その人に触れてもらいたい、抱いてもらいたいって思うわよね。そういう恋をしたから遼太郎さんと結婚ができたんだから……だけど、触れ合えなくても、抱き合えなくても、相手の幸せだけを祈る恋もあるんじゃないかな。だって、誰かを裏切るようなセックスって、結局は、自分の命に傷をつけてしまうもの」

体験的な実感でそう言った後、遼太郎を見て、

「あたしの恋愛体験を話してもいい？　あなたにもまだ教えていない事だけど」と許しを求めた。

「いいよ。俺も聞きたい」と遼太郎は鷹揚《おうよう》に言った。

「二十一の時だった……」

ひそやかな関係を続けている航平にも、一方的な情熱を投げつけてくる達彦にも、聞いてほしい昔話だった。

「失恋したの。相手の男性には婚約者がいた。自分の野心を秤《はかり》にかけたら、決して捨てられない婚約者だった。いつかはあたしが捨てられるってことは付き合い始めた頃から分かってた。万に一つの幸福を祈ったけど、やっぱり駄目だった……別れた後、あたしはデパートで、

その人と同じサイズのセーターを買った。黒のカシミヤ。このサイズのセーターをぴったり着られる男性を探したの。我ながら不気味だった。身近にちょっと素敵な男性を見つけると、あたしは頭の中でその人にセーターをあてがってサイズが合うかどうか検討した。お酒に誘われた時、実際にそのセーターを持っていって、飲んでる途中にいきなり袋から取り出して『ねえコレ着てみて』って肩幅に当てたこともある。俺にプレゼントしてくれるのかって、その男性は勘違いをした。サイズが合わないと分かると、あたしはがっかりしてすぐにセーターをしまってしまった。変な女だと思われたろうな……そんな後遺症から抜け出せるまで一年かかったの。全身全霊で溺れる恋なんてもう懲《こ》り懲《ご》りだった。遼太郎さんと出会った時も、あたしは怯《おび》えていた」

「そうは見えなかったな」

「見えなかっただけ。ビクビクしてたのよ」

「お前からプロポーズしたんだぞ」

「裏切られるのが恐かったから、切り札は最初から切ることにしたの」

この夫婦の会話は、粧子を嫉妬させていた。親指の爪の端を噛むのはそういう時の癖だった。

「俺とは、触れ合えなくてもいい、抱き合えなくてもいいって恋じゃなかったけど」と遼太郎は面白がって言う。銀座のバーで出逢ってから初めて抱くまで、遼太郎にしては時間のかかった方だったが。

「そうね」

と微苦笑で答える愛永は、航平へ視線を泳がせた。そういう種類の恋を知ったのは、あなたと出逢ったからよ。コンマ何秒か見つめ合った時、航平へ語りかけていた。遼太郎が見逃してしまうほどの瞬時の眼差しだった。

「心で燃える炎は、どちらかが先にこの世を去っても、簡単に消えはしないの」

愛永は毅然と言った。

「相手が死んでもってこと?」と美緒が訊いた。

「自分が先に死んでもね」

愛永は真理のように言った。心に巣くうある不安感を嚙み殺したことを、悟られないようにして。

心で燃える恋が許されるのだとしたら、美緒だって季里子のように酔いにまかせて叫びたかった。航平が好きだと。しかし美緒が飲んでいたのは本当にノンアルコールだったし、航平の妻が「ありがとう、いつまでも航平を愛し続けてね」と愛永のような余裕で答えてくれるのかどうか分からなかったから、言えなかった。

心の炎とは、どんな色をしているのか。

航平はすでに知りつつあった。

遼太郎には想像つかなかった。妻の恋人は、妻が心で思うだけの男なのか。それは夫として安心すべきことなのか、それとも体ではなく心だから事態は深刻なのか、分からなかった。

粧子はどんな色か知りたかった。子供が生まれた後、遼太郎との未来にはその炎しか許されないのだとしたら。

達彦は心にそんな炎をともせるほど大人ではなかった。今はただ、愛永の言葉についてゆけない自分の幼さを痛感していた。

愛永の言葉に涙をこぼしていたのは季里子だった。自分の告白の重さにようやく気づいたような涙でもあった。

愛永が主役になってしまった、今夜の飲み会であった。

6

親愛なるあなたへ。

演説してしまいました。今思い返すと、顔から火が出る思いです。二十一歳の時の躓《つま》きについては、夫の遼太郎にも話したことがなかったのに、季里子さんを慰めるにはあの事を話すしかないという一心で、みんなの前でさらけ出してしまいました。

でも、恥ずかしさはお店を出てから、みんなが消してくれました。

夜の公園でバスケットをしましたね。破れたゴールネットに向かって、誰かが置き忘れたボールを奪い合うようにして投げましたね。みんな酔っ払っているのに、宇崎家vs.鴻野家の試合になってしまいましたね。

美緒ちゃんと達彦君は呆れてモノが言えないという風で、離れたところで見物していました。粧子さんは身重なので、あなたが一人で頑張って、私と遼太郎のディフェンスを突破してシュートをします。季里子さんは学生時代にバスケット部に在籍していたと豪語して、審判を買って出ました。さすがにルールにうるさくて、ダブルドリブルとか、ホールディングとか、チェックが細かいので、遼太郎は興醒めして「うるさいよお前、誰がお前に審判を頼んだよ」といつもの憎まれ口を叩きます。でも季里子さんはひるみません。「審判侮辱罪。ペナルティ」とか言っちゃって、手をくるくる回して教育的指導です。

「変な夫婦たち」と、美緒ちゃんは馬鹿にしてたでしょうね。達彦君も「変な大人たち」と鼻で笑っていたでしょう。遠くから見ると、若者二人は何だかお似合いのカップルでした。彼等自身がそれに気づくまで、もう少し時間がかかるでしょうね。

バスケットで汗を流したせいでしょうか、家に帰りつく頃には酔いは醒めていましたね。

「ねえ、今度の週末に四人で小旅行でもしない？」と粧子さんが言い出した時には、大丈夫かなあって心配になりました。だって、もうすぐ出産予定日じゃないですか。

なのにウチの遼太郎ったら、「北軽井沢に会社の保養所があるんだ」などと提案したりして早くもノリ気です。私も一度行ったことがあるけど、保養所といっても、山奥にある古い別荘なんです。まるで陸の孤島ですよ。確かに今頃の季節なら紅葉の景色が見事でしょうが、粧子さん、本当に大丈夫なんですか？

後で遼太郎にもそう言ったのですが、「大丈夫、大丈夫、いざとなればお前がいるから」なんて言うんですよ。そりゃ看護婦経験はあるけど、出産に立ち会ったことなんてないんです私は。

あんなに飲んだのに、「眠れそうにないから」と、遼太郎が私にソルティ・ドッグをねだります。ちゃんとグラスの縁に塩をまぶすスノー・スタイルにしてあげました。

「お前も何か作れば」と言うから、今の気分で一杯作りました。

ちょうどパイナップル・ジュースを買っておいたので、アラウンド・ザ・ワールドが出来ました。ジン・ベースにグリーン・ペパーミントを効かせた爽やかな風味のカクテルです。

『あなたを求めて世界を旅していた。あなたを知った今は、あなたに全世界を感じる……』というオールディーズにもなったカクテルです。

あなたを思い浮かべて作ったのです。だけど飲むのは私。あなたの分までゆっくり味わいました。

寝室に上がって窓の外を見ると、あなたの姿が庭に見えたので驚きました。庭に出て、芝生に座り込んで、缶ビールを飲んでいるあなたの後ろ姿が眼下に見えました。

「航平さんも眠れないんだな。とんだ夜だったもんな」と言って、遼太郎は先にベッドに入りました。あなたの姿をあまり見つめていては遼太郎に悟られそうなので、私はカーテンを引きました。

半円の月は、何かを受けるような盃の形をしていましたね。あれを受け月と言うのでしょうか。ベッドで横になりながら、カーテンの隙間から差し込む青く淡い光をしばらく見つめていました。あなたも同じ光を見上げているのだと思って。

だんだん目蓋が重くなってきて、月明かりの中でフワフワと漂うように睡魔が襲う頃、あなたの家の玄関が閉まる音が聞こえました。あなたが家に入ったのだなと思って、私は安心して眠りにつきました。

今朝、黄色いハンカチを干しました。

出勤するあなたが遼太郎と並んでバス停へと歩き出しながら、ベランダを見上げたのが分かりました。

学校の帰りに私書箱に寄って下さいね。

粧子さんの産婦人科の健診にこれからお付き合いします。先生が「旅行なんてよした方がいい」と言うようなら、私が責任持ってやめさせますからね。

では良い一日を。かしこ。

追伸。

昨夜の席をお茶目にひっかき回した季里子さんが、さっき詫びの電話をよこしました。遼太郎に叱られたそうです。でも、覚えているのは遼太郎にクルクルと『教育的指導』をしたことだけだそうです。笑ってしまいました。

親愛なる君へ。

朝、黄色いハンカチを見たよ。君の手紙を受け取る時に、この手紙を私書箱に置いていこうと思って、ゼミの合間に書いている。

達彦が好きな年上の女性が君だったと知って、昨夜は焦ったな。

今日も達彦が学校にフラッと現われたんだ。俺より先にマット実技の片付けをしていた美緒と出くわしたらしく、しばらく二人で何か話していたようだ。

後で美緒に聞いたところ、あいつは俺と君の関係については伏せながらも、「愛永さんなら諦めた方がいいよ」と忠告したそうだ。

「どうしてお宅にそんなこと言われなきゃいけないんだよ」とムッとした達彦に、美緒はこう言った。

「あたしもあんたと似たような立場だから、諦めなきゃいけないことは分かりすぎるほど分かるの」

「……航平に惚れてんのか」

「愛永さんの言う、心で燃やす炎よ」

「きれい事だよ、そんなの」

若者二人の会話はこういう感じだったらしい。

俺は達彦を捕まえて言った。「前から話しておきたかった事があるんだ。お前の将来のことだ」

「俺の将来？」

プロ野球界を追われた今となっては、将来なんて言葉は達彦にとって、絵に描いた餅に聞こえるらしい。

「体育大を受験してみないか。お前なら、将来いいトレーナーになれると思うんだ。何より、スポーツ選手の辛さをよく分かってるからな」

まだ十九歳、いくらだって人生のやり直しはできる。

「昨夜奢《おご》ってもらったから昼飯でも一緒にどうかと思ったけど……そんな話を聞かされるとはな」と、失笑してあいつは去って行く。

「考えてみてくれよ、なっ」

あいつの胸に俺の声は届いたのか、自信はないけど……もし君の所にあいつが会いに行くようなら、君の方からも勧めてほしい。いや、駄目か。それでは君と俺が通じ合ってることがバレてしまう。

俺が説得してみせるよ。

さっき粧子から電話があった。

君に付き合ってもらって産婦人科の健診に行ったそうだね。赤ん坊は順調に育ってるそうだけど、医者も旅行には「うーん」と賛成しかねたそうだね。何かの拍子に破水したら大変なことになる。もちろん軽井沢にも病院はあるだろうけど。

粧子は君を頼り切っていた。看護婦経験のある友達がいますから大丈夫ですって先生に言ったそうだ。頼りにされても迷惑だよね。助産婦の経験もあるって言ってたっけ？

赤ん坊が生まれて子育てが始まったら旅行どころじゃなくなるから、楽しめることは今のうちにやっておきたい……という粧子の考えも分からない訳じゃない。

仕方ない、これからレンタカー屋に電話してワゴン車を予約しておくよ。もしもの事があっても車の中で横になれる方がいいだろ、大きめのやつを頼んでくるよ。

君にも旅行中は何かと気を遣わせてしまうと思うけど、よろしく頼むよ。

では良い午後を。草々。

追伸。

君とまた旅行できることが、俺はやっぱり嬉しい。粧子や遼太郎さんが一緒にいたとしてもだ。楽しい一泊旅行にしよう。

航平が合鍵で私書箱を開け、愛永の手紙と交換するように自分の手紙を落とした頃——

達彦は三人の男の鉄拳を頰に受けていた。

短大で航平から「将来について」説教された帰りである。先月三万円と一緒に「いつでも電話して」と番号の書いたメモを達彦に渡した人妻がこの辺りに住んでいるのを思い出し、電話してみた。

女は達彦の電話を待っていたようだ。甲高《かんだか》く上気したような声で、国立の駅前で待っていてほしいと言った。

現われたのは女でなく、車から降り立った四人の男だった。そのうちの前頭部の禿上《はげ》がった男が「話がある」と言い、他の三人が達彦を車に押し込み、人気のない自然公園へ連れていった。

最後まで手を汚さなかった禿の男は、女の亭主だった。三人の男たちは亭主の部下たちか。バブルの恩恵を一身に受けたような女の身なりを思い返せば、亭主がヤクザまがいの商売をしていることは察しがついた。浮気がバレた女も、さっきの電話の後で殴られたのだろうか。四十女の肌は、なかなか青痣《あざ》を消せないだろう。

「ここがイカレて、野球ができなくなったらしいな」

と、男の一人が達彦の太腿《ふともも》の内側を踏みつけた。

「悲運のルーキーか？　そういう泣き言で、何人の女をコマしてきやがった、え？」

達彦は枯葉に横たわり、土を舐めた。この苦痛。この屈辱。人生のやり直し、という航平の言葉が耳の奥で蜂のようにブンブン唸っていた。男の靴底が鼻を蹴りつけた。鉄の味が顔全体に広がった。

手を汚さない亭主が近寄ってきて、達彦の顔に唾を飛ばしながら言った。

「今まで女房がお前に与えたものは、くれてやる。ただし二度と会うな。いいな」

誰が好きこのんで、あんなだぶついた体の女に会いたがる。

去って行く男たちに、達彦は枯葉のベッドから発音の定かでない声で毒づいた。「俺も、お宅らも、体でしか女を愛せないから……こうなるんだ」

男たちは一旦振り返ったが、達彦の言葉を理解できた者はいなかった。

達彦は口の中をかき回して折れた犬歯を吐き出す。いや、俺は誰も愛してこなかった。女たちはマスターベーションの道具に過ぎなかった。誰でもいいから女の体に向かって排泄していたのだ。愛って何だ。心の炎って、確か愛永は言ったよな……

取材アンケートの束と一緒に航平の手紙を受け取った愛永は、公園で読む前に、明後日の小旅行に備えて買い出しをしておこうと思った。

粧子に押し切られる形で旅行に行くことになった。車の揺れは妊娠後期の女性には毒だと思うので、揺れの少ない車をどこかで借りるように遼太郎に今夜言っておかなければ。ひょっとしたら航平の方で、もう調達済みかもしれないが。

バーベキュー用の網だけを買っておこう。男たちが石を組んで、火を熾《おこ》してくれるだろう。肉とソーセージ。缶ビールは二ダースで足りるだろうか。

夕飯の買物で慌ただしく人々が行き交う商店街の道に、愛永は異物の影を見た。主婦や子供たちがシャッターのように遮る彼方に、土と血を唇の端にこびり付かせた達彦が突っ立っていた。

愛永との距離は二十メートルぐらい。達彦の方から近寄ることはしない。愛永が「どうしたの」と問いかける眼差しで一歩近寄った。すると達彦は一歩退いた。

今、愛永の口から慰めといたわりの声を聞いたら自分は駄目になる。そんな風に不器用に自分を戒めている達彦だった。

誰かに殴られ、傷つき、それでも愛永の姿を一目見たくて彷徨《さまよ》っていたような顔に、やがて、涙まじりの微笑みが浮かんだ。涙は汚れた頰を洗うほどではなかったが、達彦の瞳にしがみつくように浮かんでいた。

夕暮れに近い弱い残光が、照らす者の背中を選ぶように当たり、達彦の輪郭は淡く黄金色に縁取られていた。暗いトンネルをたった今抜け出してきたような達彦の微笑だった。

何があったのか。何をあたしに伝えようとしているのか。愛永は教えてほしいと思う。

達彦は背を向けた。結局、一言も語らずに愛永の前から去って行く。体の愛ではない愛を、

俺だって選ぶことができるんだ。だから見ていてくれ。

青年は愛永から遠ざかることで、未来へ一歩、踏み出していた。

7

関越自動車道を前橋で下り、国道18号を西へ走る頃になると、前夜の大雨がこの地方に与えた爪痕をそこかしこで見ることができた。

季節外れの集中豪雨だった。川はまだ砂色の奔流で、道では雨に流された枯葉が側溝の排水口を塞いでいた。風も凄かったようだ。屋根の瓦を補修している家があった。

この分だと山の紅葉も裸の樹になっているかもしれない。しかし旅行当日に十一月の嵐に巻き込まれなかっただけ幸運と思わねば。

航平と遼太郎が交代で運転し、粧子は後部座席にたっぷりスペースを取って楽な姿勢で座っていた。寄り添う愛永はすでに付き添い看護婦に見える。

町を抜けるに従って高度が高くなっていることは、窓から流れ込む外気で分かった。東京では吸えないきりりと澄んだ空気だった。

北軽井沢の紅葉はそれでも健在だった。前夜の雨をたっぷり吸収したのか、雲一つない空から降り注ぐ太陽で、一葉一葉に重量感の感じられる色合いで山を飾っていた。

別荘の管理事務所で鍵を受け取って、未舗装の道路に入った。山肌を縫って流れ落ちる雨水がまだ道端を流れている。別荘地から外れ、人家の気配は見当たらない。なるほど陸の孤島だ。

針葉樹の森を抜けたあたりに、遼太郎の会社の保養所があった。丸太の柱で組まれた二階建てのコテージだった。築二十年はたっている。『グッド・プライス』の倉重社長が、愛人とお忍び旅行で使っていた別荘という噂は本当かもしれない。

『グッド・プライス保養所』の立て札を越えたところでワゴン車を止めた。

「夜が楽しみ、星が綺麗だろうなあ！」と、重い腹を抱えるようにして降りた粧子が、最初に元気な声を上げた。

愛永がコテージの入口に通じる階段を上がって鍵を開け、男たちが食料品やバーベキューセットを運んだ。

「暗いな、電気どこだろ」と重い荷物を抱えこんでいる航平のために、粧子が勝手知ったるように「ここよ」と点《つ》けてやった。

夏に同僚の家族が使って以来だが、管理事務所の人間が月に一度は掃除にきてくれるらしく、塵《ちり》一つ落ちていない。暖炉のあるリビングは、外のテラスへ通じている。所々木が腐りかけているテラスなので、用心しなければいけない。今夜のバーベキューはテラスを下りたところの裏庭でやろう。ちょうど彼方の山脈《やまなみ》に落日を見ることができる。

部屋は二階を含めて四部屋ある。粧子だけは早々に寝かすとして、あとの三人は朝まで飲み明かすだろう。何ならリビングで雑魚寝《ざこね》したっていい。

コンセントを入れた冷蔵庫にビールを放り込んだ時、電話が鳴った。遼太郎が取った。さっき鍵を渡してくれた管理事務所の老人からだった。

「……そうですか。それはちょっと心配ですね……買い出しは全部終わってますから大丈夫です。分かりました。朝までは町に下りられないということですね」

遼太郎の会話に、他の三人が何事だろうという顔。

電話を切って皆に伝えた。「さっき通ってきた道で山崩れがあったんだってさ。道が埋るほどじゃないらしいんだけど、念のため、明日まで通行止めだそうだ」

「文字通り、陸の孤島ね」と愛永。みんなの心配の種は粧子だった。

「大丈夫よお。まだこの子はわたしのお腹から出たくないって言ってるから」と、粧子は三人の注目を浴びて胸を張った。いや、腹を突き出した。

白樺林を斜めに西日が切り取り、陽の色がその木肌で照り映える頃、焚き火の煙は黄昏の空へ舞い上がった。

遼太郎が塩胡椒した牛肉を焼き、ソーセージを焼いた。軍手をはめた航平は『林間学校指導要綱』にのっとって飯盒《はんごう》で飯を炊いている。あとは裏返しにして蒸らすだけである。ピクニックテーブルに、女たちがサラダを運んでいる。粧子がプチトマトをつまみ食いした。「この子が欲しがるんだもん」と腹の子に罪を着せていた。

実際バーベキューが始まると、四人とも食らいつくような食欲だった。ステーキが追いつかない。粧子は二人分としても、愛永の細い体のどこにそれだけの肉が入るのかと、航平は半ば呆れていた。

満腹になった頃、太陽が最後の片鱗《へんりん》を山に隠した。あとは残照だけが西の空を飾っている。一番星を粧子が発見した。東京で見るよりやはりそれは輝かしく自己主張している。鳥が啼《な》いた。編隊を組んだ群れが、陰影が際立ち始めた夕暮れの空を横切っていく。ああ、こんな夕焼けを子供の頃、心細く眺めていたっけ。共通する郷愁に四人は声もなく浸っていた。皆は今、揃って西の空へ椅子を向け座っている。航平と遼太郎の手元には缶ビールの残りがある。

「夜が、落ちてきたね」

粧子が寂しさに耐えかねたように言葉にした。

「本当ね……夜って落ちてくるものなのね」

愛永も、残照が縁取る山の端《は》が次第に闇に支配されてゆく様《さま》に感嘆した。

「寒くなってきたな」と遼太郎。

「中に入ろうか、粧子」と航平が妻を促した。

「もうちょっと……」と、粧子はこの夕暮れの最後を惜しんだ。遼太郎の姿を目の端に捉えながら、自分と彼が闇に沈んでいくようなこの感覚をもう少し楽しんでいたかったのだ。

あなた、覚えてる?

心で語りかけた相手は、隣に寄り添う航平ではなかった。かつて同じ場所でお互いの血を炎のようにたぎらせた遼太郎である。

粧子にとって、この保養所は初めてではなかった。真冬の銀座で粧子と再会した遼太郎が、「お前を奪いたい」と言って連れてきた場所がここだった。東京から車を飛ばして三時間。夜中に管理事務所の戸を叩いて、遼太郎が鍵をもらってきた。それぞれに婚約している二人が、目先の熱に取り憑かれた夜だった。

さっきコテージに着いた時に電気のスイッチをすぐに探り当てたことを、航平はおかしいと思わなかったのか。

凍りつくような軽井沢。抱かれたのは二階のベッドだ。

つまり、ここで子供が宿ったのかもしれないのだ。もうすぐ生まれようとしているこの子は、この地で最初の命となったのかもしれない。もし航平の子だと分かればただの思い込みになろうが。

旅行に行きたいと言ったら、遼太郎が北軽井沢の保養所はどうかと提案した。ああ、この人は何て残酷なゲームをする人なんだろうと思ったけど、子供が宿った可能性のある場所で産気づいたらこれほど運命的なことはないと、心のどこかでそういう事態を期待している自分の方が、もっと航平に対して残酷だった。

できれば今夜、ここで産みたい。

みるみると星々が点在し始めた夜空を仰ぎながら、粧子は探るようにして手を伸ばし、航平の手を握った。

この夫の子供だとしても、ここで産みたい。

「さあ、もう入ろう」

遼太郎が立ち上がった。くすぶっている火元に水をかけ、後片付けを始めた。

「行こう、粧子さん」

愛永に支えられて、やっと立ち上がった。愛永の言った心の炎はこんなに激しい色をしているのだろうか……と、自分の体の隅々にまでゆき渡っている血の熱さを確かめていた。

夜は愛永の独壇場となる。

東京からカクテル道具とグラス、何種類かのリキュールを持ち込んで、夜のコテージはバー・スペースになった。

粧子にはアルコール度数の弱いカクテルを作った。グラスに冷やしたピーチネクターを注ぎ、グレナデン・シロップで爽やかな赤みをつけ、スパークリング・ワインを加えてバースプーンで軽くステアした。イタリアで生まれたベリーニというカクテルである。

「美味しい。何杯でも飲めそう」と粧子は、くいっくいっとグラスを傾け飲んでいる。

「おいおい、腹の子が酔っ払うぞ」と航平がグラスを取り上げた。

「では、男性陣には……」と愛永はマジシャンのように腕まくりした。取り出したるはサンブーカというリキュールの瓶。そしてコーヒー豆。

「何ができるのか、楽しみだな」と航平が期待した。

「サンブーカ・コン・モスカだろ」と遼太郎が言い当てた。イタ飯ブームと言われたバブルの頃、イタリアン・レストランに行ってこのカクテルを知っているのは本物の遊び人だった。

愛永はリキュールグラスにハーブの香りのするサンブーカをなみなみと注ぎ、三粒のコーヒー豆を浮かべてカクテルの由来を語る。

「モスカっていうのは蠅《はえ》の意味なの。アメリカ名ではサンブーカ・ウィズ・フライ。不気味なネーミングよね。このコーヒー豆を蠅に見立てているらしいんだけど……別のレシピ集では、コーヒー豆を三粒入れるのは幸運のしるしって書いてある。そっちの方を信じたいな。じゃ、始めるわね。あなた電気消して」

愛永はノズル式の電子ライターを着火、遼太郎が部屋の電気を消した。

ライターの火をグラスの表面に近づけると、淡く青い炎が上がった。

「きれい……」と粧子が見とれた。

幸運の象徴であるコーヒー豆が炎の中でいぶされ、サンブーカの上をたゆたっていた。

愛永が言っていた炎の色とはこれではないのか。湖にたちこめる青い霧のような炎は、優雅であり、イタリアの厳粛な祭儀を思わせた。

航平は、この炎がいつまで自分の心で燃え続けてくれるのだろうと思った。

遼太郎は、この炎を心に灯し続ける辛さを思い、粧子は、この炎をいつか自分の手で消さなければならないのだと思った。

「さあ、そろそろ飲み頃かな……」と愛永が皿でグラスを覆って炎を消した。部屋は青い闇からフェードアウトするように本物の闇になった。

「早く電気つけて」

なかなか立ち上がろうとしない遼太郎を、愛永が促した。

「ああ……」

遼太郎が電気のスイッチをひねりに行くまで、四人の思いが闇に凝縮しているような息苦しさがあった。遼太郎は壁のスイッチを探している。

「こういう付き合いも、もうすぐ終わりね……」

粧子の声だった。黒い鉛のような闇が人の声で喋ったような感覚だった。

遼太郎がスイッチを探り当てて部屋が明るくなると、三人は粧子を真っ先に注目した。

どういう意味？　という三人の眼差しに、「引っ越すかもしれないから」

と粧子は答えた。そして航平に「ねっ」と同意を求めた。

「俺、初めて聞くぞ」と航平は少々面食らっている。

「子育てにお金がかかるでしょ。もう少し安い所に住まないと……」と粧子は経済的なことを理由にした。

生まれてくる子供の父親が遼太郎であっても、航平であっても、粧子は遼太郎と離れなければならないと思っている。その決心を暗に伝えられた遼太郎は、サンブーカのコーヒー豆を嚙み、飲み下した。

「寂しくなるわね……」と愛永が言う。航平との文通を続けることができても、遠くに住むようになっては私書箱から足が遠退《とお》のくだろう。それならそれでいい。沖縄の日帰り旅行では二人の自制が利かなくなったではないか。これ以上、自分たちの関係を発展させてはならない……

「そうだな。子供が生まれたら、新しい家を探そう」

迷いを噛み砕くように航平が言った。愛永との関係は距離には関係ないと言い切れるから、そう言えた。

「わたしたち夫婦は、子供ができたら、もっと努力しなきゃいけないの。今日よりも明日が、明日よりも一年後が、一年後より十年後が……幸せであるために」

そう言って、粧子は遼太郎にいくらか鋭い眼差しを向けていた。「聞いて愛永さん。わたしたち夫婦にはこれから大きな試練が待ってるの」

「どんな?」と訊き返す愛永だが、すでに知っている。初耳を装う。

「よせよ、粧子」と、航平は遼太郎を気にして止めようとする。そこまで夫婦の恥を他人に晒《さら》すことはない。

しかし遼太郎は知っている。知りすぎているくらいに。初耳を装うのだ。

「言わせて。お腹の子供は、彼の子じゃないかもしれないの。婚約中に再会した昔の恋人が、子供の父親かもしれないの」

愛永と遼太郎は、驚きを意味する無表情を作った。

座を静寂が支配する。

「わたしはO型。この人もO型。でも彼は違う。彼の子供ならば赤ん坊の血液型はO型以外の何か」

そうだ、俺はAB型だから、と遼太郎は思った。

「結果がどうあれ、それはわたしたちが越えなきゃいけない、試練なの」

「越えるのは、俺だ」と航平が低くたちこめるモヤのような声音で言った。「俺が越えるか越えられないかの、問題だ……」

「違う。そうじゃない。わたしたち二人で越える事よ。一人で抱えこもうとしないで……ッ」

興奮して、粧子の胸が上下した。

一方の裏切りを記憶から消せないまま夫婦の絆《きずな》を守ろうとしている二人だった。タブーの話題を露《あら》わにした途端、酸欠状態で顎が上がる。遼太郎の中で残酷な衝動が沸き上がった。

一人で問題を抱えこもうとしている航平を少し苦しめてやりたくなった。

「もし父親が別の男だったら……航平さんはどうするんだ？」

「俺が父親だ。何があっても」と航平はすぐさま答えた。

「そりゃ父親になるぐらい簡単だろう」

遼太郎は、言葉に必要以上のトゲを感じさせないように注意し、言い返した。

「男は腹を痛める訳でもない。あなたの子供ですっていきなり突き出されて、実感もないくせに感動したりする。問題は子供ではなくて、他にあるんじゃないか？」

「他……？」

「奥さんだよ。粧子さんだよ。婚約中の裏切りだってことはもう知っている。男としての苦しみはこの半年の間で克服できたろう。航平さんは強い人だから……でも、いざ血液型の違う赤ん坊と対面した時、冷静でいられるのかな」

「そんなことは、今更言われるまでもなく、ずっと考えてきたよ。俺は大丈夫だ。自分に自信を持ってる」

「もうやめて……」と粧子が呻《うめ》くような声で止めに入った。遼太郎の内部でトグロを巻いている感情が、冷静な言葉の隙間からこちらに押し寄せてくる。

「そいつはどんな男ですか」と、遼太郎が眼差しから光を抜いたような無表情で粧子に問う。粧子は電流に触れたような表情になる。航平の眼差しが険しく遼太郎へ向いた。

「どうしちゃったの……」

愛永が遼太郎を不思議そうに見た。何故そこまで航平と粧子をいたぶるのか。

「どういう男なのか、奥さんから聞いたのかな？」と愛永に構わず、遼太郎は航平に水を向ける。「知りたいだろう。俺だったらどんな野郎なのか、顔を拝みに行くよ」

「あなた酔ってる。よして」と愛永。

「知りたくもないよ」と航平がつっぱねるように答えたが、説得力のない響きだった。

「わたしはその人に惑わされたかった」

粧子が男二人のツバぜり合いに耐え切れなくなって言った。「女だったら誰でも思うこと。惑わされた上で、わたしがその人を惑わしたかった。それがわたしのゲームだったの。再会した時も性懲りもなくゲーム。今度はわたしの方から消えてやった……」

このコテージから、と言いそうになった。

ゲームは終わっているのだ、だから航平が顔を拝みに行く必要などないのだと粧子は言いたかった。しかし航平は背を向け立ち上がった。もう何も聞きたくない。テラスへ出たかった。

「最後まで聞いてやったらどうだ。自分に自信があるんだろう！」と遼太郎が挑発するように言った。「……何を聞いても、何を見ても、越えられる試練なんだろ。夫婦手を繋いで」

舌の切っ先を唾で舐めて研ぐような言い方だった。

航平の足が止まった。遼太郎の言葉によって改めて思い知らされた。俺たち夫婦はこれから何を見るのか。この半年間、航平は粧子の腹に手をやりながら、その感触から伝わってくる映像に目を凝らしていたような気がする。光なのか闇なのか、暗いのか明るいのか、幻のような明度で胎内が目に浮かび上がり、臍《へそ》の緒で繋がれて屈曲し、のっぺりした顔立ちの赤ん坊が羊水の中を漂っている。

「……悪かった。言い過ぎた」

航平の背中が萎んだように見えた時、遼太郎は我に返ったように声を落とした。

振り返った航平が、薄く微笑んで遼太郎を見た。「どうしたんですか遼太郎さん。変ですよちょっと……」

目の奥は笑っていなかった。

「本当だ。飲み過ぎたな……」

脈打って張り裂けそうな本心をつまらない酔いのせいにした遼太郎が、粧子にはたまらなく哀れに思えた。そうやって航平をいたぶるしか遼太郎の気持ちのやり場はないのだから。

粧子は立ち上がり、リビングを出て洗面室へ足早に消えた。流したいものがあった。涙には違いないが、涙ではおさまりきれないほど、体中の水分を吐き出したかった。

愛永が「大丈夫……？」と体を気遣って追ってきたが、「しばらく一人に」という粧子のくぐもった言葉と共にドアは閉まった。

愛永は男たちを見る。航平は元の場所に座った。遼太郎が些細な言葉の投げ合いを詫びるかのように、航平のグラスを変え、スパークリング・ワインを注いでやった。

航平はあおり、炭酸で喉を焦がした。

「何かおつまみ、作ろうか？」と愛永が訊いた。

いらない。男二人の無言がそう答えていた。愛永も座ろうと戻りかけた時、肌寒い感覚で気づいた。

粧子は泣くために洗面室に飛び込んだはず。なのに嗚咽一つ聞こえない。

「……粧子さん？」

ドアに尋ねたが返事はない。

「粧子さん、大丈夫なの……ねえ、ねえ」

男ふたりがトロンと振り返った。異変を嗅ぎつけたものの、愛永が洗面室の中を確かめるまで待とうとした。

愛永がノックをし、鍵のかかっていないドアをくぐって洗面室に入って十秒間、航平と遼太郎はまばたき一つせず閉まったドアを見つめていた。

物音一つしないのが、すなわち異変だった。

するとドアが勢いよく開いて、蒼ざめた愛永が現われるなり男ふたりに言った。「大変……粧子さんが破水した」

航平が遼太郎より先に動き、洗面室に飛び込んだ。粧子が便座に座り込んだまま真っ青な顔で化石になっていた。愛永に片方を支えてもらって、粧子を外に出した。

したたり落ちている水。涙よりも大量の水分。

遼太郎がソファに寝るスペースを作った。

「時間を計って……痛いの？　来るの痛みが？」

脂汗でテカテカと頬を光らせた粧子が航平に言った。陣痛が一分おきにやってきたら最終段階だ。

遼太郎が電話に飛びついた。119番にかけた。「……破水してます。すぐ病院に運びたいんです……え？　分かってますよ道が通行止めなのは。そこを何とか……道を迂回？　ならそうしてください……一時間？　そんなに待てませんよ！」

「あっ、あああ……」と粧子が突然呻《うめ》いた。下半身がメリメリと裂けるような鈍痛だった。

「俺たちで運ぼう、車で！」と航平がワゴン車のキーをひっ掴んで外へ出ようとした。

「崖崩れしそうな道だぞ！」と遼太郎が叫ぶ。

「危ないし、病院に着く前に産まれてしまう」と愛永も止める。

「じゃ、どうすればいいんだ！」

「愛永さん……」と粧子が呼びかけた。「ここで産む……ここがいい……お願い、力を貸して」

「無理よ……」

「あなたにまかせる。あなたなら……」

愛永は決断しきれない。重荷だ。大切な命をこの手に託されても困る。

「お願い愛永さん……母親になりたいの、なりたいの……力を貸して」

と言った後、再び襲いかかってきた激痛に「あー！」と涙を噴き出す粧子を見て、愛永の気持ちは固まった。まず遼太郎を振り返った。

「あなた、とにかく救急車を頼んでおいて。それからお湯を沸かして。航平さん。粧子さんの頭の方に回って両手を握ってやって」

愛永の決然とした眼差しに打たれ、航平と遼太郎は弾かれたように動き始めた。遼太郎は肩で受話器を挟んで別荘の住所を言いながら、鍋に水を入れ、ガスにかけた。

航平はソファに寝かせた粧子の頭の方に回り、両手を掴んだ。いきむ時の棒代わりになった。

愛永が洗面室で入念に手を洗ってくると、粧子の足を開かせた。看護学校で、出産時の対応については一通り講義を受けていた。あの時の担当講師の言葉を懸命に思い出す。

この子宮口の状態。陣痛が始まると直径十センチくらいに開くはず。

「あー、痛い、痛い、どうにかして、痛い！」

粧子はあられもない声で泣き叫んだ。

「しっかりしろ、俺がついてる、握れ、俺の手を握れ」

粧子は夫を掴む。掴んでいきもうとした。

「顎を上げちゃ駄目、弓なりになっちゃ駄目」と愛永が注意する。「我慢して、いきむのは陣痛のタイミングに合わせるの。一回大きく吸って、吐いて、もう一度大きく吸っていきむの、分かった⁉」と陣痛の時間を計る。間隔が短くなった。一分おきだ。

「お湯はまだ！　もうすぐよ。それからタオルも、急いで！」

遼太郎が駆けずり回って用意した。

肛門と膣の間の会陰、この内側をやっとの思いで胎児は出てくる。ここが自然に裂かれる前に切開しておくべきだ。そう習った。

「……粧子さん、よく聞いて。ここを少し切るけど我慢できる？」

「やって、やって、早く何とかして……」

「あなた、ハサミを……箱の中にあったでしょ、火であぶって消毒して！」

遼太郎はあたふたとダンボール箱をひっかき回し、ステーキを切る時に使ったハサミを取り出した。ガスの炎であぶった。

「傷口はすぐに縫えないけど、救急車を呼んであるから、後でちゃんと手当てしてもらえる。痛いけど頑張ってね……用意できた！」と遼太郎を振り返った。

刃の熱さを目で確かめるとミネラル・ウォーターをぶっかけ冷やし、遼太郎は愛永の手にハサミを委《ゆだ》ねた。遼太郎の目にも膣口の状態が飛び込んできた。腹のふくらみから想像できる赤ん坊が、この狭い口から外に出られるとは到底思えない。愛永に「ここを持って」と命じられ、遼太郎が愛永の代わりに開いた粧子の足を持った。

みんなで産むのだ、と粧子は間隔の狭まった痛みの中で思った。

みんながこの命を取り上げようとしている。遼太郎もそこにいる。わたしはこういう局面を夢見ていたような気がする。一種の感動。でも痛い。痛くて痛くて痛くて、ああ神様、ああ神様……

「やるわよ」と愛永が挑む。会陰切開の時に医師が使用するハサミはクーパーといって、先は丸い。今愛永が手にしているのは切っ先の鋭い市販のものである。よほど注意しないと胎児を傷つけてしまう。愛永は細心の注意で始めた。切った。ハサミで下半身を切られる痛みなど感じないくらい、陣痛の方が凄まじい。粧子は絶叫した。遼太郎は目をそむけた。愛永はそむけない。切り口を見つめる。分からない。どのくらい会陰を切ればいいのか。

航平が「頑張れ、頑張れ」と粧子の耳元で囁《ささや》きかける。

「いらない、もういらない、子供なんていらない！」

粧子の別人格がそう叫んでいた。苦痛がその人間を根こそぎ変えてしまう瞬間があるのだ。

「頑張ってくれ、頑張ってくれ粧子！」

「頑張れ……」と遼太郎も思わず呼びかけた。

「見えた、見えた頭が！」と愛永が叫ぶ。くぐれるほど開いた産道を子供の方で探り当ててくれたようだ。

「いきんで思い切り、いきむのもっと！」

粧子はブルブルと顔を震わせ、航平の手をちぎれるほど握り、下半身に力をこめた。

「出た、出てきた頭が、もう一度、もう一度、せえの……いきんで！」

愛永の手が赤ん坊の肩を摑んだ。慎重に。慎重に。粧子がいきむ力に合わせて抜き出すのだ。

「力が足りない。もう一度。いくわよ」

「できない……」息も絶えだえの粧子だった。

「できる、顔が見えてるのよ、あともうほんのちょっとなんだから！」

愛永が汗みずくになって粧子の士気を鼓舞する。「いくわよ、聞いてるの、いくわよ、せえの……いきんで！」

粧子が唇を嚙み締めて力を入れた。最後の力だ。これで駄目なら力尽きる。下半身の一点への全身全霊だった。

すると何かが突き抜ける実感があった。不意に意識が遠ざかった。暗黒のトンネルの彼方から甲高い残響が聞こえてくる。粧子はおぼろげな意識の中で、産声《うぶごえ》に違いないと確信した。

「女の子よ」

臍《へそ》の緒も結んで切られ、産湯《うぶゆ》につかり、白いタオルで厚ぼったく巻かれた小さな生命が目の前にあった。

頭には生意気にも黒髪があった。目鼻立ちが博多人形のような控え目さで表情を作っていた。鼻が動いている。唇が小刻みに震えている。

女の子だと言って愛永が見せてくれたのは、ささやかな切れ込みのある赤ん坊の股間だった。

「ほんとだ……ない」

粧子は微笑んだ。下半身に疼《うず》く痛みがあるが、出血は今のところ止まっていた。

航平も、その後ろから遼太郎も、神妙な顔をして赤ん坊の股間を覗き込んでいた。

「……いいかな、抱いても」

航平がおずおずと女たちに言った。「どうぞ、お父さん」と粧子が答えると、愛永がそろっと受け渡した。

びくびくした手付きで両手に赤ん坊を抱くと、航平はテラスへと出た。見せてやりたいものがあった。

人生の朝。始まりの朝だ。

外には早暁によって色を与えられた空が広がっていた。雲が薄く跡切《とぎ》れたところから、白樺林の木立を器用に縫って、黄金の来光がテラスへと差し込んだ。赤ん坊の広い額に、朝日が照り返った。眩《まぶ》しいのだろうか、閉じている目を更につむって顔をしかめた。

「おはよう……」

航平が囁《ささや》きかけた。この重み。このぬくもり。できたての命の温度が航平を暖かく満たした。泣けてきた。俺は父親だ。お前の父親だ。

「……いいかな」

控え目な遼太郎の声だった。すぐ後ろに立っていた。もう一人の男も命の温度に触れたがっていた。

航平は涙目で「いいよ」と微笑みかけ、慎重に遼太郎へと受け渡した。

愛永に支えられるようにして上体を起こしていた粧子が、窓辺から見ていた。男から男へと渡される小さな命を。

遼太郎も小さな命のぬくもりを知った。か細い足がタオルの中で、もがくように遼太郎の腕を蹴りつけていた。自分を本物の父性で抱いてくれる人物を探そうとしているのか。

赤ん坊はほわっと息を吐いた。白く微かな息吹きが遼太郎の頰を撫でた。

遼太郎にも涙がこみ上げてきた。

丸まった遼太郎の背中を見つめている粧子の目にも、大きくて熱い雫《しずく》が浮かんだ。

航平は山の彼方に聞いた。サイレンの音。やっと救急車だ。病院に運ばれたら、すぐに採血をされて分かることだろう。赤ん坊の血は航平が分け与えたものなのか、そうではないのか……。

愛永は大任を終えてボウッと虚脱状態にあった。疲弊した全身を窓枠に預けていた。男たちは背を向けている。音のする方角を振り仰いでいる航平と、赤ん坊をかき抱いている男たちの姿が、漠然とだが、不安な朝の光景として目に映った。

明けの明星のまたたきが、空の明るさにかき消されようとしていた。


軽井沢の総合病院に運ばれた粧子は、膣の手当てを受け、鎮静剤で眠りに入った。

赤ん坊は新生児室に移され、愛永と遼太郎がガラス越しに寝顔を見つめていた。

「粧子さんに、似てるね」

「そうだな」

眠りながら微妙に動いている表情と手足。いつまで見ていても飽きない光景だった。

愛永の助産婦ぶりを褒めてくれた医師は、今、航平を別室に呼んでいる。午後にも血液型は判明するという話だったから、結果を聞かされているのだろうか。

すなわち今日が、結婚式のあの日から航平が恐れてきた審判の日だった。

遼太郎の目はうつろにガラス越しの赤ん坊へ向けられているが、廊下の向こうから航平が出てきて、医師から伝えられた結果をどう口にするのか、判決を待つ思いで待っていた。

彼方のドアが開閉した。音に愛永と遼太郎は振り返った。

リノリウムの床を漂ってくるような航平の足取りだった。近づいてくるにつれて表情が見える。伸び切ったゴムのようにバランスを欠いた表情だった。

「……どうだった?」

愛永の問いかけに微塵の反応も示さず、航平は二人と並び、新生児室のガラスを見通した。瞳を縮めて焦点を遠くした。赤ん坊よりも遠い何かを見つめているようだった。

「どうだったの……?」

愛永がもう一度問うた。遼太郎もひたすら答えを待っていた。

O型だったのか、それ以外だったのか。

航平の結んだ唇の奥で嚙み締めている言葉が、微かな吐息と共に外へこぼれ落ちるまで、もうしばらく時間がかかった。


(下巻につづく)

この作品は一九九五年九月フジテレビ出版より刊行され
一九九六年九月に扶桑社文庫に収録されたものです。

恋人《こいびと》よ(上)

野沢尚《のざわひさし》

平成13年6月25日　初版発行
平成14年3月10日　3版発行

発行者——見城 徹
発行所——株式会社幻冬舎
〒151-0051東京都渋谷区千駄ヶ谷4-9-7
電話　03(5411)6222(営業)
　　　03(5411)6211(編集)
振替00120-8-767643

印刷・製本—株式会社 光邦
装丁者——高橋雅之

幻冬舎文庫

ISBN4-344-40119-0　C0193　の-5-3